湯顯祖的戲曲藝術

陳美雪 著

臺灣學生書局印行

圖版一　湯顯祖畫像（採自黃芝岡著《湯顯祖編年評傳》）

圖版二　湯顯祖手迹（故宮博物院藏）

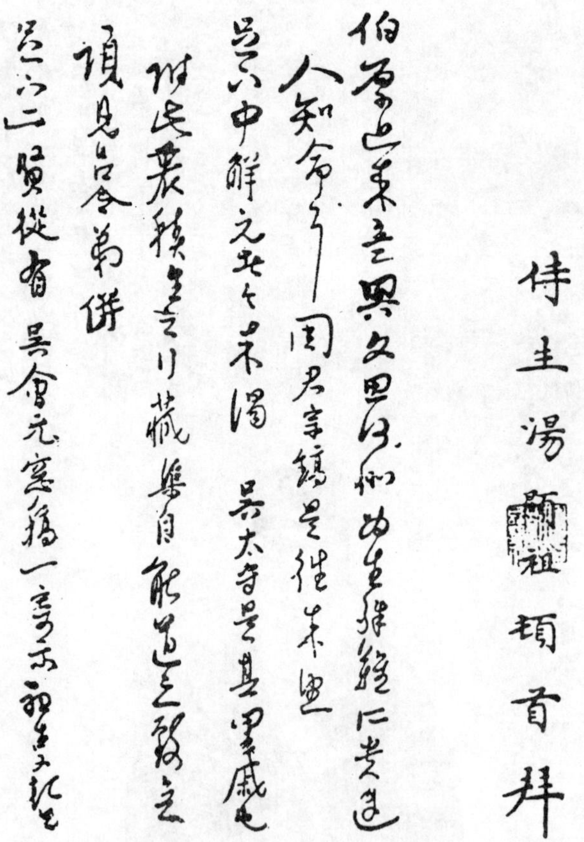
侍生湯顯祖頓首拜

圖版三　湯顯祖墓（採自《湯顯祖研究論文集》）

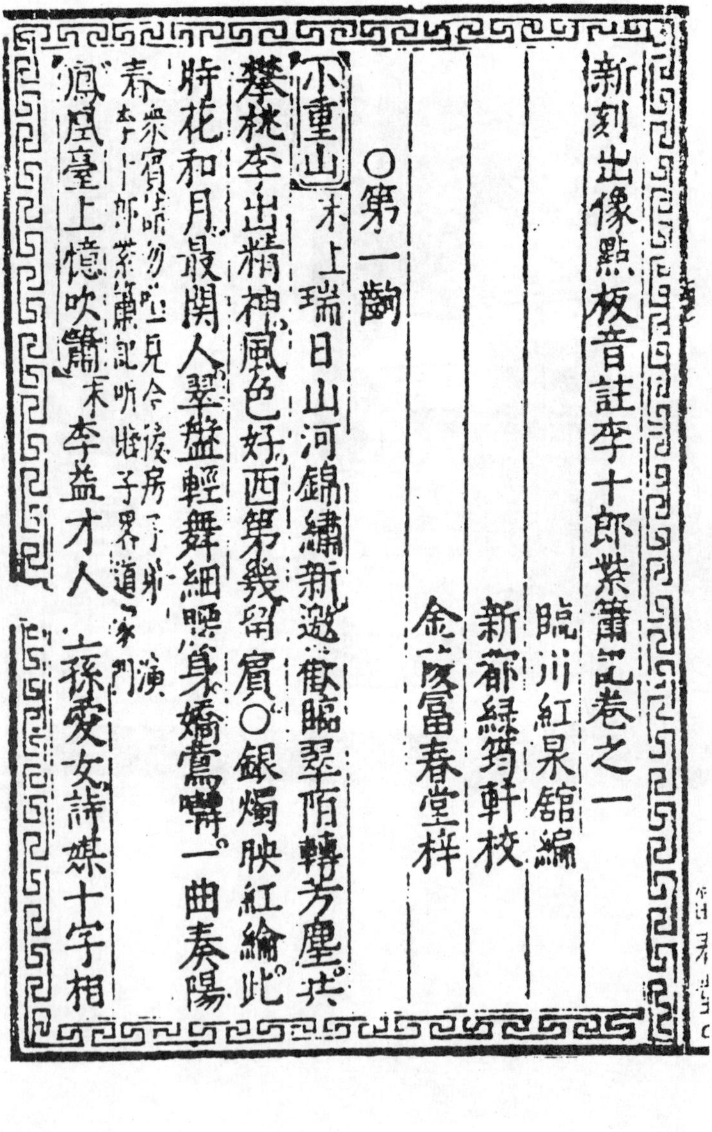
新刻出像點板音註李十郎紫簫記卷之一

臨川紅泉館編

新都綠筠軒校

金陵富春堂梓

○第一齣

【小重山】末上瑞日山河錦繡新遊衢臨翠陌轉芳塵共攀桃李出精神風色好西第幾留賓○銀燭映紅綸此時花和月最閑人翠盤輕舞細腰身嬌鶯囀一曲奏陽春末小眾賓請了今日見今後房子弟演李十郎紫簫記聽子弟道家門

【鳳凰臺上憶吹簫】末李益才人 孫愛女詩媒十字相

圖版四 新刻出像點板音註李十郎紫簫記（明萬曆間金陵富春堂刊本）

（採自《古本戲曲叢刊・初集》）

圖版五　柳浪館批評玉茗堂紫釵記（明末柳浪館刊本）
（採自《古本戲曲叢刊・初集》）

柳浪館批評玉茗堂紫釵記卷之上

第一齣

西江月（末上）堂上教成燕子牕前學畫蛾眉清歌妙舞
駐遊絲一段烟花佐使○點綴紅泉舊本標題玉茗新
詞人間何處說相思我輩鍾情似此

（沁園春）李子君虞霍家小玉才貌雙奇湊元夕相逢
墮釵留意鮑娘媒妁盟誓結佳期為登科抗壯參軍
遠去三載幽閨怨別離盧太尉設謀招贅移鎮孟門
西○還朝別館禁持苦書信因循未得歸致玉人猜
慮訪尋貲賣釵盡府中消息李郎疑猜故友崔韋賞花

紫釵記　卷之上　一

圖版六　牡丹亭（明泰昌間朱墨套印本）
（採自《古本戲曲叢刊・初集》）

牡丹亭

第一齣　標目

【蝶戀花】（末上）忙處拋人閒處住、百計思量、沒箇為歡處、白日消磨腸斷句、世間只有情難訴、玉茗堂前朝復暮、紅燭迎人、俊得江山助、但是相思莫相負、牡丹亭上三生路、【漢宮春】杜寶黃堂、生麗娘小姐、愛踏春陽、感夢書生折柳、竟為情傷、寫真留記、葬梅花道院淒涼、三年上、有夢梅柳子、於此赴高唐、果爾回生定配、赴臨安取

牡丹亭上　一

圖版七　南柯夢（明萬曆間刊本）（採自《古本戲曲叢刊・初集》）

南柯夢卷上

臨川玉茗堂編

第壹齣 提世

南柯子〔末上〕玉茗新池雨金柅小閣晴有情歌酒莫教停看取無情蟲蟻也關情（ ）國土陰中起風花眼角成契玄還有講殘經爲問東風吹夢幾時醒

登寶位槐安國土　隨夫貴公主金枝

有碑記南柯太守　無虛誑甘露禪師

第貳齣 俠槩

齊破陣〔生扮上〕將氣直冲牛斗鄉心倒掛揚州四海無

圖版八　邯鄲夢（明天啓元年刊朱墨套印本）
（採自《古本戲曲叢刊・初集》）

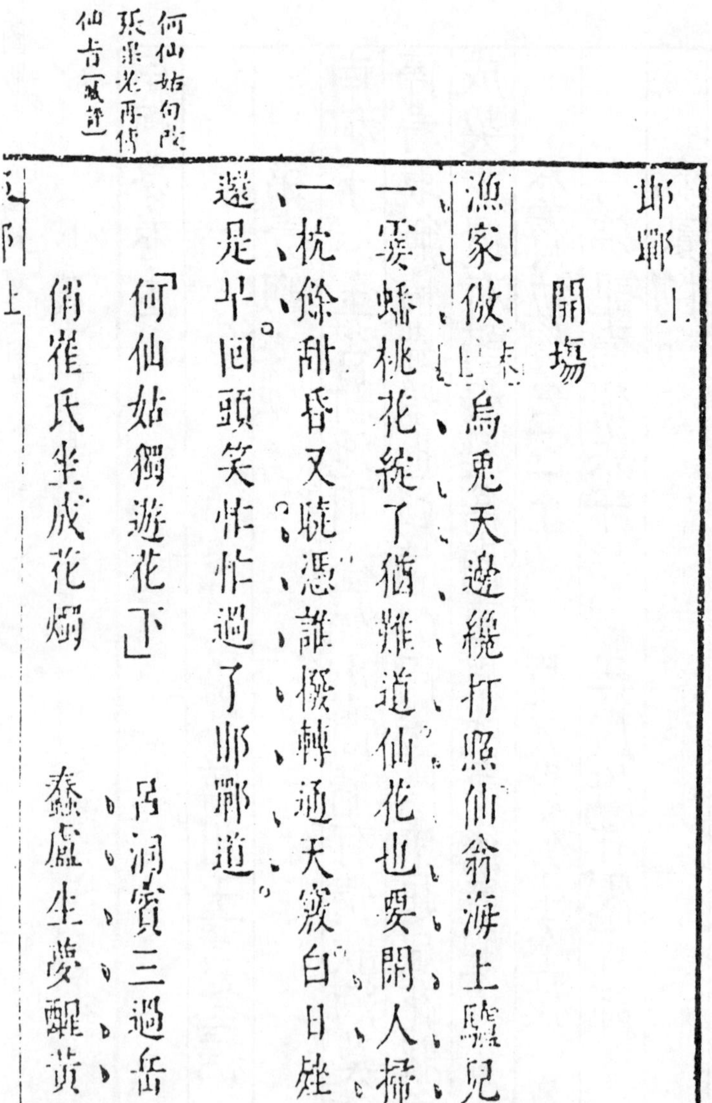

何仙姑句改
張果老再付
仙吉〔減評〕

邯鄲　上

開場

漁家傲〔末上〕烏兔天邊纔打照，仙翁海上驢兒叫。一霎蟠桃花綻了，猶難道，仙花也要閒人掃。一枕餘甜昏又曉，憑誰撥轉通天竅，白日錯西還是早，回頭笑，忙忙過了邯鄲道。

「何仙姑獨遊花下」　呂洞賓三過岳陽

俏崔氏坐成花燭　蠢盧生夢醒黃粱

邯鄲　上　一

圖版九　《紫釵記》第六齣〈墮釵燈影〉（採自《湯顯祖集》）

圖版十　《紫釵記》第四十七齣〈怨撒金錢〉（採自《湯顯祖集》）

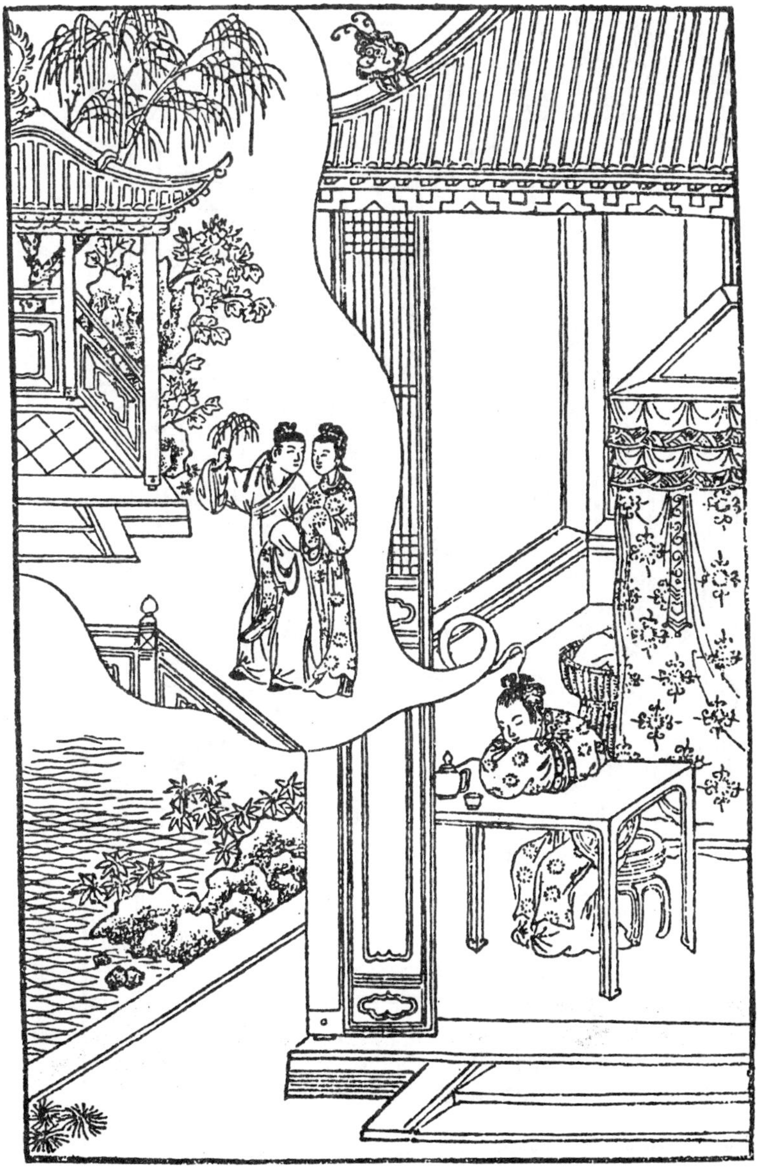

圖版十一　《牡丹亭》第十齣〈驚夢〉（採自《湯顯祖集》）

圖版十二　《牡丹亭》第五十齣〈鬧宴〉（採自《湯顯祖集》）

圖版十三　《南柯記》第三十七齣〈粲誘〉（採自《湯顯祖集》）

圖版十四　《邯鄲記》第二十三齣〈織恨〉（採自《湯顯祖集》）

自序

筆者於民國六十六年，考入輔仁大學中國文學研究所，在先師葉慶炳教授指導下，完成了碩士論文《元雜劇神話情節研究》。這僅是一兩百頁的小論文，雖不能讓我對古典戲曲的認識提昇多少，但卻因此對它產生興趣，爲自己將來朝這條路努力打下基礎。

也許是因爲有著一份喜愛，對有關古典戲曲的研究動態，就比較注意，平時只要看到相關的資料，便趕緊蒐集起來。民國七十八年初，外子林慶彰先生建議可將蒐集的資料編成《古典戲曲研究論著目錄》，一方面爲自己檢索資料方便，另方面也可提供學者參考之用。幾年間，所累積的卡片已可裝成三十多個目錄盒。這時，外子又從大陸買回許多戲曲的專門書刊，如中國人民大學所編的《戲曲研究》、文化藝術出版社的《戲曲研究》、山西人民出版社的《中華戲曲》，以及各種論文集、專書等近百種。將這些資料條目抄出，和原來的相合併，幾有數萬張卡片之多。以一個人單薄的力量，實在無法完成此一艱鉅的工作。

個人覺得，若要研究古典戲曲，從宋元到明清，每一個時段都應作深入的探討，才能瞭解戲曲發展的軌跡。以前所作碩士論文《元雜劇神話情節研究》，是屬於元雜劇的研究，接下來最好能作明傳奇的研究。明傳奇的大家很多，其中以湯顯祖最稱巨擘。因此，決定從研究湯顯祖開始，再擴及其他傳奇作家的研究。我從所蒐集的幾萬張卡片中，將與湯顯祖有關的條目單獨挑出，再略作增補，經將近一年的努力，終於編成《湯顯祖研究文獻目錄》，已於民國八十五年十二月，由臺灣學生書局出版。

在編輯《湯顯祖研究文獻目錄》的過程中，我發現研究湯顯祖戲曲的論文，大多集中在《牡丹亭》這一劇本，質量也較高。有關《紫釵記》、《南柯記》、《邯鄲記》這三個劇本，雖也有不少研究論文，但質量和《牡丹亭》的相比，差別很大。至於湯氏未完成的劇本《紫簫記》，更少人問津。爲了能對湯氏這五個劇本作較全面性的評價，於是決定按湯氏五個劇本的先後順序，逐一加以研究。並將每一劇本的研究重點定爲本事探源、主題思想、人物形象分析、語言描述技巧等四項。希望能把握研究方向，不致與前人有太多的重複。研究時，暫時不讀前人的評論文字，而先閱讀劇本原著，以免受前人觀點的影響太深，而落入窠臼。每看一個劇本，如有自己的看法或意見，就寫在卡片上；再將蒐集來的前人研究成果，仔細閱讀，重點也摘錄在卡片中。就以這些讀書筆記作爲基礎，花費將近一年多的時間，完成了這本《湯顯祖的戲曲藝術》。

全書分九章，第一章緒論，敘述研究此一論題的因緣和研究方向。第二章湯顯祖及其時代，敘述湯氏時代的政治環境、科舉弊端，當時思想界、文藝界對湯氏的影響。這些影響，或多或少反映在湯氏的劇本中。第三章湯氏戲曲的創作過程，分別論述《紫簫記》、《紫釵記》、《牡丹亭》、《南柯記》、《邯鄲記》的創作時代。由於前人對這五個劇本的完成時間，頗有異說，本文引用前人觀點，一一論定其創作時代。第四章《紫簫記》的戲曲藝術，討論《紫簫記》的本事，及其與政治糾紛的關係，並分析該劇本的缺失。第五章至第八章，分別論述《紫釵記》、《牡丹亭》、《南柯記》、《邯鄲記》等四個劇本，探討其本事、主題思想、人物形象、語言技巧等，希望從這幾個方面窺見湯顯祖創作劇本的寓意。第九章結論，即總結全書。

在討論湯氏《四夢》的主題思想時，發現前人從未對《紫釵記》的主題作過探討。而對於《牡丹亭》、《南柯記》、《邯鄲記》等劇作，也常常只作單一主題的探討。本書有關《四夢》主題的研究，強調主題的多面性。關於人物形象的分析，前人大抵著重在《紫釵記》的霍小玉，《牡丹亭》的杜麗娘、柳夢梅等人的分析而已。本書所分析的人物，《紫釵記》有霍小玉、李益、盧太尉、黃衫客；《牡丹亭》有杜麗娘、柳夢梅、杜寶、陳最良；《南柯記》有淳于棼、段功；《邯鄲記》有盧生、宇文融。從各個人物的分析，可知湯氏所創造人物的個性都相當的複雜和多樣化。至於語言使用技巧，前人更少作深入分析。本文認爲四夢的語言各有其特色，但以從綺麗轉向本色爲主。

以上所述，祇不過是個人這幾年來研究湯顯祖的一點小小的心得和成果，算不得什麼。因爲畢竟自己還是一個初學者，在研究的道路上，這只是個起步。雖然花了不少的心血來寫這本書，但仍有許多疏漏，期望海內外學術先進、同好，多賜予指導。

陳美雪
誌於世界新聞傳播學院
民國八十六年五月

湯顯祖的戲曲藝術

目次

自序……I
第一章　緒論……001
第一節　研究緣起……001
第二節　研究方向……004
第二章　湯顯祖及其時代……009
第一節　明代中晚期的政治環境……009
第二節　明代中晚期科舉的弊端……017
第三節　當時思想界對湯氏的影響……022
第四節　當時文藝思潮對湯氏的影響……028
第三章　湯顯祖戲曲的創作過程……035

第一節　《紫簫記》的創作年代……035
第二節　《紫釵記》的創作年代……039
第三節　《牡丹亭》的創作年代……043
第四節　《南柯記》和《邯鄲記》的創作年代……047
第四章　《紫簫記》的戲曲藝術……051
第一節　本事探源……051
第二節　《紫簫記》與政治之關係……055
第三節　《紫簫記》缺失的檢討……062
第五章　《紫釵記》的戲曲藝術……073
第一節　本事探源……073
第二節　主題思想……078
第三節　人物形象分析……084
第四節　語言描述技巧……104
第六章　《牡丹亭》的戲曲藝術……115
第一節　本事探源……115

第二節　主題思想……124
第三節　人物形象分析……131
第四節　語言描述技巧……158
第七章　《南柯記》的戲曲藝術……169
第一節　本事探源……169
第二節　主題思想……176
第三節　人物形象分析……186
第四節　語言描述技巧……198
第八章　《邯鄲記》的戲曲藝術……205
第一節　本事探源……205
第二節　主題思想……214
第三節　人物形象分析……224
第四節　語言描述技巧……237
第九章　結　論……243

附錄……249
一、蔣防《霍小玉傳》……249
二、佚名《杜麗娘慕色還魂》……255
三、李公佐《南柯太守傳》……262
四、沈既濟《枕中記》……268
參考書目……271

第一章 緒論

第一節 研究緣起

就中國戲曲的發展歷程來說，從宋元到明清，每個時段，都有一些戲曲研究上的問題存在。作爲一個古典戲曲的研究者，對每一個階段的戲曲問題，都希望能略加鑽研。在元雜劇方面，因寫過碩士論文《元雜劇神話情節研究》，對雜劇的基本體製，雜劇作家，雜劇的特色略有了解，這幾年間，雖沒有在雜劇方面下許多工夫作研究，但爲了教學上的需要，蒐集了不少有關元雜劇的論著資料。

接著元雜劇之後，進一步應深入研究的是傳奇。傳奇由明代一直綿延到清代，流行五、六百年，作家和作品數都相當可觀，要研究它的確不容易。由於個人的偏好，我選擇了湯顯祖作爲研究的對象。首先，把坊間所能找到的一切有關湯氏的文獻條目，都加以收集，編成《湯顯祖研究文獻目錄》，作爲研究的基礎。

在編輯《湯顯祖研究文獻目錄》的過程中，筆者發現有關湯氏的研究，有很多可貴的成果，也有許多不足。這點，王永健先生曾寫過〈湯顯祖研究與湯學〉一文，很能說中當前湯顯祖研究的一些問題。他指出：

1.沒有把湯顯祖和屈原、關漢卿一樣作爲世界文化名人來研究，也沒有把湯顯祖研究提到「湯學」的高度。如能從「湯學」的高度來研究湯顯祖和《臨川四夢》，那麼研究的廣度和深度將大爲提高。

2.對湯顯祖的世界觀和創作方法的研究還不夠。例如，湯氏在思想史上的地位，《臨川四夢》中哲理、佛道思想對湯氏及其傳奇創作的影響、江西臨川的鄉賢們對湯顯祖的生活、思想和創作的影響等，都沒有較深的研究。

3.對《臨川四夢》的研究很不平衡，如對《牡丹序》研究較充分，對《紫釵記》及其前身的《紫簫記》就不太重視，對《南柯》、《邯鄲》二夢的評論，則似乎不從實際出發。此外，把《臨川四夢》作爲一個藝術整體進行的綜合研究，也不夠。

4.用比較文學的方法來研究湯顯祖及其《臨川四夢》，還剛剛開始，有關的論文極少。

5.對湯氏極有藝術個性和社會意義的詩文，缺乏足夠的重視，沒有能作全面、深入的研究。

6.對作爲思想家的湯顯祖的哲學思想，沒有足夠的重視，研究還剛起步。

7.對於湯氏的文學思想和曲學主張，沒有將它放在晚明或整個明代的文藝思潮發展，以及中國戲曲理論批評史中來加以考察；至於對湯氏與沈璟等人的曲學之爭，也需要繼續深入地研究。

8.湯氏與同時代文化思想界的名人有廣泛聯繫。目前這方面的研究，僅局限於一小部分人，應該擴大範圍。

9.在湯氏之後是否形成一個「玉茗堂派」（或「臨川派」）的問題，目前很少有人研究。

10.《臨川四夢》搬上今天的舞台、銀幕，與今日精神文明建設和振興戲曲藝術直接有關，加強這方面的研究理所應當。❶

以上十個方面的問題，雖有大有小，但絕非一個人或少數幾個人所可承擔來研究，必須集合大多數的古典戲曲研究者，有系統的、長年累月的研究，才有可能做出一點研究成績。

從事有關湯氏的研究，也必須配合個人的性向和學術背景，才能有較好的研究成果。例如，前述第四點，用比較文學的方法來研究湯氏及其劇本。這必須有比較文學背景的學者來研究。第六點，研究湯氏的哲學思想。也應該有受嚴格哲學訓練的學者來從事。在這十個大方向中，筆者比較關心的是第三點，即有關湯氏劇本的研究。誠如王永健先生所說，學者對湯氏《紫簫記》、《紫釵記》的重視不足。對《南柯記》、《邯鄲記》的評論，則雜有相當濃厚的意識形態。至於將湯氏的劇本作爲一個藝術整體作綜合的研究，更有所不足。因此，筆者希望能從這個方向來進行有關湯氏的研究。

---

❶ 收入王氏著：《湯顯祖與明清傳奇研究》（臺北：志一出版社，一九九五年十二月），頁二一—二三。

第二節　研究方向

有關湯顯祖劇本的研究，各個劇本受重視的程度雖不一致，但各個劇本前人都有不少相關的研究成果，也是不爭的事實，這可從筆者所編的《湯顯祖研究文獻目錄》中看得出來。因此，本書對湯氏的研究，也僅能採重點主題的研究法。個人所擬定要研究的方向有下列幾個重點：

一、研究湯氏與其時代的關係

湯氏所處的中、晚明時代，是個皇帝昏庸、宦官凶殘、權臣專權，科舉弊端層出不窮的時代。湯氏處在這樣的時代，他個人的親身經歷和這些政治人物有何關係。此外，當時影響湯氏的思想界人物，如羅汝芳、李贄、達觀和尚等人，對湯氏的思想和文藝觀，有何影響？都是研究時所必須注意的。這些時代的因素所造成的影響，不但在湯氏的詩文中反映出來，湯氏也用極爲委婉的方式，在他的《四夢》中含蓄的表達出來，所以，《四夢》不但有湯氏身世的反映，也是中晚明時代政治、社會現況的縮影。這一方面的研究成果，寫在本書的第二章〈湯顯祖及其時代〉。

二、研究湯氏劇本的創作時代

湯氏五個劇本的創作先後，大抵是《紫簫記》、《紫釵記》、《牡丹亭》、《南柯記》、《邯鄲記》，歷來學者並沒有什麼爭議，但個別劇本的完成時代，學者的意見則頗有出入。如《紫釵記》有學者以為完成於萬曆十五年（一五八七），也有學者以為完成於萬曆二十三年（一五九五），時間相距有八年之久。又如《牡丹亭》雖知完稿於萬曆二十六年（一五九八）秋，但該書有五十五齣之多，是何年開始起稿，實也有深入探索的必要。這些研究成果，寫入本書第三章〈湯顯祖戲曲的創作過程〉中。

三、研究湯氏劇本的本事

古典戲曲的題材，大多拘限於歷史和傳說故事，此點曾永義先生已有詳細的分析❶。湯氏的劇本，《紫簫記》和《紫釵記》取材於《霍小玉傳》，《牡丹亭》取材於《杜麗娘慕色還魂》話本，《南柯記》取材於《南柯太守傳》，《邯鄲記》取材於《枕中記》。這是一般人對湯氏劇本取材來源約大致印象。但如果仔細分析，就可以發現湯氏的劇本，對原有的素材，實有太多的改造，像《紫釵記》中加入盧太尉，《南柯記》中加入右相段功，《邯鄲

---

❶ 參曾永義先生：〈中國古典戲劇的認識〉，收入《中國古典戲劇的認識與欣賞》（台北：正中書局，一九九一年十一月），頁二八八—二八九。

記》中加入權臣宇文融等等，不僅僅是為了戲劇衝突的需要，而是有湯氏對當時政治的譏刺在內。有關各個劇本本事的探討，分別寫入第四至八章的第一節中。

四、研究湯氏劇本的主題思想

劇作家在寫作劇本時，必定有他所要表達的主題思想，主題思想的表達是否能達到預期的效果，則頗不一致。有些劇本的主題相當清楚，絕少爭議；有些劇本的主題，則頗為隱晦，引起相當的討論。湯氏的五個劇本，《紫簫記》是否有政治譏刺，則有正反兩極的說法。《紫釵記》的主題是什麼？前人尚未作深入的討論。《牡丹亭》是否僅僅是肯定情慾，這個單方面的主題而已？都有待進一步的探究。《南柯記》、《邯鄲記》，則被認為是釋道劇，而未得到應有的重視。這些前人研究的不足和缺失，本書都希望能作較充分的探討，研究成果寫入本書第四至八章的第二節中。

五、分析湯氏劇本中的人物形象

傳統戲曲中的人物，性格的塑造往往太過於簡單，所謂好人、壞人，忠臣、奸臣，一看劇本都清清楚楚。湯氏生於個性解放的晚明時代，人物性格的塑造也較具多重性格。其中，各個劇本中男女主角性格的塑造，更是湯氏用心的所在，《紫釵記》中的霍小玉，《牡丹亭》

中的杜麗娘，都是爲情爲愛而犧牲的偉大女性。《南柯記》中的淳于棼、《邯鄲記》中的盧生，既有世俗儒生的陋習，又不失知識份子勤政愛民的情懷。這些都可以看出湯氏在人物經營上的用心。有關人物的分析，寫在四至八章的第三節中。

六、分析湯氏劇本中的語言技巧

歷來有關湯氏劇本語言的使用技巧，學者頗有不同的評價，但很少作較有系統，且較深入的分析。本書將五個劇本曲詞和賓白的使用，作較深入的分析比較，發現《紫簫記》和《紫釵記》的語言，不論是唱詞和賓白，都稍嫌穠麗，且有太多的駢體，這就是前人所說的案頭之書，非臺上之曲。《牡丹亭》以後，語言的使用，逐漸達到圓熟的境地。從語言的分析研究，也可以看出湯氏寫作劇本時所下的工夫。

以上數個方面的研究，並不表示湯氏劇本可研究的方向，僅僅這些而已。而是筆者個人研究的重點，及小小的心得。筆者期望以這個方向作爲研究的基礎，將來擴及有關湯氏其他方面的研究，好爲湯顯祖的研究略盡棉薄之力。

第二章　湯顯祖及其時代

第一節　明代中晚期的政治環境

要討論明代中晚期的政治環境，應該從皇帝、宦官、政府官僚等幾個方面來討論，才能整體反映出當時政治的面貌。

一、皇帝的荒淫無道

從明武宗（正德）起，經世宗（嘉靖）、穆宗（隆慶）、神宗（萬曆），幾乎都是昏庸無能的「君不君」。他們多半都不理國事，例如：武宗皇帝，毛奇齡《明武宗外紀》說：「別構院禦，築宮殿數層，而造密室于兩廂，勾連櫛列，名曰『豹房』。」❶這樣日夜淫樂之外，更藉口要巡防，到宣府、大同、密雲、太原、榆林、綏德等地巡行，所到之處，搶掠

❶《明武宗外記》。收入《中國歷史研究資料叢書》（上海：上海書店，一九八二年十月）。

婦女、財物，鬧得人心惶惶。世宗即位，嘉靖三年（一五二四）以後，就逐漸疏遠大臣，直到二十九年（一五五〇）才再召見一次。穆宗皇帝即位後三年，還未和大臣見面，而他在位也不過六年。神宗在位四十八年，但從萬曆十七年（一五八九）以後的三十年間，只因挺擊案，召見群臣一次。神宗不但迷於房中術，尋歡作樂，生活也極爲糜爛。他還大量搜求珠寶，使珠寶價竟增加二十倍❷。

由於有這麼荒淫無道的皇帝，湯顯祖的劇本中也出現了唐玄宗、宋高宗、大槐安國王三個皇帝。這三個皇帝，湯氏都有意去諷刺他們。如《牡丹亭》中有一個因搜求珠寶而得寵的欽差使苗舜賓。苗舜賓也因蒐寶有方，宋高宗將他提升爲主考官。《南柯記》中的淳于棼，年已逾八十，因大槐安國王送給他二十四個女樂，用采戰的方法，日夜與女樂淫樂，最後一病不起。這裏充分反映了大槐安國王荒謬。《邯鄲記》中的唐玄宗接受盧生的邀請，到陝州來觀覽勝景，竟不用男丁來搖櫓，而要求一千個女子來唱采菱曲。蒐遍當地婦女，僅得九百九十八名，最後以兩個囚婦來充數。囚婦搖櫓時所打的歌，其實都在褻瀆皇帝，而皇帝竟龍心大喜。這劇中的唐玄宗開元皇帝和明代的武宗、神宗，其實有不少相近的地方。

除了沈迷酒色之外，明中葉的皇帝也十分迷信。如萬曆皇帝非常迷信道教，萬曆十年（一五八二）三月，權相張居正有疾，「上頻頻敕諭問疾，大出金帛爲醫藥資。至是四閱月不

---

❷ 參周育德：〈臨川四夢中的明代社會〉，收入周氏著：《湯顯祖論稿》（北京：文化藝術出版社，一九九一年六月），頁一九五－二二四。

愈，百官並齋醮爲祈禱。南都、秦、晉、楚、豫諸大吏，亡不建醮。上命四維等理閣中細務。大事即家令居正平章。」（《明史》，卷二一三，〈張居正傳〉）

湯氏的《邯鄲記》中盧生因用采戰之術，一病不起，皇帝仍然委政於盧生，「重大事機，詔就床前請決。」「皇上恩禮異常，分遣禮部官于各宮觀建醮祈禱，王公國戚以次上香，可謂得君之至矣。」（第二十八齣〈友歎〉）這雖寫的是唐玄宗的時代，其實是把明神宗的事寫了進去。

明中葉以後，外寇時時入侵，如嘉靖二十九年（一五五〇）俺答部落包圍了北京，宣大總兵仇鸞毫無抵抗能力，卻和俺答兵一起殺掠，權相嚴嵩以爲寇「飽將自去，惟堅壁爲上策」。結果，京畿人民慘遭蹂躪，仇鸞掩飾戰敗不上報，皇上反而下詔親加仇鸞爲太保，賜金幣。穆宗隆慶四年（一五七〇）把漢那吉和他的祖父俺答發生矛盾，憤而向巡撫方逢時投降。總督王崇古利用時機招安俺答，封他爲順義王，俺答將降人趙全等送回法辦。後來，明朝又進一步用順義王夫人三娘子，使北方邊境得了二十年的和平。《明史紀事本末》曾記載說：「王崇古入爲大司馬，繼崇古者方逢時、吳兌代爲總督，各部俱貢市無失期。而三娘子切切慕華，不時款塞，常詣兌，兌兒女畜之，情甚昵。或三娘子致手書索金珠翠鈿，兌隨市給與，以敦和好。」（卷六〇）

《牡丹亭》中杜寶奉命討金，封金兵大將李全妻爲討金娘娘。「但是娘娘要金子，都來宋朝取用。」（第四十七齣〈圍釋〉）「討金」是雙關語，表示征討金人和索取金帛。第五十五齣〈圓駕〉，柳夢梅和杜寶在廷上爭論不休，柳夢梅諷刺杜寶說：「你那裏平的個李全，則平的個李半。」因爲杜寶只「哄的個楊媽媽退兵」。楊媽媽是指李全妻。這杜寶討金的情節，很明顯的是對明代皇帝禦邊無策的諷刺。

《邯鄲記》中寫玄宗皇帝正在陝州觀覽勝景，忽聞邊報，說吐蕃入侵，立即六神無主，說：「急忙間扈駕的難差調，酸溜溜的文武班裏，誰誦過兵書去戰討？」（第十四齣〈東巡〉）這看似暴露了開元皇帝的昏庸無能，其實是在寫明代皇帝的禦邊無策。

二、宦官的橫暴凶殘

宦官是明代政治的一大特徵。明朝皇帝最信賴的是天天跟他們在一起的宦官，因此，把一大部份的政務都交給他們來處理。明代宦官是一龐大的組織，有二十四衙門，還有遍佈全國的宦官機構，宦官人數達十萬之多，加上其爪牙，則不下四十萬❸。

宦官中最有權威的是司禮太監，他儼如宰相。不但有生殺予奪的權力，而且能決定內閣人選。明代後期的內閣大臣，大多和宦官相勾結。嘉靖間嚴嵩所以能權傾一時，因爲能勾結太監，也因此他竟做了二十一年的宰相。高拱兩次入閣，一次在嘉靖四十一年（一五六二），是由於司禮太監李芳的協助。另一次在隆慶三年（一五六九），是因爲陳洪的協助。高拱最後

❸ 有關明代宦官的研究，資料甚多，較有系統的著作是：(1)溫功義：《明代的宦官和宮廷》（重慶：重慶出版社，一九八九年二月）；(2)王春瑜、杜婉言：《明朝宦官》（北京：紫禁城出城社，一九八九年十二月）。

下台，則是馮保的拆台。權臣張居正，起先與宦官李芳相善，萬曆即位，張居正便入閣。李芳倒台，張居正交結馮保，趕走政敵高拱，成了明代最有權威的首相。從這裏也可看出宦官對內閣的影響力。宦官除了干預內閣人事外，還搞特務統治，湯顯祖的〈錦衣鳥〉曾說：

> 太常東署門，連垣接親衛。中有怪大鳥，好作犬號吠。悲嘯無時徙，吉凶須意對。非有伯勞沈，豈無子規廢。開天殺人處，陰風覺沈昧。（《湯顯祖集·詩文集》，卷一〇，頁三一八）

這描寫特務機關的特務，號犬無時，任意殺人，百姓隨時都有受迫害的危險。

此外，明代宦官的經濟搜刮和掠奪，也是很有名的。明代皇帝為求滿足其窮奢極欲，大行「采造」之事。承辦采造的主要是宦官特務。《明史·食貨志六》說：

> 采造之事，累朝侈儉不同，大約靡于英宗，繼以憲、武，并世宗、神宗而極。其事目繁瑣，最巨且難者曰采木，歲造最大者曰織造，曰燒造。……而最為民害者率由中官。

所謂織造就是織繡各種龍衣章服，以備宮中服著及賞賜四夷、宦官、大臣之用。明代皇宮中有「八局」，皇宮外也設有專門的染織機構。織造一律由宦官管理，南京、蘇、杭都設有提督織造太監一員。這些太監貪橫殊甚，無惡不作。

湯顯祖在他的劇作中也反映了特務統治的罪惡，《紫釵記》中的盧太尉實際上是特務頭子。當李益被派往玉門關做劉公濟的參軍，在打敗吐蕃的慶功宴上，吟了一首詩：「日日醉涼州，笙歌卒未休。感恩知有地，不上望京樓。」（第三十一齣〈吹臺避暑〉）不料，這詩句被密報給盧太尉，太尉抓住「感恩知有地，不上望京樓」之句，就要奏知皇帝，誣告李益「怨望朝廷」。李益在數千里外作一首小詩，便有人告密到朝廷，可見當時特務網之密。

又《邯鄲記》第二十三齣〈織恨〉，是對織造的直接描寫。盧生因被宇文融陷害，發配崖州，其妻崔氏沒為官婢，在外機房織作。外機坊大使是因抄盧生家有功的特務，他奉宇文融之命，特地來凌辱崔氏，吊打婢女梅香，並趁機勒索寶玉珍珠。在沈既濟的《枕中記》中，根本沒有織恨的情節，湯顯祖所以要安排這一場戲，正是要揭露宦官的橫暴凶殘。

三、官僚的貪贓枉法

明中葉以後，由於皇帝昏庸無能，政事又往往由宦官控制，內閣大臣也祇好與之勾結。在這種情況下，國勢走下坡也是必然的事。從嘉靖以來的政局，可以由隆慶二年（一五六八）張居正所寫的〈陳六事疏〉中看得出來，其中提到當時官府的紀綱敗壞時說：

> 臣竊見近年以來，紀綱不肅，法度不行，上下務為姑息，百事悉從委徇；以模稜

> 兩可，謂之「調停」，以委曲遷就，謂之「善處」。法之所加，唯在于微賤；而強梗者，雖壞法干紀，而莫之誰何。……刑賞予奪，一歸之公道，而不必曲徇私情；法所當加，雖貴近不宥，事有所枉，雖疏賤必申。（《張居正集》卷一，〈奏疏一〉）

綱紀之敗壞，始因少數有權勢者之枉法玩法。久而久之，變成「無人不私，無事不私」。要重振綱紀，就必須上下貴賤一律平等。穆宗皇帝對張居正的奏疏，許爲「深切時務」。這給張居正很大的鼓舞。穆宗過世，張居正受命輔佐神宗。張氏雖銳意改革，但因積弊已深，阻礙重重。且張氏和他的繼任者，如申時行等人，也有其私心，政風又回到張居正〈陳六事疏〉中所說「無人不私，無事不私」的時代。

湯顯祖對這種頹敗的政風，看得很清楚。他認爲政事之亂，責在宰輔。於萬曆十九年（一五九一）閏三月，在南京禮部祠祭司主事任上，撰就〈論輔臣科臣疏〉，稟奏朝廷。他首先說：「臣子本心，自有衷赤。權利蒙之，其心始黑。」並指出政事所以紛亂，實有「勢利小人，相與顚倒煽弄其間」。接著將矛頭指向當時的首輔申時行，歷數其罪狀。再接著，則揭發吏部都給事中楊文舉的貪贓枉法。湯氏說：

> 夫吏部都給事中楊文舉者，非奉詔經理荒政者乎。文舉所過輒受大小官吏公私之金無算。夫所過督撫司道郡縣，取之足矣，所未經過郡縣，亦風厲而取之。郡縣官取之足矣，所住驛遞及所用給散錢糧庶官，亦戲笑而取之。聞有吳吏檢其歸裝

中金花綵幣琖盤等物，約可八千餘金，折乾等禮，約可六千餘金，古玩器直可二千餘金。而又騎從千人，賞犒無節。所過雞犬一空。迨至杭州，酣湎無度，朝夕西湖上，其樂忘歸，初不記憶經理荒政是何職名也。夫前所賄賂宴費數萬餘金者，豈諸臣取諸其家蓄而與之哉？正是刻掠飢民之膏餘，攢那賑帑之派數，以相支持過送，買其無唇舌耳已。而廣賁薦舉，多寡相稱，每薦可五十金。不知約得幾千金？至於暮夜爲人鬻獄，如減凌玄應軍之類，又不知幾千金。夫三輔臣皆家蘇、徽二郡，文舉之貪，已蘇、徽二郡人士皆能言之，輔臣獨不知耶？（《湯顯祖集·詩文集》卷四三，頁一二一三）

這是對楊文舉貪贓枉法赤裸裸的控訴。歸結其原因，是輔臣不能以身作則。所以湯氏在〈疏〉末又說：「前十年之政，張居正剛而有欲，以群私人囂然壞之。後十年之政，時行柔而有欲，又以群私人靡然壞之。」（同上）湯氏認爲這才是政事敗壞的根本原因。神宗皇帝看了這奏疏，勃然大怒，將他貶爲廣東徐聞典吏。

湯氏對政事的一腔熱忱，遭此打擊，已是心灰意冷。後來，轉任浙江遂昌知縣，從政的熱情逐漸復蘇。但他內心所受的鬱憤，必然從他的劇作中發抒出來。湯氏對輔臣張居正、申時行之不滿，也可從他劇作中的幾位宰相看得出來。《南柯記》中的右相段功，因淳于棼「久任南柯，威名頗盛」，怕有「樹大根搖之慮」，所以，將淳于棼解除兵權，調回朝廷，並以星變示異爲由，將其逐出大槐安國。《邯鄲記》中的宰相宇文融，「性喜奸讒，材能進奉」，盧生中狀元，不接受他的籠絡，就屢次加以陷害。湯氏這樣描寫段功和宇文融，主要還是要揭露當時最高統治集團相互傾軋、迫害異己的醜態。

第二節 明代中晚期科舉的弊端

到了明代，科舉制度已實行近八百年。歷代科舉雖有種種弊端，但仍是寒門士子進身的唯一管道，由於應考者多，能考上者少，爲求能考上，各種花樣也紛紛出現。主考單位爲了要應五花八門的作弊伎倆，在考題型態方面也有各種變化。沈德符《萬曆野獲編》曾說：

> 至嘉靖末年，時文冗濫，千篇一律。記誦稍多，即掇第如寄。而無賴孝廉，久棄帖括者，盡抄錄小本，挾以入試。時世宗忌諱既繁，主司出題，多所瞻顧，士子易以揣摩，其射覆未有不合者。至壬戌而瀾倒極矣。（卷一六，〈會場搜檢〉）

這些弊端成就了不少僥倖士子，靠這種方式進身的數目有多少，也很難估算。但影響最大的，應該是權貴子弟利用關係而取得功名。這種事情，到了萬曆年間最爲嚴重。當時的內閣首輔、次輔，以及一般的尚書、侍郎，不再有任何顧忌，公然爲自己的親友鑽營，以求在考試中名列前茅。而這種官僚舞弊的事，竟活生生的發生在湯顯祖身上，使湯氏慢了兩次才中進士。

張居正有六個兒子，分別是敬修、嗣修、懋修、簡修、允修、靜修❶。張氏對他們雖有很高的期望，但他們書讀得並不好。張敬修在萬曆元年（一五七三）中舉，萬曆二年（一五七四）的會試卻落第。萬曆四年（一五七六）張懋修在鄉試又落第。爲了督促兒子上進，並給他們在文壇上張大聲勢，也爲將來兒子登進士時有人陪襯，張居正透過各種關係找上了沈懋學和湯顯祖。關於這件事，《明史・湯顯祖傳》有記載：

張居正欲其子及第，羅海內外名士以張之，聞顯祖及沈懋學名，命諸子延致，顯祖謝弗任。懋學遂與居正子嗣修偕及第。（卷二三〇）

關於這件事情的經過，錢謙益的《列朝詩集小傳》也有記載：

萬曆丁丑，江陵方專國，從容問其叔：「公車中頗知有雄駿君子晁、賈其人者乎？」曰：「無逾湯、沈兩生者矣。」江陵將以鼎甲畀其子，羅海內名士以張之。命諸郎因其叔延致兩生。義仍獨謝弗往，而君典遂與江陵子懋（嗣）修偕及第。（丁集中，頁五六二）

❶ 參朱東潤：《張居正大傳》（臺北：臺灣開明書店，一九六八年二月），頁三九五－三九七，〈張氏世系表〉。

君典即沈懋學。這次及第的是嗣修，而非懋修。另外，談遷的《棗林雜俎》也說：

> 至期并寓燕。前客果來，勸謁相國，各未決。客曰：「第訪我，相國自屏後覘之耳。」沈獨往而退。……，招義仍，終不往。尋沈雋南宮，對策進士第一。義仍下第。（〈和集・湯顯祖〉條）

從以上的說法，可知張居正想替他的兒子嗣修在一甲三名中留個位置，因宰相的兒子不便大魁，想找兩位名士來陪榜。張居正的叔父就向張居正推薦湯顯祖和沈懋學，張居正乃請他的叔父介紹兒子和湯、沈交往。

當時的介紹人，除張居正的叔父外，另有姜奇方。湯顯祖〈宣城令姜公去思記〉說：

> 令朝京師，會余上試。令故江陵相弟子師也。不數日，江陵弟子介令候余，余謝不敢當。（《湯顯祖集・詩文集》，卷三四，頁一一一〇）

這是透過姜奇方的關係，請張居正的兒子來面見湯顯祖，湯顯祖卻不願意接受。

萬曆五年（一五七七）的考試，張四維、申時行擔任會試主考官，錄取馮夢禎等三百零一名進士，張居正之子嗣修也中式。三月廷試，原本以宋希堯一甲第一，張嗣修二甲第一，等拆開彌封以後，太監馮保傳慈聖太后旨意，由神宗改宋希堯為二甲第一，張嗣修為一甲第二，沈懋學中了狀元，湯顯祖則落第。湯下第後，感慨很深，作了〈別荊州張孝廉〉詩，自嘆爲時所棄，又失去一次進身的機會。對那些靠金錢和權勢取得功名的人，則表示相當的輕蔑。

萬曆八年（一五八〇）會試，張居正的親信王篆和張懋修又一同來結納湯顯祖。鄒迪光〈臨川湯先生傳〉說：

> 庚辰，江陵子懋修與其鄉之人王篆來結納，復啖以巍甲而亦不應，曰：「吾不敢從處女子失身也。」❷

這次會試，廷試時張居正爲讀卷官。張懋修中了狀元，張敬修以二甲十三名登第，湯顯祖再一次落榜。這次考試也引起很多非議，根據沈德符《萬曆野獲編》卷十四〈關節狀元〉的說法，張懋修的策問卷子是張居正代作的。趙吉士的《寄園寄所寄》卷六引〈掄元小錄〉說：

> 萬曆丁丑，張太岳子嗣修榜眼及第。庚辰，懋修復登鼎元，有無名子揭口占于朝門，曰：「狀元榜眼俱姓張，未必文星照楚邦？若是相公堅不去，六郎還作探花郎。」

❶ 收入毛效同編：《湯顯祖研究資料彙編》（上海：上海古籍出版社，一九八六年九月），上冊，頁八〇。

可見張居正爲其子考試舞弊的事，已激起人民的公憤。

萬曆十一年（一五八三），湯顯祖中三甲第六十五名進士。當時輔臣張四維之子張甲征，申時行之子用懋、用嘉，也一同中進士。這三名輔臣子弟將赴廷對時，御史魏允貞上疏陳時弊四事，疏中說：

> 自居正三子連登制科，流弊迄今未已。請自今輔臣子弟中式，俟致政之後，始許廷對，庶倖門稍杜。（《明史》，卷二三二，〈魏允貞傳〉）

這奏疏呈給皇上以後，張四維爲其子辯白，並要求辭職。申時行也上疏自辯，戶部員外郎李三才上奏稱「允貞言是」，因而被貶東昌推官，魏允貞貶許州判官。魏允貞和李三才都是湯顯祖的朋友，魏、李被貶時，湯顯祖在同年宴會上對張甲征說：「有聞輒發，不必可行，是言官故事，在相國宜益禮厚魏君。」（《湯顯祖集·詩文集》，卷四四，〈與申敬中〉）

有關科舉制度的弊端，因爲湯顯祖也被無辜受害，湯氏起先是消極的不滿，漸漸的，由不滿變成否定的對抗。這種對抗，可以從他所作的幾個劇本中反映出來。如《牡丹亭》第四十一齣〈耽試〉，描寫文字一竅不通的主考官苗舜賓，因與柳夢梅是舊識，即使柳夢梅錯過考期，也可以再補考，天下士人有幾位像柳夢梅這麼幸運，能遇見苗舜賓？另外，《邯鄲記》中對科舉制度的弊端也有相當多的揭露。盧生之妻崔氏女告訴盧生說：「奴家再著一家兄相幫引進，取狀元如反掌耳！」（第六齣〈贈試〉）這裏的「家兄」就是錢，也就是用錢收買。收買的層次竟高到皇帝。盧生也果然中了狀元，而破壞了宰相宇文融所內定的排名順序。因此，觸怒了宇文融，而遭到一連串的迫害。可見，不但盧生這邊行賄路，有一部份士子也走宇文融這管道。科舉考試之黑暗面，由此也可得知一二。

第三節　當時思想界對湯氏的影響

從宋代起思想界一直是受宋代的理學所統治。這種理學到明代初年分成兩派，一是博學或致知派，宋濂、王禕、方孝儒等都是。一是涵養或躬行派，薛瑄、吳與弼等都是。在明初數十年間，博學、致知派逐漸衰落，而走入躬行實踐一途。這可從薛瑄、吳與弼的話看得很清楚。薛氏說：「自考亭以還，斯道已大明，無煩著作，直須躬行耳。」（《明史》，卷二八二）吳與弼說：「聖人所言，無非存天理、去人欲，聖賢所行亦然。學聖賢者，舍是何以哉？」（《康齋先生集》，卷一）朱學簡陋到這種地步，遂引起陳獻章、王陽明的批評和反動。

陳獻章主要是將人的思想由書本的束縛和古人的奴隸下解放出來。他不重視書本，要人藉靜坐來養善端，所以他說：「古人棄糟粕，糟粕非眞傳。……吾能握其機，何必窺陳編。」（《白沙子全集》，卷六，頁二）這是在強調本心具足，不假外求。在明武宗正德、世宗嘉靖間，王陽明崛起。王陽明雖不及親炙陳獻章之門，但和陳獻章弟子許璋、張詡、湛甘泉則頗有來往，間接也受到影響。王陽明說：

> 夫學貴得之心，求之於心而非也，雖其言之出於孔子，不敢以爲是也，而況其未及孔子者乎？求之於心而是也，雖其言之出於庸常，不敢以爲非也，而況其出於孔子者乎？（《傳習錄》，卷中）

這段話和陳獻章的觀點非常相近，皆以己心爲衡量是非的標準，而不崇拜偶像。這種勇於自信的精神，確比朱子之學要高明的多。陽明死後，門弟子分爲三派：

1. 浙江派：代表人物是錢德洪、王畿。以陽明四句教：「無善無惡心之體，有善有惡意之動，知善知惡是良知，爲善去惡是格物。」爲講學宗旨。
2. 江右派：代表人物是聶豹、羅洪先，以主靜歸寂爲講學宗旨。
3. 泰州派：代表人物是王艮、王襞、顏鈞、何心隱、羅汝芳、李贄，發揮王學自由解放的精神。

這泰州派代表人物中的羅汝芳是湯顯祖的老師，李贄則是湯氏最崇拜的人物。再加以達觀禪師。三人可說是影響湯氏最重要的人物。湯氏曾說：「如明德先生者，時在吾心眼中矣。見以可上人之雄，聽以李百泉之傑，尋其吐屬，如獲美劍。」（《湯顯祖集》卷四四，〈答管東溟〉）明德先生即羅汝芳；可上人，即達觀禪師；李百泉，即李贄。

羅汝芳（一五一五—一五八八），字惟德，號近溪，南城人。嘉靖二十二年（一五四三）舉人，三十二年（一五五三）進士。同年，選太湖知縣，後升刑部山東司主事，又出任寧國府知府。羅汝芳的老師是顏鈞。嘉靖十九年（一五四〇）羅汝芳到南昌，顏鈞正在那裏講學，羅汝芳便拜他爲師。嘉靖二十三年（一五四四），羅汝芳進京會試，他認爲「吾學未信，不可以仕。」就不應廷試，決心在家鄉講學。嘉靖二十四年（一五四五）在南城建從姑山房，接待四方來和他共同講學之人。羅汝芳的學術宗旨，是直指本心，拋除一切依傍，追求自由。這點和顏鈞很相近，他講學不斤斤於文義訓釋，有人說他「譬如韓白用兵，直搗中原。」

湯顯祖曾說：「十三歲時，從明德羅先生遊。」湯氏十三歲，是嘉靖四十一年（一五六二）。這時，羅汝芳是擔任寧國府知府。羅氏在治理寧國府時曾希望把他的社會理想付諸實踐。他的理想是什麼？這可從羅氏《盱江羅近溪先生全集》中的〈寧國府鄉約訓語〉、〈騰越州鄉約訓語〉中看出來。楊起元〈明雲南布政使司左參政明德夫子羅近溪先生墓志銘〉，說到羅汝芳任太湖知縣時：

> 復流移，修庠序，令鄉館師弟子朔望習禮歌詩行獎賞焉。立鄉約，飭講規，敷演聖諭六條，惓惓勉人以孝弟爲先。行之期月，爭訟漸息。有緩急難卒辦者，父老子弟爭相趨營之。（《盱江羅近溪先生全集》，卷一〇，頁三〇下）

李贄在《續藏書．理學名臣傳》中也說：

> 出知寧國府，所至不事刑扑，惟以化育人才爲功課，一時彬彬有三代歌風。（卷二二，〈參政羅公傳〉）

湯顯祖既從學於羅汝芳，受羅氏這種社會理想的影響，也是很自然的事。《牡丹亭》第八齣〈勸農〉和《南柯記》第二十四齣〈風謠〉，所描述的安和樂利的社會，實有羅汝芳的影子在內。

李贄（一五二七—一六〇二），字卓吾，又字宏甫，福建晉江人。中舉後曾做過河南輝縣教諭，雲南姚安府知府，萬曆八年（一五八〇）辭官，居耿定理家。十三年（一五八五）移居麻城龍潭芝佛院，十六年（一五八八）剃髮。十八年（一五九〇）刻成著作《焚書》。湯顯祖寄書給蘇州知府石楚陽說：「有李百泉先生者，見其《焚書》，畸人也。肯爲求其書寄我駘蕩否？」（〈寄石楚陽蘇州〉）可見湯氏對李卓吾的著作有無限的嚮往。

李卓吾的思想是與儒家傳統相對立的，他反對以孔子之是非爲是非，提出「六經、語、孟豈可爲萬世之至論」。也反對宋儒的「存天理」、「滅人欲」，說穿衣吃飯乃是人倫物理，嘲笑假道學是「名實具利的兩頭馬」（《藏書・紀傳總目》）在評論社會問題和歷史人物時，他大膽地標新立異，以爲秦始皇「自是千古一帝」，陳勝起義是「匹夫首創」，李斯是「才力功臣」，項羽是「千古英雄」，馮道是「安養斯民」的「吏隱外臣」，武則天是「固聰明主也」，「試觀近古之王，有知人如武氏者乎？」（《藏書》，卷四八）他甚至反對封建禮教對女子的壓迫，贊成自主婚姻。贊賞寡婦卓文君私奔司馬相如是善擇佳偶。可說把一切傳統的價值觀完全打破，豎立了一套全新的價值標準。

湯顯祖的劇作，《紫釵記》中的李益和霍小玉，《牡丹亭》中的柳夢梅和杜麗娘，都在追求愛情的自由和婚姻的自主。尤其是杜麗娘的形象是對那些「有風有化」、「宜室宜家」

的「后妃賢達」和「閨門風雅」的大膽否定，而把男女之間的愛情，視爲崇高不朽的事。這可以說是用戲曲作品來實踐了李卓吾的理想。

又如《南柯記》第二十五齣〈玩月〉，對孔夫子的神聖性作了否定。《邯鄲記》第二十七齣〈極欲〉，寫盧生對皇帝所送的二十四名女樂，假惺惺不敢要，等夫人建議送回時，又說聖意不可違而收下來。然後，天天用采戰之法與女樂周旋，最後一病不起。這是對當時假道學最入骨的諷刺，這難道沒有李卓吾的影子嗎？

達觀和尚（一五四三—一六〇三），名眞可，號紫柏，是晚明四大高僧之一❶。作學問兼通儒、釋、道。他對當時以朱子爲代表的理學傳統大加批評。他說朱子「不識佛心與孔子心」，並無眞學問。又以爲晦翁精神止可五百年，并無不朽的意義。他對萬曆年間的道學家，更是輕視，他說：「講道學，初不究仲尼之本懷，蹈襲程、朱爛餿氣話。」（《紫柏老人集》，卷二四，〈與于中甫〉）足見他瞧不起道學家不能直探聖人之本意，而僅蹈襲程、朱的「爛餿氣話」。

他極力提倡「以無我而攻有我」，提倡以「理」攻「情」。他雖是出家人，但不能忘情世事，而且十分關心政治，作〈戒貪暴說〉，指控爲官者的心態說：「以爲官爲豪客，爵位爲綠林，公然違旗鼓，操長蛇封豖之矛而呑劫百姓。」又說：「盜賊以綠林爲藪，兵刃爲權，

---

❶ 有關達觀與湯顯祖關係的研究，可參考鄭培凱：〈湯顯祖與達觀和尚——兼論湯顯祖人生態度與超越精神的發展〉。收入鄭氏著：《湯顯祖與晚明文化》（臺北：允晨文化公司，一九九五年十一月），頁三五七—四四四。本小節即參考鄭先生之文而成。

則易捕；設以衣冠爲藪，爵位爲權，則難擒。」並控訴官吏們，「恃柄而劫生靈，飽賂而藏軒冕。上則聾瞽君之耳目，中則同袍相爲扶護，下則百姓敢怒而不敢言。殊不知生靈爲國根本，劫生靈乃所以滅君也。」（《紫柏老人集》，卷二一）除了對官僚魚肉百姓加以控訴外，關愛百姓之情也溢於言表。

湯顯祖與達觀和尚相遇是在萬曆十八年（一五九〇），地點是在南京湯氏好友鄒元標的家裏。此後，他們有多次的見面，達觀常勸湯氏能擺脫紅塵，皈依佛家清淨。萬曆二十六年（一五九八），達觀和尚突然來到江西臨川，會見湯顯祖。這是他們兩人最後一次見面。達觀發現湯氏對世事已有了超脫的態度，已可以體會四大皆空的眞諦。在達觀來訪及離別之後，湯氏寫了大量的詩作，達觀留下的詩作也不少，可見他們意契神合、心滿意足。當達觀到石門寺參拜，寫了〈禮石門圓明禪師文〉，特別提到「情」、「理」對立的問題：

殊不知凡聖精粗，情有而理無者也；凡聖精粗所不能盡者，理有而情無者也。

（《紫柏老人集》，卷一四，頁二八）

這一「情有理無」及「理有情無」的命題，對湯顯祖產生了極深遠的影響。湯氏在〈寄達觀〉中說：

情有者理必無，理有者情必無。眞是一刀兩斷語。使我奉教以來，神氣頓王。諦

視久之，并理亦無，世界身器，且奈之何。（《湯顯祖集·詩文集》卷四十五，頁一二六八）

這裏所說的「情有理無」，與湯氏在〈牡丹亭記題詞〉中所說的「理無情有」，已大不相同。在〈牡丹亭記題詞〉，湯氏是肯定「情有」，以對抗儒學家的「理」。但不久受達觀的影響，有關「情」與「理」的概念，發生了實質的變化，他不再肯定「情有」，而是開始質疑「情多」，甚至希望「情盡」。這點可以從後來完成的《南柯記》和《邯鄲記》，得到證明。我們可以說，《南柯記》和《邯鄲記》中對情的看法，是受達觀的影響而形成的。

第四節　當時文藝思潮對湯氏的影響

在明代中葉以前，傳奇的創作和演出，大抵侷限在中國東南地區，在北方仍舊是北曲雜劇的天下。由於地域的限制，加上編劇的人很少，屬於這一時期的傳奇劇目約有五十多種，今存者有二十多種。多數作者的情況也不甚了了，可見傳奇創作的進展速度非常緩慢。就今存的二十餘部劇作來看，內容大都是教忠教孝的道德意識，如邱濬的《五倫全備忠孝記》、邵燦的《香囊記》，都在宣揚倫理道德，說教的意味非常濃厚。另有一些作品，除說教外，也揭露了生活中的某些矛盾，如李日華改編的《南西廂記》、王濟的《連環記》、沈采的《千金記》、蘇復之的《金印記》、陳羆齋的《躍鯉記》、姚茂良的《張巡許遠雙忠記》、無名氏的《精忠記》等都是。較有開創性的是李開先的《寶劍記》。

在嘉靖、隆慶年間，傳奇有較顯著的發展，關鍵是魏良輔等人將原本爲清唱的崑曲，改良到可以在舞臺演唱。當時的梁辰魚，繼續鑽研，用崑腔來塡寫曲詞，著成《浣紗記》傳奇，並搬上舞臺，使崑曲成爲嶄新的戲曲聲腔劇種。梁辰魚的友人張鳳翼作《紅拂記》、《祝髮記》、《竊符記》、《灌園記》、《虎符記》、《扊扅記》六種，合稱《陽春六集》。在這個時期的前後，傳奇作家多了起來，如鄭若庸有《玉玦記》、屠隆有《曇花記》、《彩毫記》、梅鼎祚有《玉合記》、許自昌有《水滸記》。這些作品的共同特色是文辭雅麗、音律嚴整，內容則很平常。❶

傳奇內容的主題改變，是萬曆初年以後的事。這種改變是隨著新的文學思潮的出現而產生的。明萬曆以後的新文學思潮是什麼？即反對封建倫理，強調個性自主。這種思潮當然來自王陽明學派的泰州派。關鍵人物仍舊是李贄。李贄曾提出「童心說」，他的《焚書》說：

> 夫童心者，眞心也，若以童心爲不可，是以眞心爲不可也。夫童心者，絕假純眞，最初一念之本心也。若失卻童心，便失卻眞心。失卻眞心，便失卻眞人。人而非眞，全不復有初矣。（卷三，頁九七）

❶ 參考朱承樸、曾慶全：《明清傳奇概說》（香港：三聯書店，一九八五年四月），頁一一一—一一三。

李贄認爲「童心」就是眞心，失去了童心，也就是失去了眞心。如就文學創作來說，也就是失去了寫出好作品的最基本條件。因爲文學作品是作者眞摯情感的流露，如果作者的情感是虛僞的，也就不可能寫出感人至深的作品。這就是李贄所說「天下之至文，未有不出於童心焉者也。」（《焚書》，卷三）李贄又討論「童心」所以失去的原因，是因爲聞見道理的束縛，而聞見道理「皆自多讀書識義理而來也」。他所說的「聞見道理」，並不是對客觀世界的認識，而是指儒家的經典和教條。因此，他把《六經》、《論語》、《孟子》稱之爲「道學之口實，假人之淵藪」。李贄反對以聞見的道理來束縛人的「童心」，和他反對以「天理」來束縛人的個性和思想是一致的。

袁宏道又在「童心」說的基礎上創立了「性靈說」。他在〈敘小修詩〉中云：「大都獨抒性靈，不拘格套，非從自己胸臆流出，不肯下筆。有時情與境會，頃刻千言，如水東注，令人奪魂。」（《袁宏道集箋校》，卷四，頁一八七）他認爲性靈即人的感情和直覺，主要是指人之喜怒哀樂嗜好情欲，只有再現了心靈、情欲、感情和人格等各種境界的文學，才是出自性靈的眞詩文。他的〈敘小修詩〉又說：

故吾謂今之詩文不傳矣。其萬一傳者，或今閭閻婦人孺子所唱〈擘破玉〉、〈打草竿〉之類，猶是無聞無識眞人所作，故多眞聲。不效顰於漢、魏，不學步於盛唐，任性而發，尚能通于人之喜怒哀樂嗜好情欲，是可喜也。（《袁宏道集箋校》，卷四，頁一八八）

他認爲祇有那能表達自己喜怒哀樂嗜好情欲，不受聞見道理束縛的閭閻婦人孺子的作品，才算得上抒寫性靈的眞詩。這種眞詩，就是擺脫封建禮教的束縛，自由地表現人們的思想感情和生活的欲望。他又把山林之人悠閒自在的生活和愚不肖無所顧忌地追求酒肉聲伎之好皆稱之爲「趣」，在自己的詩文中表達了對這種違背封建傳統觀念的生活方式的嚮往和追求。這種「性靈」說，既要求擺脫傳統道德觀念的束縛，反映了追求個性解放的精神。

在這種文學風氣之下，湯顯祖一方面對前後七子的形式主義開戰，一方面提出「情至」的文學觀❷。他重視文章的意、趣、神、色，反對被格律形式所束縛。他把李夢陽、李攀龍、王世貞等人文章中的用典出處，及增減漢史、唐詩字面處，一一標出，在南京一帶流傳。且提出反摹擬的創作主張，他在〈合奇序〉中說：

> 予謂文章之妙不在步趨形似之間。自然靈氣，恍惚而來，不思而至。怪怪奇奇，莫可名狀。非物尋常得以合之。蘇子瞻畫枯枝竹石，絕異古今畫格。乃愈奇妙。若以畫格程之，幾不入格。米家山水人物，不多用意。略施數筆，形像宛然。正使有意爲之，亦復不佳。（《湯顯祖集．詩文集》，卷三二，頁一〇七八）

---

❷ 有關湯氏「情至」的文學觀，可參考：(1)成復旺：〈湯顯祖的「至情論」〉，《明清實學思潮史》（濟南：齊魯書社，一九八九年七月），頁六一一—六四四。(2)陳竹：〈湯顯祖的主情論劇作學體系〉，《明清言情劇作學史稿》（武昌：華中師範大學出版社，一九九一年八月），頁二一一—四〇。(3)華瑋：〈世間只有情難訴——試論湯顯祖的情觀和他劇作的關係〉，《大陸雜誌》第八六卷六期（一九九三年六月），頁三二一—四〇。

所謂「自然靈氣」，即是創作靈感，文章之妙即靠這種創作靈感，而不是追求「步趨形式之間」，更不是「有意爲之」。也因爲有靈感，所創作的文章，必然跟蘇軾和米芾父子的畫那樣的生動。這是對當時復古主義最切要害的針砭。

湯顯祖的所謂「情」，是一種與生俱來的情感，表現和追求情是人的天性，在日常生活以及在文學創作和欣賞活動中都有情感的表現，他在〈宜黃縣戲神清源師廟記〉中說：

> 人生而有情。思歡怒愁，感於幽微，流乎嘯歌，形諸動搖。或一往而盡，或積日而不能自休。蓋自鳳凰鳥獸以至巴渝夷鬼，無不能舞能歌，以靈機自相轉活，而況吾人。……（戲曲）生天生地生鬼生神，極人物之萬途，攢古今之千變。一勾欄之上，幾色目之中，無不紓徐煥眩，頓挫徘徊。恍惚如見千秋之人，發夢中之事。使天下之人無故而喜，無故而悲。……無情者可使有情，無聲者可使有聲……。豈非以人情之大竇，爲名教之至樂也哉。（《湯顯祖集．詩文集》，卷三四，頁一一二七）

「以人情之大竇，爲名教之至樂」，不僅與程朱理學相反，與泰州學派之觀點也不同。這反映了湯氏反對封建禮教束縛，追求個性解放的要求❸。湯氏認爲戲曲之所以能打動觀衆的感

---

❸ 參考羅宇烈：〈湯顯祖哲學思想初探〉。收入《湯顯祖研究論文集》（北京：中國戲劇出版社，一九八四年五月），頁一五二—一七三。

情，引起觀衆內心的共鳴，是因爲它合於人的喜怒哀樂嗜好情欲。他在〈焚香記總評〉中說：

作者精神命脈，全在桂英冥訴幾折，摹寫得九死一生光景，宛轉激烈。其塡詞皆尚眞色，所以入人最深，遂令後世之聽者淚，讀者顰，無情者心動，有情者腸裂。何物情種，具此傳神手！（《湯顯祖集・詩文集》，卷五〇，頁一四八六）

湯氏所強調的情，是與當時理學家所強調的「理」相對立的。在當時的條件下，湯氏所肯定的人性、人情，所追求的人生理想，都是被壓抑或摧殘的。而湯氏所痛惡的「矯情」，卻觸目皆是。當眞情不能見容，只好出之以夢幻。在夢幻中合情、合理的，當然可以得到表達，即使被壓抑、禁錮的也可以得到應有的發洩。這就是湯氏所說的「因情成夢，因夢成戲」。（《湯顯祖集・詩文集》，卷四七，〈復甘義麓〉）

湯氏既要藉夢幻來表達他所要追求的理想，則他作品中的夢就不是一般普通的夢，他在〈牡丹亭題詞〉中說：

天下女子有情，寧有如杜麗娘者乎。夢其人即病，病即彌連，至手畫形容傳於世而後死。死三年矣，復能溟莫中求得其所夢者而生。如麗娘者，乃可謂之有情人耳。情不知所起。一往而深，生者可以死，死可以生。生而不可與死，死而不可復生者，皆非情之至也。夢中之情，何必非眞。天下豈少夢中之人耶。必因薦枕

而成親，待掛冠而爲密者，皆形骸之論也。（《湯顯祖集·詩文集》，卷三三，頁一〇九三）

「夢其人即病」，這種事在人世間可能很多。但是，「死三年矣，復能溟莫中求得其所夢者而生」，這在人世間幾乎是不可能的事。湯氏所以要把人世間不可能實現的事，用夢幻的方式來表達，就是要凸顯杜麗娘這一有情女子的眞情。這種夢中之情，是不能用人世間實際存在的常情常理來衡量的。一般的常理不可能發生的事，從情的觀點來理解，則又可以相信是眞的。如果一切都按事理來衡量，即「以理相格」。對人物來說，即無所謂夢幻；對作家來說，也無浪漫主義的手法❹。

在《牡丹亭》之外，如《南柯記》寫淳于棼爲能飛黃騰達而作夢；《邯鄲記》中，盧生爲想榮華富貴而入夢，夢中種種也不是人世間很容易得到的。湯氏所以要用夢的方法來滿足淳于棼和盧生的願望，無非要告訴讀者所謂榮華富貴，只不過一種虛幻的夢而已。這種夢的意義，似乎與《牡丹亭》的夢略有不同。《牡丹亭》中的杜麗娘對情的執著和追求，是在理學的社會裡所不能允許的。湯氏爲了打破這種束縛，只好讓杜麗娘的願望在夢中實現。《南柯記》中的淳于棼、《邯鄲記》中的盧生，在夢中雖都實現了他們的心願，但湯氏所要強調的應是榮華富貴，如夢之虛幻而已。

---

❹ 參賴大仁：〈論湯顯祖的情與夢〉，《中國古代、近代文學研究》，一九九〇年十一期，頁二一一—二一六。

第三章　湯顯祖戲曲的創作過程

第一節　《紫簫記》的創作年代

湯顯祖的戲曲作品總計有《紫簫記》、《紫釵記》、《牡丹亭》、《南柯記》、《邯鄲記》五部。《紫簫記》爲未完成的作品，後四種合稱《臨川四夢》。這五種劇本的作成時代，歷來學者有各種不同的說法。茲從早期的作品《紫簫記》加以討論。

《紫簫記》由於是未完成的作品，並不像《紫釵記》、《牡丹亭》、《南柯記》、《邯鄲記》都有作者的〈題詞〉，可推斷其作成時代。因此，《紫簫記》一書作於何時，也衹能根據各種零星資料作辨證。這一方面的工作，徐朔方先生的〈玉茗堂傳奇創作年代考〉已有相當詳細的考證❶。茲參考徐先生的說法，略加考訂。

湯顯祖爲梅鼎祚《玉合記》所作的〈玉合記題詞〉說：

---

❶ 見徐先生撰：《湯顯祖年譜》（上海：中華書局，一九五八年十一月），附錄丙。

> 余往春客宛陵，……時送我者姜令、沈君典、梅生禹金賓從十數人。去今十年矣。八月太常齋出，宛然梅生造焉。……因出其所爲〈章臺柳記〉若干章示余。……予觀其詞，視予所爲《霍小玉傳》，並其沉麗之思，減其穠長之累。且予曲中乃有譏托，爲部長吏抑止不行。多半〈韓蘄王傳〉中矣。（《湯顯祖集·詩文集》卷三三，頁一〇九二）

這裡所說的《霍小玉傳》，是指依蔣防《霍小玉傳》所作的劇本。這本劇本「曲中乃有譏托，爲部長吏抑止不行」，可見是指未完成的《紫簫記》。現在，如果能證明〈玉合記題詞〉作於何時，即可證明《紫簫記》是作於此年之前。根據〈玉合記題詞〉後，徐朔方先生的〈箋〉說：「作於萬曆十四年（一五八六）丙戌八月，時在南京太常博士任。三十七歲。」（《湯顯祖集·詩文集》，卷三三）〈玉合記題詞〉既作於萬曆十四年八月，則《紫簫記》在此年之前已完成。

湯氏〈玉合記題詞〉又說：

> 第予昔時一曲纔就，輒爲玉雲生夜舞朝歌而去。生故修窈，其音若絲，遼徹青雲，莫不言好。觀者萬人。乃至九紫君之酬對悍捷，靈昌子之供頓清饒，各極一時之致也。……梅生因問三君者一來遊江東乎。予曰：「自我來斯，風流頓盡。玉雲生容華亦長矣。」（同上）

根據上引〈題詞〉，湯顯祖作《紫簫記》時，應與玉雲生同在一地。而玉雲生並未到過江東。這裡的江東是指南京。可見《紫簫記》並不是作於南京。

那麼，《紫簫記》作於何地？這可從湯氏〈紫釵記題詞〉得到答案。〈題詞〉說：

> 往余所遊謝九紫、吳拾芝、曾粵祥諸君，度新詞與戲，未成，而是非蜂起，訛言四方。……記初名《紫簫》，實未成。（《湯顯祖集．詩文集》，卷三三，頁一〇九七）

這裡所提到的謝九紫是謝廷諒；吳拾芝、曾粵祥，即〈玉合記題詞〉中提到的玉雲生、靈昌子。三人都是湯顯祖的同鄉。可知《紫簫記》應作於臨川。湯氏是在萬曆十年（一五八二）離鄉赴試。可見，《紫簫記》應作於萬曆十年之前。

雖可知《紫簫記》作於萬曆十年之前，是否能證知更確切的作成年代？這可從湯氏的〈紫釵記題詞〉得到部分的線索。〈題詞〉說：

> 記初名《紫簫》，實未成。亦不意其行如是。帥惟審云：「此案頭之書，非臺上之曲也。」（同上）

帥惟審即帥機。根據徐朔方先生之研究，萬曆三年（一五七五）至九年（一五八一）秋，帥機先後擔任南京禮部祠祭司主事和精膳司郎中，後來才調任貴州思南知府。再根據湯氏〈赴帥生夢作〉：「子爲膳部郎，予入南成均。今上歲丙子，再見集庚辰。前後各傾展，言笑各溫新。」（《湯顯祖集．詩文集》，卷八）丙子，是萬曆四年（一五七六），湯顯祖遊南京國子監，當時帥機任南京禮部精膳司郎中。庚辰，是萬曆八年（一五八〇），湯顯祖春試不第南歸，再會晤帥機於南京。湯氏的《紫簫記》能得到帥機的批評，當是這兩次中的一次。由此可知，《紫簫記》不作於萬曆四年之前，也應作於萬曆八年之前。

但是否能更確切的證明，是這兩次中的那一次。根據湯氏〈紫釵記題詞〉云，《紫簫記》「未成，而是非蜂起，訛言四方。」沈德符《萬曆野獲編》卷二十五〈塡詞有他意〉條說：「湯義仍之《紫簫》，亦指當時秉國首揆，才成其半，即爲人所議，因改爲《紫釵》。」可見，《紫簫記》有託諷張居正的地方。根據本書前文的論述，萬曆五年（一五七七）張居正欲羅致湯顯祖，湯氏不肯，得罪張居正，那年的進士考試也落第。湯氏對張居正之不滿，也從這一年開始。則《紫簫記》應作於萬曆五年之後。前面所提到，帥機評論《紫簫記》的時間，有可能是萬曆四年（一五七六），或萬曆七年（一五七九）。既然，從這裡的考證，可知《紫簫記》作於萬曆五年以後，那萬曆四年那次，就可排除在外。那麼，帥機評論《紫簫記》的時間，也祇有萬曆七年那一次而已。

從上文的考證，可知《紫簫記》應作於萬曆五年秋至七年秋之前。寫作的地點是江西臨川。

第二節　《紫釵記》的創作年代

《紫釵記》是由《紫簫記》更改而成，該書有湯氏的〈題詞〉，可作爲論定其作成時代的依據。〈題詞〉說：

> 南都多暇，更爲删潤，訖，名《紫釵》。（《湯顯祖集·詩文集》，卷三三，頁一〇九七）

徐朔方先生根據這條資料，認爲《紫釵記》寫定於南京。又以爲湯顯祖在萬曆十二年（一五八四）八月初十日至南京任太常博士，歷任詹事府主簿、禮部主事，至十九年（一五九一）六月始以言事謫官離去。又引湯氏〈京察後小述〉一詩：「文章好驚俗，曲度自教作。貪看繡裌舞，貫踏花枝臥。」認爲「《紫釵記》當是萬曆十五年（一五八七）京察前作於南京。」❶徐朔方先生並考證〈紫釵記題詞〉作於萬曆二十三年（一五九五）三月後，七月前。但並未解釋，何以作於萬曆十五年的《紫釵記》，〈題詞〉卻作於萬曆二十三年？後來，徐朔方先生所作《湯顯祖評傳》，對此事稍有解說，湯氏說：「湯顯祖在遂昌知縣任上可能又在付印前對它作了最後的潤色。」❷

---

❶ 徐朔方：〈玉茗堂傳奇創作年代考〉，收入《晚明曲家年譜》（杭州：浙江古籍出版社，一九九三年十二月），第三卷，《湯顯祖年譜》，附錄乙，頁四八三—四八四。

❷ 見徐朔方：《湯顯祖評傳》（南京：南京大學出版社，一九九三年七月），頁六三。

夏寫時先生對於徐朔方先生的結論，並不滿意，曾作〈紫釵記成年考〉一文❸，重新加以考證。首先，夏氏引〈紫釵記題詞〉的另一節文字：「曲成，恨帥郎多病，九紫、粵祥各仕去，……」指出，帥郎即帥機，萬曆二十、二十一年曾生病，二十二年秋又生病，因而辭官，萬曆二十三年七月逝世。九紫即謝廷諒，是萬曆二十三年進士，官南刑部。粵祥即曾如海，萬曆二十年進士，二十二年官福建同安知縣。次年過世。帥機病而尚在，粵祥仕而未逝，九紫又已官，這時間的交會點只有一個，即萬曆二十三年。夏氏認爲，根據〈紫釵記題詞〉也可以得出曲成於萬曆二十三年的結論。

由於這一結論與徐朔方先生所說的萬曆十五年相差甚久，何者較爲正確？夏寫時先生作了詳細的考證：

1.湯顯祖的〈紫釵記題詞〉：「《記》初名《紫簫》，實未成……南都多暇，更爲刪潤，訖，名《紫釵》。」這段話是說，《紫簫記》是一部未完之作，湯氏在南京任職時，時間較多，把它刪潤，更名爲《紫釵記》。〈題詞〉的「曲成，帥郎多病，九紫、粵祥各仕去」，則告訴我們，在南京刪潤而成的《紫釵記》並非定本，後來又加以改寫，到萬曆二十三年湯氏才自認爲是「曲成」。

2.湯顯祖〈玉茗堂批訂董西廂敘〉❹，也爲《紫釵記》的寫作過程提供了線索：

❸ 該文原發表於《學術月刊》，一九八四年一期，頁六三—六四轉頁四五。後收入夏氏著：《論中國戲劇批評》（濟南：齊魯書社，一九八八年十月），頁二八八—二九四。

> ……令平昌，邑在萬山中，人境僻絕。古廳無訟，衙退，疏簾，捉筆了霍小玉公案。時取參觀，更覺會心。輒泚筆淋漓，快叫欲絕。何物董郎，傳神寫照，道人意中事若是。適居長卿訪余署中，遂出相質。……乙未上巳日清遠道人纂。（《湯顯祖集‧詩文集》，卷五〇，頁一五〇二）

此〈敘〉所署「乙未上巳日」，當即萬曆二十三年（一五九五）三月。〈敘〉中既云「捉筆了霍小玉公案」。正可和前文的論述相印證。也可視爲《紫釵記》成於萬曆二十三年（一五九五）的重要材料。

3.王驥德所著《曲律》說：

> （孫如法先生）與湯奉常爲同年友。湯令遂昌日，會先生謬賞余《題紅》不置，因問先生：「此君謂余《紫簫》若何？」（時《紫釵》以下俱未出。）先生曰：「嘗聞伯良艷稱公才而略短公法。」湯曰：「良然，吾茲以報滿抵會城，當邀此君共削正之。」既以罷歸，不果。（〈雜論〉第三十九上，頁一七一）

---

❹徐朔方先生曾以此敘爲僞作，提出兩點理由。夏寫時先生認爲徐先生的理由不能成立，並提出反論。詳見註❸所引論文。

文中說：「時《紫釵》以下俱未出」，說明湯顯祖在南京據《紫簫記》刪潤而成的《紫釵記》並未行世。而「當邀此君共削正之」，正說明《紫釵記》還沒有寫定，時時想修改。

4.湯顯祖〈與帥公子從升、從龍〉，也和《紫釵記》的寫作時間有關：

> 謁上官不得意，忽忽思歸，輒思惟審。或舟車中念及半生遊跡，論心慟世，未嘗不一呼惟審也。惟審仙去，里中誰與晤言，浪跡遲歸，殆亦以此。……《紫釵記》改本寄送惟審總帳前，曼聲歌之，知其幽賞耳。（《湯顯祖集·詩文集》，卷四五，頁一二八〇）。

夏寫時先生以爲這封信應作於萬曆二十三年（一五九五）秋帥機逝世後，萬曆二十六年（一五九八）春湯顯祖棄官回臨川之前。如根據「惟審仙去……浪迹遲歸，殆亦以此」的話，這封信應成於帥機逝世若干時日以後。又據「謁上官不得志，忽忽思歸」的話，參照湯氏在遂昌的歷年詩作，可推定這封信應作於萬曆二十六年（一五九八）春，或稍前的可能性較大，信中「《紫釵記》改本寄送惟審繐帳前」，與《紫釵記》的著成時間有關。以湯氏和帥機的交情，如果如徐朔方先生所說，萬曆十五年已完成，不可能不送請帥機批評。《紫釵記》一定是完稿於帥機生病或死後，已不及寄給帥機看，等完成後，才寄給帥機的兩個兒子，請求「幽賞」。如參照湯氏《紫釵記題詞》：「曲成，恨帥郎多病……」，正可說明《紫釵記》應成於萬曆二十三年（一五九五）。當時湯顯祖擔任遂昌縣令。

從上文夏寫時先生所作的考證，可知《紫釵記》在萬曆十五年（一五八七）起已開始撰作，到萬曆二十三年（一五九五）時完成。

第三節　《牡丹亭》的創作年代

《牡丹亭》的創作年代，如根據湯顯祖所作之〈題詞〉，署「萬曆戊戌秋」，即萬曆二十六年（一五九八）秋。這〈題詞〉所署的時間，應該是湯氏完稿的時間。又根據《牡丹亭》第一齣〈標目〉有「玉茗堂前朝復暮」的話，可見這一劇本是完成於玉茗堂。另根據湯氏〈七月念日移宅沙井，八月十九日殤我西兒，慘然成韻〉（《湯顯祖集·詩文集》，卷一四，頁五二二），可知湯氏移居沙井巷玉茗堂，是在萬曆二十六年秋七月。湯氏的〈題詞〉既署「戊戌秋」，又在第一齣〈標目〉云「玉茗堂前朝復暮」，可知是在萬曆二十六年秋的八、九月定稿。

雖已知《牡丹亭》定稿於萬曆二十六年八、九月，但《牡丹亭》共有五十五齣，這種長篇巨製，不可能在短短的數個月完成。那麼《牡丹亭》是何時開始創作？關於這一點，徐扶明先生略有考證❶，茲根據徐先生的意見，加上個人的看法說明如下：

❶ 見徐扶明著：《湯顯祖與牡丹亭》（上海：上海古籍出版社，一九九三年十一月），頁五〇—五二。

1.湯顯祖於萬曆十九年（一五九一）貶官廣東徐聞，途經廣州、澳門等地，作有〈聽香山譯者〉、〈香山嶴逢賈胡〉等詩，記述當地的風土民情。他在創作《牡丹亭》時，就把這些人情風物，寫進劇本裏。如第六齣〈悵眺〉，韓子才談到欽差識寶使臣苗舜賓要到香山嶴多寶寺中賽寶。第二十一齣〈謁遇〉，柳夢梅見苗舜賓，一起看寶，又寫到香山嶴、通事（翻譯）、番回（阿拉伯人）等。第二十二齣〈旋寄〉中，柳夢梅說他是「香山嶴裡打包來」，「五羊城一葉過南韶」等。湯氏既將這些事，都寫入《牡丹亭》中，可見該劇應作於萬曆十九年（一五九一），貶官徐聞之後。

2.王驥德所著《曲律》中說到湯氏任浙江遂昌縣令時，曾會見孫如法，文中提到「時《紫釵》以下俱未出」（〈雜論〉第三十九下，頁一七一）。所謂《紫釵》以下，即指《牡丹亭》、《南柯記》、《邯鄲記》。湯氏是在萬曆二十一年（一五九三）至萬曆二十六年（一五九八）間擔任遂昌縣令。孫如法何時與湯顯祖見面，並不能確定，但總在這段時間之內。那麼，《牡丹亭》的創作時間，應在湯氏任縣令的萬曆二十一年之後。

3.湯顯祖在遂昌擔任縣令期間，頗有治績，《牡丹亭》第八齣〈勸農〉中父老所說：「俺等是南安府清樂鄉中父老，恭喜本府杜太爺，管治三年，慈祥端正，弊絕風清。」實有湯氏的影子在內。湯氏在這段期間所作的詩文，如〈即事寄孫世行、呂玉繩〉中「也有雲山開百里，都無城郭湊千家」、「長橋夜月歌攜酒，僻塢春風喝采茶」、「村歌曉日茶初出，社教春風麥始嘗」等，和《牡丹亭》中的〈勸農〉有很多相似的地方。可見，湯顯祖把遂昌的經驗寫入《牡丹亭》之中。要有治績也要上任兩三年之後，前引〈即事寄孫世行、呂玉繩〉，作於萬曆二十四年（一五九六）春。也許湯氏也在這個時候開始創作《牡丹亭》。

如前述的說法可以成立，湯氏大概在萬曆二十四年起開始創作《牡丹亭》，到萬曆二十六年秋的八、九月完稿。

《牡丹亭》的創作年代，雖已作如上之考證，前人的異說，也應順便加以辨證。青木正兒《中國近世戲曲史》在討論《牡丹亭》的創作年代時說：

> 作者自序有萬曆戊戌之紀年，似此記成於此年者。然明天啓間謔菴居士之清暉閣評本〈還魂記〉之序，記云：「往見吾鄉文長批其卷首曰：……」徐渭萬曆二十一年卒，果此記有徐渭手批本，則此記之作，必在萬曆二十一年以前。此清暉閣序之誤歟？抑徐渭所批，爲其初稿，後至二十六年始以其改定本公之於世歟？尚未能確定也。（頁二三六）

據前文之考證，湯氏在萬曆十九年貶徐聞以後，經廣州、澳門等地，將所見寫入《牡丹亭》中，以當時社會條件，湯氏即使能將《牡丹亭》在萬曆十九、二十年間完成，也不可能在徐渭過世的二十一年之前出版。更不可能爲《牡丹亭》作批點。王思任清暉閣本的〈序〉，如果不是誤記，也可能是僞託徐文長者。

又黃芝岡先生《湯顯祖編年評傳》，根據梅鼎祚〈與湯義仍〉信中所說：「近傳新著業已殺青，許八丈可爲置書郵，何不以一部乞我。」❷以爲：

「新著業已殺青，當指湯在本年脫稿。湯之《還魂記》在本年脫稿，於明年秋天付刻。書刻成以後，湯曾由呂玉繩轉寄給梅一部。（頁二一六）

文中所謂「本年」是指萬曆二十五年（一五九七）。黃芝岡先生以爲《牡丹亭》是萬曆二十五年（一五九七）脫稿，二十六年（一五九八）付刻。即湯顯祖〈牡丹亭題詞〉所署的「戊戌秋」爲刻成之時間。按：湯顯祖〈與錢簡棲〉云：「貞父內徵過家，兄須一詣西子湖頭，便取《四夢》善本，歌以麗人。」（《湯顯祖集．詩文集》，卷四九，頁一四五六）「貞父」，即黃汝亨，他於萬曆三十三年（一六〇五）由江西進賢知縣調任京官，先回故里杭州。所以，湯氏要錢簡棲到杭州跟黃汝亨見面。這一年，湯氏的《四夢》已有善本。這是《四夢》刻本最早見於記載。由此可知，《牡丹亭》的刻本，不可能成於萬曆二十六年（一五九八）。黃芝岡先生的推論並不正確。

---

❷ 見梅鼎祚：《鹿裘石室集》（明天啓間刊本），卷八。

第四節　《南柯記》和《邯鄲記》的創作年代

《南柯記》是湯顯祖現有劇本中，寫作年代爭議最少的一部。臧懋循刊本《南柯記》卷首〈題詞〉，自署萬曆庚子夏至，即萬曆二十八年（一六〇〇）夏至。湯氏之〈題詞〉雖已署萬曆二十八年，但青木正兒的《中國近世戲曲史》說：「《南柯記》雖不詳，當亦爲晚年之著，爲《還魂記》以後之作。」❶因爲，青木正兒並沒有見到湯顯祖的〈題詞〉，他又將《邯鄲記》的著作年代訂在萬曆四十一年（一六一三），當時湯顯祖已六十四歲。青木由於不知《南柯記》的作成時代，把該劇列於《邯鄲記》之後，認爲也是湯氏晚年之作。其實，青木的推測都是錯誤的。

除了湯氏的《題詞》外，是否有可證成〈題詞〉的相關資料？湯氏《玉茗堂尺牘》卷四〈答張夢澤〉說：

> 謹以玉茗編《紫釵記》操縵以前。餘若《牡丹魂》、《南柯夢》，繕寫而上。
>
> （《湯顯祖集・詩文集》，卷四七，頁一三五四）

---

❶見青木正兒著：王古魯譯：《中國近世戲曲史》（臺北：臺灣商務印書館，一九八八年三月臺五版），第九章，頁二四三。

根據徐朔方先生爲此書所作的〈箋〉說：「據《玉茗堂文》之八〈渝水明府夢澤張侯去思碑〉，張任新渝知縣三年，萬曆三十年以丁憂去職。此信必作於萬曆二十八年（一六〇〇），時《南柯記》已成，《邯鄲夢》猶在寫作中。」（同上）可見，從湯氏的〈答張夢澤〉一書，也可證知《南柯記》作於萬曆二十八年（一六〇〇），湯氏五十一歲。

《邯鄲記》的作成時間，依臧懋循刊本，和明天啓元年刊本，書前之〈題詞〉，皆自署辛丑中秋前一日。即萬曆二十九年（一六〇一）八月十四日。

青木正兒《中國近世戲曲史》云：「《邯鄲記》據自序，成於萬曆四十一年（六十四歲）。」❷青木氏根據何種資料，來作推斷，並不清楚。徐朔方先生以爲是青木誤記，並引證各種資料加以辨證❸。

1.湯氏《玉茗堂尺牘》卷六〈與錢簡棲〉云：「上巳入章門一月，張相國、丁右武念兄甚，……貞父內徵過家，兄須一詣西子湖頭，便取《四夢》善本，歌以麗人，如醉玉茗堂中也。」（《湯顯祖集．詩文集》，卷四九，頁一四五六）據湯氏〈丁未上巳，同丁右武參知，王孫孔陽、鬱儀、圖南侍張師相杏花樓小集〉，知前引之書簡作於萬曆三十五年（一六〇七）丁未。又黃貞父內召在萬曆三十三年（一六〇五）。可見在這一年之前

❷ 同❶。

❸ 徐朔方：〈玉茗堂傳奇創作年代考〉，收入《晚明曲家年譜》（杭州：浙江古籍出版社，一九九三年十二月），第三卷，《湯顯祖年譜》，附錄乙，頁四八八—四八九。

《四夢》已全部完成，且已有善本。

2.湯氏《玉茗堂尺牘》卷四〈答張夢澤〉云：「謹以玉茗編《紫釵記》操縵以前，餘若《牡丹魂》、《南柯夢》繕寫而上。問黃粱其未熟，寫盧生於正眠。蓋唯貧病交連，故亦嘯歌難續。」（《湯顯祖集·詩文集》，卷四七，頁一三五四）據前文所引，可知此信作於萬曆二十八年（一六〇〇）。「問黃粱其未熟，寫盧生於正眠」，是指正在寫作《邯鄲記》。〈邯鄲記題詞〉所署的「辛丑中秋前一日」（即萬曆二十九年八月十四日），應是完稿的日期。

從上文的論述，可知《南柯記》作於萬曆二十八年（一六〇〇）湯氏五十一歲；《邯鄲記》作於萬曆二十九年（一六〇一）八月十四日，湯氏五十二歲。這段時間是他辭官家居的時期。

第四章　《紫簫記》的戲曲藝術

第一節　本事探源

《紫簫記》由唐蔣防《霍小玉傳》改編而成，學者幾無異議。在討論《霍小玉傳》和《紫簫記》的傳承關係之前，先討論蔣防和《霍小玉傳》的情節內容。

蔣防，字子微，義興（今江蘇省宜興縣）人，唐憲宗、穆宗時在世，當過司封郎知制誥、翰林學士、汀州刺史等官。他所作《霍小玉傳》是一篇相當膾炙人口的小說。內容大要如下：隴西才子李益，赴京應試，路經長安時，託十一娘爲媒，而與故霍王女小玉相配。小玉色藝俱佳，素仰李益之才名，而李益則愛小玉之貌美，二人郎才女貌，可說是天生一對。兩人在在第一次見面時即一見傾心。比翼雙棲，極盡歡愛之情。小玉恐一旦色衰，有秋扇見捐之憂，要求李益和他相愛八年即可。沒料到李益在二年後，因書判拔萃登科，授鄭縣主簿，別了小玉之後，回東都省親，在其母約聘下，娶了表妹盧氏。多情的小玉朝夕企盼，竟憂憤成疾。後來，豪客知道此事，趁李益與友人至崇敬亭賞牡丹時，強邀過家一遊。將李益挾持至小玉處，小玉見到李益，悲憤交集，長慟號哭，含恨詛咒而死。小玉死後變爲厲鬼，李益家也因小玉鬼魂作祟，不得安寧。

歷來學者對這篇小說有很高的評價，胡應麟說：「唐人小說記閨閣事，綽有情致，此篇尤為唐人最精彩動人之傳奇，故傳誦弗衰。」❶近人鄭振鐸更以為是唐人傳奇中「最雋美者」❷。也有學者以為結局小玉變為厲鬼作祟，破壞了哀絕淒美的悲劇氣氛，是寫作上的一大敗筆。但如果了解唐代的社會背景，就可以知道蔣防寫作這篇小說，是帶有相當濃厚的教化意義在內的。從這個觀點來看，《霍小玉傳》的結局似乎也可以理解。

《紫簫記》既由《霍小玉傳》改編而成，兩者間的關係如何？在解答這一問題之前，似應先敘述《紫簫記》的情節大要：

隴西進士李益，客居長安，時與友人聚飲賦詩。霍王之姬鄭六娘有女小玉，才色殊人。李益托鮑四娘作媒，霍母和小玉對李益也很滿意，但怕李益早有妻室，由小玉丫環櫻桃扮作四娘之女打探小玉之底細。得知李益尚無妻室，也帶回李益之聘儀。李益向好友花卿借駿馬、奴僕來和小玉完成婚禮。元宵節李益和小玉母女一起赴華清宮觀燈，喧鬧中夫妻失散。小玉拾得紫玉簫一支，被太監帶往郭娘娘處訊問，小玉稟告身世及拾簫之原因，郭娘娘贊他有志氣，皇上並賜給原拾得之紫玉簫。

❶ 見胡應麟：《少室山房筆叢》（臺北：世界書局，一九六三年四月）。
❷ 見鄭振鐸：《插圖本中國文學史》（北京：文學古籍刊行社，一九五九年），第二九章〈傳奇文的興起〉，頁三八五。

李益和小玉遊萬春園時，小玉心事重重，請求夫妻再恩愛十年。之後，李益即使改聘，小玉死而無憾。李益連忙發重誓。兩人始盡興而歸。李益應試中狀元，受命到朔方參丞相杜黃裳軍事。入侵之吐蕃見唐邊境守備固若金湯，自動請和。杜黃裳回朝之途中，在崇敬寺爲禪師點化，皈依佛門。李益回朝後，在七夕之日，與小玉重相會。

因《紫簫記》僅寫至第三十四齣〈巧合〉，上面所說的七夕團圓，還不到整個劇情的一半。如就這已有的半本劇本來看，除了同是演李益與霍小玉的故事外，兩者之故事情節可說大相逕庭。也就是說，湯顯祖作《紫簫記》時，僅取了《霍小玉傳》的故事骨架，至於血肉，則全是湯氏自己的創造。茲將兩者之異同，舉例加以說明：

㈠就人物的數量來說：

《紫簫記》的人物衆多，約有三十餘人。比《霍小玉傳》多了花卿、石子英、尚子毗、霍王、郭小侯、杜秋娘、元和皇帝、善才、金吾、郭娘娘、杜黃裳、吐蕃王、尚綺心、赧玼、閻朝、老和尚、法香、法雲的人。但也少了韋夏卿、崔允明、黃衫客等人。

㈡就人物的家世來說：

《霍小玉傳》中的李益，家素貧，僅李母尚存。《紫簫記》則改寫爲父母雙亡。《霍小玉傳》中的小玉是倡妓身分。《紫簫記》中的小玉，則非倡妓，且與李益是正式結婚的夫妻。《霍小玉傳》中的鮑十一娘，原爲薛駙馬家之青衣，從良已有十多年。《紫簫記》則稱鮑四娘，是花卿之歌妓，被花卿以妾換馬的條件，轉送給郭小侯。《霍小玉傳》中之霍母本名淨持，《紫簫記》中則作鄭六娘，侍奉霍王已二十餘年。

㈢就劇情之發展來說：

《霍小玉傳》中鮑十一娘向李益介紹霍小玉，第二天李益到霍家，即與小玉結爲夫妻，並未經過結婚儀式。《紫簫記》中，兩人結合的經過，則較爲曲折。首先，小玉派丫頭櫻桃假份爲鮑四娘之女兒，到李益家打探底細，由櫻桃帶回聘儀，第二天李益向花卿借駿馬、僮僕，再迎娶霍小玉。所以，兩人是正式結過婚的。又在《霍小玉傳》中，李益登科後，授鄭縣主簿，回洛陽省親時，李母已爲他訂好婚約，娶了表妹盧氏。可見拆散兩人的是李母。《紫簫記》中，因李益父母雙亡，要拆散兩人，就必須重新安排。一次是上元節在華清宮賞燈時，李益與小玉失散；另一次是李益被派往朔方當參軍。但這種分離所造成的悲苦，並沒有《霍小玉傳》那麼震憾人心。在分離的時日裏，李益並沒有違背諾言，所以當李益從朔方回來後，兩人在七夕自然而然就見面了。並沒有像《霍小玉傳》，需要豪客這種正義的力量來協助。湯氏這樣改動，使情節的發展缺乏因衝突所造成的高潮，劇情的發展，流於平淡。

從以上的分析可知，《紫簫記》繼承自《霍小玉傳》的，除了劇中的人名和一小部分的情節外，大抵都是湯顯祖個人的獨創。但湯氏的獨創顯然並沒有成功。十餘年後，他將《紫簫記》改爲《紫釵記》時，大部分的劇情都承襲自《霍小玉傳》，可以說把原來《紫簫記》的情節都廢棄，這也可以證明在古典戲劇創作的領域裏，要無所依傍，自己構思情節的困難度是相當高的。

第二節　《紫簫記》與政治之關係

《紫簫記》是否與當時政治是有關，一直是學者爭論的焦點。徐朔方先生作〈紫簫記考證〉一文時，認爲《紫簫記》未成與政治糾紛無關❶，鄧長風先生則認爲確實與政治有關❷。到底實際情形如何，茲參考徐朔方、鄧長風兩先生之說法，並略作分析。

首先，有關此一問題最原始的材料是湯顯祖本人的說法。他所作〈玉合記題詞〉說：

> 予觀其詞（指《玉合記》），視予所爲《霍小玉傳》（指《紫簫記》），並其沈麗之思，減其穠長之累。且予曲中乃有譏託，爲部長吏抑止不行。多半《韓蘄王傳》中矣。梅生傳事而止，足傳於時。第予昔時一曲纔就，輒爲玉雲生夜舞朝歌

---

❶ 徐先生之文，收入《湯顯祖年譜》（上海：中華書局，一九五八年十一月），附錄丁。後來，由上海古籍出版社重排本，收入《晚明曲家年譜》（杭州：浙江古籍出版社，一九九三年十二月），第三卷，則將〈紫簫記考證〉一文，由附錄丁，改爲附錄丙。

❷ 見鄧長風：〈紫簫記未成與政治糾紛有關——與徐朔方同志商榷〉，《浙江學刊》一九八六年一、二期合刊。後收入鄧氏著：《明清戲曲家考略》（上海：上海古籍出版社，一九九四年十二月），頁一〇四—一一四。

而去。生故修窮，其音若絲，遼徹青雲，莫不言好。觀者萬人。（《湯顯祖集·詩文集》，卷三三，頁一〇九二）

這一段話，值得注意的是「且予曲中乃有譏託，爲部長吏抑止不行」，湯氏自認爲《紫簫記》中有譏託，但因受部長吏所抑止，《紫簫記》無法再演唱下去。另外，湯氏〈紫釵記題詞〉也說：

往余所遊謝九紫、吳拾芝、曾粵祥諸君，度新詞與戲，未成，而是非蜂起，訛言四方。諸君子有危心，略取所草具詞梓之；明無所與於時也。《記》初名《紫簫》，實未成。亦不意其行如是。（《湯顯祖集·詩文集》，卷三三，頁一〇九七）

這段話，應注意的是「度新詞與戲，未成，而是非蜂起，訛言四方」。指他們在編演《紫簫記》的過程中，劇本未完成，已「是非蜂起，訛言四方」。所以會如此，分明是讀者認爲該劇本有所影射。這讀者的感覺雖不一定與作者的本意相合，但在作者已明言「曲中乃有譏託」，讀者有所領悟，也是很自然的事。只是作者並沒有明言「譏託」的對象是何人，大家胡亂猜測，才會「是非蜂起，訛言四方」。

除湯顯祖自己的說法外，也可以舉湯氏同時代人，對此事的看法來相印證，如徐復祚說：

> 昔蘇子瞻〈無鹽〉諸詠，李定、舒亶輩指爲謗訕朝政；而〈詠檜〉一詩，王珪直以爲不臣，欲服上刑。非宋裕陵神聖，寧有免法。吁，可畏哉！近王弇州作《卮言》，作《別集》，湯臨川作《紫簫記》，亦紛紛不免於豬嘴關。乃知古人製作，必藏於名山大川，有以也。（《曲論》，頁二四三）

這段話中的「湯臨川作《紫簫記》，亦紛紛不免於豬嘴關」，是說湯氏所作《紫簫記》有人批評，這和湯氏所說「是非蜂起，訛言四方」，正好可相印證。又時代稍後的沈德符在所著《萬曆野獲編》卷二十五「塡詞有他意」條也說：

> 又聞湯義仍之《紫簫》，亦指當時秉國首揆。才成其半，即爲人所議，因改爲《紫釵》。

沈德符這段文字已明指《紫簫記》與「當時秉國首揆」張居正有關。

從湯顯祖自己和當時人的說法，都認爲《紫簫記》中帶有譏託，而譏託的對象即當時宰相張居正。但今人徐朔方先生，在一九五七年出版的《湯顯祖年譜》附錄丁〈紫簫記考證〉中，卻提出「《紫簫記》未成與政治糾紛無關」的說法。後來，徐氏所作《年譜》經多次重版，一直仍持這一看法。徐氏主要的見解是：

> 〈玉盒記題詞〉作於改寫前，自云《紫簫記》有「穠長之累」。今所見三十四齣未及劇情之半，自來傳奇無此長篇。不滿少作，重爲更張，自是人情之常，不足異也。《紫簫記》作於萬曆五年至七年，時顯祖未仕，無所謂「爲部長吏抑止不行」事。其引起政治糾紛乃爲此記流播於世，即顯祖任南京太常博士後事。故《紫簫記》之未成及其改寫，均與政治問題無關。……即《紫簫》有所「譏託」，乃指萬曆五、六、七年時事，去今（指萬曆十五年）殆十年，此作者之所以興莫須有之嘆也。

另外，徐先生在《紫釵記》之前言也說：

> 《紫簫記》……大概由於友人分散而中途擱筆，還沒有寫到矛盾衝突。……後來湯顯祖考取進士，在南京禮部太常寺任博士之職。他勇於議論朝廷政治，影響所及，連他早年動筆而未完成的這本《紫簫記》也被認爲影射時事而受到長官的查禁。湯顯祖在〈玉盒記題詞〉中憤憤不平地說，這是用莫須有三字對他的誣陷。正因爲「是非蜂起，訛言四方」，作者才被迫將它付印，以表示沒有別的用意。後面十來齣，有的可能是爲了勉強作結束而在付印前倉卒寫成，它們的情節和第一齣家門大旨中所預告的不同。（《紫釵記．前言》，頁二）

根據前引徐先生的兩段話加以歸納，可得出幾個要點：

1.《紫簫記》爲湯氏之少作，因不滿少作，「重爲更張，自是人情之常」。且因友人分散，不得不輟筆。

2.《紫簫記》作於萬曆五年至七年，時湯氏未仕，並無所謂「爲部長吏抑止不行」的事。

3.《紫簫記》引起政治糾紛，是該劇本流播以後，湯氏任職南京太常博士之後的事。

4.《紫簫記》如果有「譏託」，是指萬曆五、六、七年時的事。

5.湯氏任職南京太常博士之後，由於他勇於議論政治，連他早年未完成的《紫簫記》也被影射時事而受到長官的查禁。

6.因爲《紫簫記》的事，「是非蜂起，訛言四方」，湯氏被迫將該書付印。在付印前爲了勉強作結束倉促寫成，以致情節和第一齣家門大旨中所預告的不同。

以上幾個要點，鄧長風先生以爲都不能成立，並舉出反證，茲摘其要點如下：

1.湯顯祖在〈玉合記題詞〉中雖說到《紫簫記》有「穠長之累」，但這與「不滿少作」之間，畢竟相去甚遠，不能劃上等號。這一說法，實在是在褒獎梅鼎祚《玉合記》傳奇時，陪襯的謙詞而已。且湯氏任遂昌縣令時，曾透過同年友孫如法，詢問王驥德對《紫簫》的評價如何。這時離《紫簫》的寫作已經十多年，可見他對這一劇本始終心懷矜愛的。湯氏的友人所以會分散，是因爲受到外在的壓力，使「諸君子有危心」，也正因爲「有危心」，才會「分散」，否則怎麼會在「夜舞朝歌」，興意正濃之時分散？

2.徐先生將「部長吏」理解爲湯氏爲官以後才存在的上司，未免稍嫌狹隘。「部長吏」可以泛指張居正坐守南京的爪牙；也可以指維持地方秩序的當局；又可以指與湯顯祖過從甚密的師友。因「爲部長吏抑止不行」這句話是湯氏在南京任官時說的，這時他的「部長吏」的概念已比較牢固，即使回憶當年布衣時的往事，也會很自然地牽入文中。

3.湯顯祖寫《紫簫記》，是邊寫邊唱，當時即已「觀者萬人」。「觀者萬人」，當然可以說是已流播出去。徐先生以爲是湯氏任職南京以後，才開始流播，這是說不通的。如果如徐先生所說，《紫簫記》停筆多年之後，何以忽然「流播於世」？

4.徐先生既認爲《紫簫記》作於萬曆五、六、七年，那時湯氏何以能未卜先知地，在劇本中寫入任職後所勇於議論的「朝廷政治」呢？

5.《紫簫記》並不是「是非蜂起，訛言四方」，被迫付印，在付印前又補寫十多齣，而是一次即寫到三十四齣，《紫簫記》被認爲有影射嫌疑的是第三十一齣〈皈依〉，寫杜黃裳於往朔方回朝後，看破紅塵，皈依佛門。這一齣是倒數四齣，即徐先生所說的補寫的十多齣之內。如果湯氏補寫這十多齣是爲了要證明沒有影射，那〈皈依〉一齣不是坐實了影射的指控。可見《紫簫記》是一次完成的，並沒有補寫的事。

以上是鄧長風先生對徐朔方先生說法的駁論。鄧先生的說法，大抵可以成立。筆者以爲徐先生的說法中，也認爲《紫簫記》如果有譏託，是指萬曆五、六年間的事。亦即徐先生也認爲有所譏託。萬曆五年（一五七七）首相張居正欲其子及第，想羅致海內外名士以拉抬聲勢。

得知湯顯祖和沈懋學有文名，命人加以羅致。湯氏不肯接受，那年湯氏也因此落第。沈懋學以一甲一名進士及第，張居正次子嗣修爲第二名。這件事對湯氏定是很大的打擊，在作《紫簫記》時，藉劇中人物有所影射，以發抒不滿，也是常有的事。即使湯氏尚未任官，《紫簫記》流播以後，「部長吏」在大家議論紛紛的情況下，透過各種方式施加壓力也是官場常事，何必一定要任職後，「部長吏」才能加以抑止？

湯顯祖既自認爲《紫簫記》是有所譏託，徐朔方先生的說法又不能成立，筆者贊同鄧長風先生的說法，《紫簫記》中有譏託時政的地方。現在，還要討論的是，《紫簫記》第三十一齣〈皈依〉所述杜黃裳皈依的事，爲何可以用來譏託張居正？

根據張居正的傳記，他少年時曾寄名出家，並對和尚李中溪講過「二十年後」功成身退的話。而幾十年過去了，張居正卻因權欲轉盛、貪戀相位，並沒有想歸隱的想法。而《紫簫記》第三十一齣〈皈依〉，老和尚四空自報家門，說「有個舊人喚作杜黃裳，作秀才時，曾在俺寺裏讀書，與老僧談偈說偈。如今他出將入相……貴極人臣……倘他到時，老僧將一兩句話頭點醒，著他早尋證課，永斷浮花。……」杜黃裳眞的來到寺中，「向佛王懺悔」，表示「明日上表辭官，還山禮佛」，並說「多謝禪師，救我殘生！」這時不知趣的法香和尚，竟說：「相國莫哄了諸天聖衆」。❸這一段話，明眼人一看就知道是在諷刺張居正，藉四空

---

❸ 參考萬斌生：〈從《霍小玉傳》到《紫釵記》的得失〉，《湯顯祖研究論文集》（北京：中國戲劇出版社，一九八四年五月），頁四四四—四六二。

的話要張居正向佛懺悔，更藉法香的話，警告張居正說，你不是要出家的嗎？「莫哄了諸天聖衆」。這是多大的譏託，徐朔方先生爲何要說《紫簫記》與政治無關？

第三節 《紫簫記》缺失的檢討

《紫簫記》是湯氏未完之作，約作於萬曆五年至七年間。從萬曆十五年（一五八七）起，湯氏在南京開始刪潤《紫簫記》，於萬曆二十三年（一五九五）完稿，改名爲《紫釵記》。如將《紫簫記》和《紫釵記》加以比較，可知兩個劇本的內容大不相同。說《紫釵記》是根據《紫簫記》刪潤而成，倒不如說，湯氏根據〈霍小玉傳〉重做了《紫釵記》。

湯氏爲何不把《紫簫記》從第三十五齣起把它續完，何以要重新撰寫？這當然是湯氏經過十多年的磨練，發現《紫簫記》有不少結構上難以克服的缺點。缺點如何，湯氏並沒有直接說出來。但作爲一個戲曲的研究者，如果要指出《紫簫記》的缺點，實在不少。這些缺點，是否就是湯氏拋棄《紫簫記》的原因，當然無法證實。不過，將這些缺點提出，對研究湯氏戲曲藝術的發展，仍有一定的意義。

一、情節發展緩慢冗長

《紫簫記》有三十四齣，這個未完的劇本到底完成劇情的幾分之幾？如從《紫簫記》第一齣〈開宗〉的〔鳳凰台上憶吹簫〕所預示的劇情：

李益才人，王孫愛女，詩媒十字相招。喜華清玉琯，暗脫元宵。殿試十郎榮耀，參軍去七夕銀橋。歸來後，和親出塞，戰苦天驕。嬌嬈，漢春徐女，與十郎作小，同受飄搖。起無端貝錦，賣了瓊簫。急相逢天涯好友，幸生還一品當朝。因緣好，從前癡妬，一筆勾消。

又第一齣〈開宗〉的下場詩也說：

李十郎名標玉簡，霍郡主巧拾瓊簫。
尚子毗開圍救友，唐公主出塞還朝。

綜合以上兩方面的資料，可知現有《紫簫記》三十四齣〈巧合〉，即「參軍去七夕銀橋」，以下的部分，大約有一半，皆未完成。三十四齣的篇幅，僅完成全劇一半。如果全部完成，豈不長達七、八十齣。本劇情節之冗長，於此可見一斑。

再看看各篇中，不論唱曲的組成，人物的賓白，冗長不堪者也不少。如第二齣〈友集〉，李益和好友花卿、尚子毗、石子英，吟詩作對，冗長而沈悶，劇本一開始就是這種沈悶的冷場，很難引起觀衆的興趣。又如第六齣〈審音〉，鮑四娘教小玉唱曲子，小玉問調子有多少，鮑四娘回答說：

一時數不起，略說大數：〈黃鐘〉二十四章，〈正宮〉二十五章，〈大石調〉二十一章，〈小石調〉五章，〈仙呂〉四十二章，〈中呂〉三十二章，〈南呂〉三十一章，〈雙調〉一百章，〈越調〉二十五章，〈商調〉十六章，〈商角調〉六章，〈般涉調〉八章，共三百三十五章。從軒轅黃帝制律一十七宮調，至今留傳一十二調。

然後鮑四娘又把其中「音同名不同的」，「名同音不同的」，「字句多少都唱得的」……等等，全部舉出：

〈一枝花〉便是〈占春魁〉，〈陽春曲〉便是〈喜春來〉，〈拋毬樂〉便是〈彩樓春〉，〈鬥蝦蟆〉便是〈草池春〉，〈六么遍〉便是〈柳梢青〉，〈昇平樂〉便是〈賣花聲〉，〈沽美酒〉便是〈璚林宴〉，〈漢江秋〉便是〈荊襄怨〉，〈採茶歌〉便是〈楚江秋〉，〈乾荷葉〉便是〈翠盤秋〉，〈知秋令〉便是〈梧葉兒〉，〈荊山玉〉便是〈側磚兒〉，〈小沙門〉便是〈禿廝兒〉，〈憨郭郎〉便是〈蒙童兒〉，〈村裏秀才〉便是〈伴讀書〉，〈殿前歡〉便是〈鳳將雛〉，〈掛玉鉤〉

便是〈挂搭沽〉，〈醉娘子〉便是〈醉也摩挲〉，〈喬木查〉便是〈銀漢槎〉，〈調笑令〉便是〈含笑花〉，〈耍孩兒〉便是〈魔合羅〉，〈也不羅〉便是〈野落索〉，〈擂鼓體〉便是〈催花樂〉，〈靈壽杖〉便是〈呆骨朵〉，〈鷓鴣曲〉便是〈黑漆弩〉，〈滴滴金〉便是〈甜水令〉，〈陣陣贏〉便是〈得勝令〉，〈柳營曲〉便是〈寨兒令〉，〈急曲子〉便是〈急捉令〉，〈歸塞北〉便是〈望江南〉，〈玄鶴鳴〉便是〈哭皇天〉，〈初問占〉便是〈卜金錢〉，〈撥不斷〉便是〈續斷絃〉，〈臉兒紅〉便是〈麻婆子〉，〈凌波仙〉便是〈水仙子〉，〈潘妃曲〉便是〈步步嬌〉，〈相公愛〉便是〈駙馬還朝〉，〈紅衲襖〉便是〈紅錦袍〉，〈女冠子〉便是〈雙鳳翹〉，〈朱履曲〉便是〈紅繡鞋〉，〈三臺印〉便是〈鬼三臺〉，〈小拜門〉便是〈不拜門〉，〈朝天子〉便是〈謁金門〉，〈壽陽曲〉便是〈落梅風〉，〈折桂令〉便是〈步蟾宮〉。郡主，又有名同音不同的，假如：〈黃鐘〉〈雙調〉都有〈水仙子〉，〈仙宮〉〈正宮〉都有〈端正好〉，〈中呂〉〈越調〉都有〈鬥鵪鶉〉，〈中呂〉〈南呂〉都有〈紅芍藥〉，〈中呂〉〈雙調〉都有〈醉春風〉，唱的不得廝混。又有字句多少都唱得的，相似：〈端正好〉，〈貨郎兒〉，〈混江龍〉，〈後庭花〉，〈青哥兒〉，〈梅花酒〉，〈新水令〉，〈折桂令〉，這幾章都增減唱得。中間還有〈道宮〉〈高平〉〈歇指〉，又有子母調一串驪珠，休得拗折嗓子。

這一大串的曲牌，不要說觀衆不感到興趣。即使霍小玉是否可記得這麼多，也是個疑問。說穿了祇不過是湯顯祖藉鮑四娘在賣弄他的曲學知識而已。而鮑四娘在賣弄知識之餘，是否想到觀衆在此一沈悶的氣氛之下，感受又如何？

又如從第八齣〈訪舊〉到第十六齣〈協貨〉，寫李益因鮑四娘之介紹，和霍小玉成婚的事。九齣戲用了九十七支曲子，才使劇中主角由託婚而成婚，劇情發展之冗長散漫，實爲一大敗筆。又如第十七齣〈拾簫〉，寫霍小玉在華清宮拾獲玉蕭，爲巡查太監緝拿到郭貴妃處審問的事。一齣中動用二十六隻曲子，不但太佔篇幅，劇情發展也太過緩慢。

二、平鋪直敘，劇情缺乏衝突

劇中李益和霍小玉的愛情和生活完全沒有受到阻礙和挫折。兩人的婚姻，因鮑四娘作媒，一說即合。李益參加科舉考試，一試就中狀元。奉命參杜黃裳軍事，到了邊關，吐蕃即主動請和，一切過得太過平順，激不起爲生活奮鬥的浪花。

《紫簫記》的劇情發展，所以太過平淡而缺乏衝突，主要是劇中沒有反面的人物。所以才一團和氣。不像《紫釵記》中的盧太尉處處算計李益和霍小玉，由於李益和霍小玉被盧太尉迫害太深，黃衫客出來打抱不平。所以，《紫釵記》不但是李益、霍小玉與盧太尉的衝突，也是黃衫客與盧太尉的衝突，可說是一種善與惡的衝突。《牡丹亭》中杜麗娘和柳夢梅，爲爭取自由的婚姻，不惜與代表傳統禮教的父親杜寶相衝突，這是情與理的衝突。《南柯記》

中也有個段功，阻擾淳于棼的仕進之途，《邯鄲記》中有宇文融處處陷害盧生。這也都是善與惡的衝突。這些類似的衝突，在湯氏的《紫簫記》中都沒有，說它是平淡無味也不爲過。

三、曲文堆砌辭藻

《紫簫記》中淺白易懂的曲子雖也不少，但最爲學者垢病的，應該是用華麗的辭藻所堆砌成的曲文，幾乎每一齣中都有。我們可以了解湯顯祖想藉戲曲語言的凝鍊，來開創自己創作風格的用心，但一味雕琢，反使讀者不知所云。例如第十五齣〈就婚〉中，李益和霍小玉結婚拜堂後所唱的曲子：

【錦堂月】吹錦雲鮮，流珠日暖，春光蟬連畫院。鏤牒簾紋，笑隱芙蓉嬌面。金莖蝶半簇華翹，香樹蛾滿塸絲蠒。(合)持觴勸，看取才子佳人百年姻眷。

【前腔】(合)歡宴，橘浦仙媛，蘭陵貴士，同進花臺法膳。月醴華清，銀稜翠勺河源。金平脫半筋萍韲，畫油奩兒家禁臠。(合前)

【前腔】宛轉，繡履牆偏，瓊纖縫表，寒玉暖笙初囀。新樣釵篦，點鬟招弄嬋娟。星星語透竹玲瓏，款款催貼花檀串。(合前)

【前腔】情盼，織女星傳，美人虹闞，暗户櫺畫鸞金線。襯體紅綃，燭夜花房如茜。長頭錦翠答宜男，同心枕夜明如願。(合前)

這四支曲子，曲文雕琢晦澀，內容貧乏空泛。又如第二十四齣〈送別〉中的〈北寄生草〉：

〔北寄生草〕（小玉）這淚呵，慢頰垂紅縷，嬌啼走碧珠。冰壺迸裂薔薇露，闌干碎滴梨花雨，鮫盤濺濕紅綃霧。層波淚眼別來枯，這袖呵班枝染盡雙璚筯。

徐朔方先生曾批評這支曲子說：「五十幾個字，只寫得一個人流淚。這種句子幾乎可以描寫任何深閨美女。」❶又如第三十齣〈留鎮〉中的〔駐馬聽〕三首：

〔駐馬聽〕（黃裳）玉帳清和，細柳營中簇綺羅。時候楝花飄砌，竹粉篩金，萱草成窠。游魚出荇擺新荷，流鶯接葉窺朱果。綠酒清歌，綠酒清歌，似陳王多暇，嫩苔生閣。

〔前腔〕（十郎）畫偃金戈，永日何妨狎芰蘿。暗想蘋風乍起，葵露新抽，梅雨輕過。黏天翠靄練烟和，橫峰黛色奇雲抹。雪嶺嵯峨，雪嶺嵯峨，鳳林葱碧，遙分紫邏。

〔前腔〕正自婆娑，賸卻凌烟老伏波。何事舞紅猶架，慢綠生遮，艷翠微酡。琅玕素簟隱涼波，瀟湘畫軸生烟幙。指點仙螺，指點仙螺，笑綸巾何處，北窗堪臥？

❶ 見徐朔方：《湯顯祖評傳》（南京：南京大學出版社，一九九三年七月），頁三一。

鄭培凱先生對這三支曲子特別提出批評。他說：「第一段的遣詞用字太過纖巧，不像出自鎮守一方的邊帥之口，而曲詞所描繪的意境也顯然與邊塞的氣象不同。……第二段好一些，但是『琅玕素簟隱涼波，瀟湘畫軸生烟幙』，卻如何也連繫不上此時的情景，單就兩句詩而言，還算工巧，但放到整段曲文之中，卻格格不入。」❷

四、駢四儷六的賓白

《紫簫記》的賓白雖也有不少精簡可取的地方，但劇中的賓白用太多駢體文字，不但觀眾聽不懂，即使讀劇本也相當吃力，既非臺上之曲，即使案頭閱讀也有其困難的地方。例如第二齣〈友集〉，李益的念誦詞，就好像一篇小賦。茲引一段：

> 貴襲貂裘，祥標鵲印，朱輪十乘，紫詔千篇。王子敬家藏賜書，率多異本；梁太祖府充名畫，並是奇蹤。小生少愛窮玄，早持堅白。熊熊旦上，層城抱日月之光；閃閃宵飛，南斗觸蛟龍之氣。對江夏黃童之日晷，發清河管輅之天文。……

❷ 參鄭培凱：〈湯顯祖的文藝觀與《牡丹亭》曲文的藝術成就〉。收入鄭氏著：《湯顯祖與晚明文化》（臺北：允晨文化公司，一九九五年十一月），頁二六六。

這一小段話，不及原文的五分之一。文中不但充滿以駢四儷六體來寫作，且用典太多，文意晦澀不堪。同樣地，第十七齣〈拾簫〉中，內官嚴遵美的念誦詞，也和李益一樣，儼似一篇小賦，如：

只見弱骨千絲，輕毬萬眼。庭開菡萏，熒熒華岳明星；洞遶篔簹，點點竹宮爟火。雲母帳前瀲灩，多則過十千枝光滴滴的露影琉璃，夜明簾外輝煌，少也有一萬盞脆泠泠的雨絲纓絡。急閃閃瑤光亂散，妝成鹿啣五色靈芝；慢騰騰獸炭雄噴，做出犬吠三花寶葉。遊魚上下，似洞霄宮裏，隱隱約約，魚油錦上生波，走馬縱橫，像吐火山前，璁璁瓏瓏，馬瑙屏中絕影。

這一段引文，也不及原文的五分之一。是在描述宮中華清宮燈會的情景，用典雖不及前引李益誦詞之深奧。但以一個內官有這樣典雅的誦詞，未免與身份不相稱。

《紫簫記》中文謅謅的賓白，在湯氏後來的幾個劇本中，逐漸減少，在《牡丹亭》中，春香和陳最良的對話，淺顯易懂，諧謔有趣，足見湯氏的創作技巧一直不斷的在進步。讀完《紫簫記》，再讀他的其他劇作，這種感受一定相當深刻。

五、缺乏社會批評的主題意識

前文提到《紫簫記》有所影射，一般指第二十六齣〈抵塞〉中，丞相杜黃裳的自白說：

> 明堂太乙度飛軍，身是三朝舊相臣。臢有丹書藏虎豹，非貪白首畫麒麟。自家杜黃裳，……早中詞科，從汾陽王郭子儀佐鎮朔方，歷事代、德、順宗三帝，復事今上。……

文中的「身是三朝舊相臣」，「歷事代、德、順宗三帝」，被認爲有譏刺王安石的微意在內。另外，第三十一齣〈皈依〉中，杜黃裳征朔方回朝途中，經過章敬寺，寺僧四空禪師加以開示，杜氏竟答應皈依佛門。時人以爲此中乃在「譏託」相國張居正。

《紫簫記》如果說是對時事有所譏評，也是對張居正的影射而已。並沒有像《牡丹亭》四十一齣〈耽試〉中，描寫苗舜賓把科考當兒戲，以諷刺當時考試制度之不公。第四十二齣〈移鎮〉至四十七齣〈圍釋〉，則是在諷刺杜寶對金人的入侵束手無策。在《南柯記》中對當時的政治、社會，更有較全面的批判，如第二十齣〈錄攝〉，描寫南柯郡新太守就任前，官員怠忽職守的情況。第三十七齣〈粲誘〉，描寫皇宮中瓊英、靈芝、上眞仙子等三位皇帝親族，與宰相淳于棼淫亂的事。《邯鄲記》中第十三齣〈望幸〉，藉皇帝到陝州，參觀盧生所開鑿的河道來諷刺皇帝的不顧人民死活。第十四齣〈東巡〉，藉吐蕃入侵，皇帝驚慌失措，來凸顯皇上的昏庸。而整個《邯鄲記》中權臣宇文融對盧生的迫害，更活生生的控訴權臣是如何的欺壓善良。

《紫簫記》祇講述李益和霍小玉結合的平凡愛情故事，就愛情故事本身來說，根本無法和杜麗娘、柳夢梅的悲歡離合相比。至於前述第二十六齣和三十一齣中的譏託，和湯氏以後的四個劇本相比，也是小巫見大巫。《紫簫記》對當時政治和社會的批判不足，當然是湯氏在這一方面的歷練並未開始所致。

第五章 《紫釵記》的戲曲藝術

第一節 本事探源

湯顯祖將未完成的《紫簫記》改寫成《紫釵記》。照常理來說，應該承繼《紫簫記》的寫作脈絡加以完成。但是，如果我們將《紫釵記》和《紫簫記》加以比較，可以發現兩個劇本的情節實有很大的不同。《紫簫記》雖說是根據《霍小玉傳》寫成的劇本。但如前一章的分析，《紫簫記》和《霍小玉傳》已大不相同，寧可說《紫簫記》僅假借《霍小玉傳》之名寫作而成。這點從《紫簫記》文字，襲用《霍小玉傳》的部分相當少，也可得到證明。但相反地，《紫釵記》不但大量襲用《霍小玉傳》的文字，且情節的發展，除部分湯氏有意塑造強調者外，大抵和《霍小玉傳》相合。既如此，要討論《紫釵記》的本事時，不是討論《紫釵記》和《紫簫記》之關係，而是要探討《紫釵記》和《霍小玉傳》的關係。

前面說到《紫釵記》承襲《霍小玉傳》的文字特別多，爲證明這一事實，茲先將兩者文字相同的部分舉數例加以說明：

1. 鮑笑曰：「蘇姑子作好夢也未？有一仙人謫在下界，不邀財貨，但慕風流，如此色目，

共十郎相當矣。」（《霍小玉傳》）

（鮑）十郎，蘇姑子作好夢也。有一仙人謫在下界，不邀財貨，但慕風流。如此色目，共十郎相當矣。（《紫釵記》第四齣〈謁鮑述嬌〉）

2.鮑具說曰：「故霍王小女，字小玉，王甚愛之。母曰淨持。淨持，即王之寵婢也。王之初薨，諸弟兄以其出自賤庶，不甚收錄。因分與資財，遣居於外，易姓爲鄭氏，人亦不知其王女。資質穠豔，一生未見，高情逸態，事事過人，音樂詩書，無不通解。昨遣某求一好兒郎，格調相稱者，某具說十郎，他亦知有李十郎名字，非常歡愜。住在勝業坊古寺曲，甫上車門宅是也。」（《霍小玉傳》）

（鮑）……是故霍王小女，字小玉，王甚愛之。母曰淨持。淨持，即王之寵姬也。王初薨，諸弟兄以其出自微庶，不甚收錄。因分與資財，遣居于外，易姓爲鄭氏。人亦不知其王女。資質穠豔，一生未見，高情逸態，事事過人，音樂詩書，無不通解。昨遣某求一好兒郎，格調相稱者。俺具說十郎，他亦知有十郎名字，非常歡愜。住在勝業坊三曲甫東閒宅是也。（《紫釵記》第四齣〈謁鮑述嬌〉）

3.生門族清華，少有才思。麗詞嘉句，時謂無雙。先達丈人，翕然推伏。每自矜風調，思得佳偶，博求名妓，久而未諧。（《霍小玉傳》）

（鮑）若論此生，門族清華，少有才思。麗詞佳句，時謂無雙。先達丈人，翕然推伏。每自矜風調，思得佳偶，博求名閥，久而未諧。（《紫釵記》第八齣〈佳期議允〉）

4.但覺一室之中，若瓊林玉樹，互相照曜，轉盼精彩射人。……言敘溫和，辭氣宛媚。

解羅衣之際，態有餘妍，低幃暱枕，極其歡愛。生自以爲巫山洛浦不過也。（《霍小玉傳》）

一室之中，若瓊林玉樹，交枝皎映，轉盼之間，精彩射人；聽你言敘溫和，詞旨宛媚；解羅衣之際，態有餘妍；到得低幃暱枕，極其歡愛。小生自忖，巫山洛浦不如也。（《紫釵記》第十四齣〈狂朋試喜〉）

5.玉忽流涕觀生曰：「妾本倡家。自知非匹。今以色愛，託其仁賢。但慮一旦色衰，恩移情替，使女蘿無託，秋扇見捐。極歡之際，不覺悲至。」生聞之，不勝感嘆。乃引臂替枕，徐謂玉曰：「平生志願今日獲從，粉骨碎身，誓不相捨。夫人何發此言！請以素縑，著之盟約。」（《霍小玉傳》）

（旦）……「妾本輕微。自知非匹。今以色愛，託其仁賢。但慮一旦色衰，恩移情替，使女蘿無託，秋扇見捐。極歡之際，不覺悲生。（泣嘆介）（生）平生志願，今日獲從。粉骨碎身，誓不相捨。小玉姐何發此言？請以素縑，著之盟約。」（《紫釵記》第十六齣〈花院盟香〉）

6.玉謂生曰：「以君才地名聲，人多景慕，願結婚媾，固亦眾矣。況堂有嚴親，室無冢婦，君之此去，必就佳姻。盟約之言，徒虛語耳。然妾有短願，欲輒指陳，永委君心，復能聽否？」（《霍小玉傳》）

（旦）李郎，以君才貌名聲，人家景慕，願結婚媾，固亦眾矣。離思縈懷，歸期未卜。官身轉徙，或就佳姻。盟約之言，恐成虛語。然妾有短願，欲輒指陳，未委君心，復

能聽否？」（《紫釵記》第二十五齣〈折柳陽關〉）

7.忽有一豪士，……俄而前揖生曰：「公非李十郎者乎？某族本山東，姻連外戚。雖乏文藻，心嘗樂賢。仰公聲華，常思覯止。今日幸會，得睹清揚。某之敝居，去此不遠，亦有聲樂，足以娛情。妖姬八九人，駿馬十數匹，唯公所欲。但願一過。」（《霍小玉傳》）

（豪士上）……公非李十郎者乎？某族本山東，姻連外戚。雖乏文藻，心嘗樂賢。仰公之聲華，常思覯止。今日幸會，得睹清揚。某之敝居，去此不遠，亦有聲樂，足以娛情。妖姬八九人，駿馬十數匹，唯公所要。但願一過。」（《紫釵記》第五十一齣〈花前遇俠〉）

從這些並列的文字加以比對，《霍小玉傳》和《紫釵記》間的關係已可以看得很清楚。其中，有些用詞，經湯氏改動，如《霍小玉傳》中，小玉的母親淨持，本是霍王的「寵婢」，湯氏爲提高其地位，改爲「寵姬」。同樣地，爲提高霍小玉的地位，將《霍小玉傳》中「妾本倡家」，改作「妾本輕微」。又在《霍小玉傳》中，霍小玉看到李益時說：「以君才地名聲……」，湯氏爲塑造才貌俱全的形象，改作「以君才貌名聲……」。但是也有應改而未改者，如《霍小玉傳》中的小玉是妓女，所以鮑十一娘說：「有一仙人謫在下界」，「仙人」是唐代對妓女的通稱。湯氏既將小玉塑造成閨女形象，就不應照抄「仙人」一詞。

當然，我們如果再仔細加以分析，可以發現湯氏在寫作《紫釵記》，仍舊對《霍小玉傳》作了相當多的改造。茲分成數點加以說明：

㈠就人物性格、思想來說：

在《霍小玉傳》中，李益是個薄情負心的男子，但在《紫釵記》裏，李益成爲一個鍾於愛情、嚴守盟約，不屈服于權貴的多情男子。霍小玉是霍王寵婢所生，出身非常微賤，李益卻能突破封建門閥觀念，去鍾愛一位出身低微的女子，這是相當難能可貴的事。

㈡就情節的發展來說：

《霍小玉傳》中並沒有盧太尉這一角色，《紫釵記》中塑造盧太尉這個權臣，當然是有意更換主題的緣故。《紫釵記》中的盧太尉，因李益不願去拜見他，就處處陷害李益夫婦，並想藉入贅李益爲婿，來破壞李益與小玉的婚姻。盧太尉成了推動情節發展、衝突的重要人物。

㈢就故事的結局來說：

《霍小玉傳》的結局是一齣悲劇，小玉因氣絕而亡，化作厲鬼作祟。但湯顯祖並不願意見到小玉這樣的結局，他讓李益夫婦見面後大團圓。這是因爲《霍小玉傳》是要暴露封建門閥制度下女子的悲哀，所以小玉非死不可。《紫釵記》是在暴露封建權臣醜惡的嘴臉，並處以應有的懲罰。此一目的既已達成，能讓李益夫婦團圓，有「好人得好報」的教化意義在內。結局當然與《霍小玉傳》不同。

第二節　主題思想

《紫釵記》的主題是什麼？現有討論《紫釵記》的資料，並沒有就這一問題加以分析。前人討論《牡丹亭》、《南柯記》和《邯鄲記》主題思想的論文，數量相當多❶，何以討論《紫釵記》主題的論文那麼少？一方面是因爲研究《紫釵記》的論著本來就不多；另一方面，可能大家都認爲《紫釵記》的主題爭議較少，不必特別提出討論。其實，不論主題的爭議如何，還是必須提出討論。

要討論《紫釵記》的主題如何，就要先了解《紫釵記》作爲根據的《霍小玉傳》的主題如何，湯顯祖在沿襲《霍小玉傳》的劇情時，所作的改變，與主題思想的改變有何關係？一般都認爲《霍小玉傳》的主題是對當時婚姻制度的批判。在那傳統的社會裏，愛情成爲權勢和金錢的奴役，特別是官僚階級的聯姻，實際上是鞏固和加強權勢地位的一種角力，也是政治聯盟的同義語。在這種政治、社會背景之下，婚姻當然要講究門第，士族當然不能娶賤民爲妻，奴婢也祇能與奴婢通婚。《霍小玉傳》中的李益是當時的士族，他卻與倡家出身的霍小玉歡愛，李益之母要他娶表妹盧氏，李益幾乎沒有反抗能力。霍小玉的愛情也被犧牲。這

❶　參見陳美雪編：《湯顯祖研究文獻目錄》（臺北：臺灣學生書局，一九九六年十二月），頁九二－九四、一二一、一二五－一二七。

種愛情的悲劇，在唐代的社會裏應是司空見慣的事。

湯顯祖所處的時代，是個崇尚個人自由，提倡至情至性的時代。士族社會的愛情悲劇在湯氏的時代，已緩和很多，也不再是新鮮的題材。於是，湯氏藉《霍小玉傳》這一舊瓶來裝他的新酒。他的新酒是什麼？一是提倡至情至性的愛，二是對傳統官僚的鞭笞。爲了要達到此一目的，湯氏對《霍小玉傳》的人物和情節發展，必須有所改變。例如：《霍小玉傳》中李益的母親還在，她也成了李益和霍小玉婚姻間的阻力，拆散了兩人的姻緣。藉這種情節的發展來達到悲劇的結局，以便抗議士族社會對青年女子婚姻的迫害。湯氏作《紫簫記》時，即將李益改爲父母雙亡，但《紫簫記》中並未發展出阻礙他們婚姻的力量。《紫釵記》中這股力量來自盧太尉。這個盧太尉是《霍小玉傳》、《紫簫記》中所沒有的，湯氏爲了批判傳統官僚人物，才創造了盧太尉這一人物。又如：《霍小玉傳》的結局，是小玉憂憤而死，變爲厲鬼的悲慘局面。《紫釵記》將這種悲劇的結局轉爲李益和霍小玉大團圓。兩人所以團圓是因爲黃衫客這股正義的力量，抑制了盧太尉的氣燄。盧太尉所代表的邪惡力量，爲黃衫客所代表的至善的力量所抵消，即所謂「君子道長，小人道消」。雖然，《紫釵記》的結局不盡令人滿意，但至少可看出是湯氏爲呈現其主題所不得不然的改變。

以下將筆者所認定的《紫釵記》之主題，試作分析：

一、對至情至性之愛的提倡

當湯顯祖將《霍小玉傳》改寫成《紫簫記》時，這一主題尚未醞釀出來。所以，《紫簫記》中李益和霍小玉的婚姻非常平淡，也非常庸俗。兩人互相傾慕，有人說媒即結婚，婚後應試即登科，登科後征朔方即班師回朝。這種愛情關係，就是一般飲食男女的愛情。《紫釵記》所要塑造的愛情，是不畏權勢，敢於抗爭，至死不屈的愛情。這從全劇中霍小玉和盧太尉之間的衝突關係即可明瞭。

爲了要證明《紫釵記》是在提倡至情至性的愛，玆舉劇中的某些事實加以說明：

第八齣〈佳期議允〉，是描述鮑四娘要到霍家說媒。湯氏藉小玉的科介，極細緻地描繪出小玉對自己終身大事又喜又羞，又有幾分擔憂的複雜心情。如鮑四娘入門，鸚哥叫客來時，是「旦驚」，鮑四娘問紫玉釵何以祇有一枝，是「旦笑」。當四娘問到對李益的求親，有何意見時，是「旦啼」；四娘又問到何以紫玉釵會落他家時，是「旦作羞」，當婢女浣紗把實情說出，霍母問是不是這樣時，是「旦低聲」，意即低聲不好意思的說出來。以上這一過程，湯氏極力描述情竇初開少女對「情」又喜又羞的心情。

小玉結婚後，享受短暫的婚姻生活，李益立刻被派到朔方，充當劉節鎮的參軍，且久久並沒有音信。在第三十九齣〈淚燭裁詩〉中，小玉聽到王哨兒來報告，李益移鎮孟門，已作了盧太尉的女婿。這時，小玉悲從中來，想到與自己海誓山盟的夫婿竟變心另娶他人。馬上寫就一詩，準備責備李益。那詩是：

藍葉鬱重重，藍花石榴色。少婦歸少年，光華自相得。愛如寒爐火，棄若秋風扇。
山岳起面前，相看不相見。春至草亦生，誰能無別情？殷勤展心素，見新莫忘故。
遙望孟門山，殷勤報君子。既為隨陽雁，勿學西流水。

希望藉這首小詩來挽回即將失去的愛情。對盧太尉破壞他們的婚姻，則感到萬分的憤怒和無奈，所以說：「有家法拘當得才子天涯，沒朝綱對付的宰相人家。」（第三十九齣〈淚燭裁詩〉）

當小玉知道自己心愛的紫玉釵是賣到盧府，作為盧小姐與李益訂親的信物時，小玉悲憤到了極點，在第四十七齣〈怨撒金錢〉中，小玉哭著說：「天下寧有是事乎！霍小玉釵頭，到去盧家插戴也。」浣紗說：「這錢愛殺俺也。」小玉說：「要錢何用！」然後，將錢好像撒榆莢錢一樣，撒落滿地。這是對盧府橫刀奪愛最沈痛的抗議。也唯有像小玉這種至情至性的女子，才有如此激烈的反映。

《紫釵記》中的李益，已不是《霍小玉傳》中的負心漢，對小玉的情感或許稍嫌不足，但他對小玉的愛，卻不容懷疑。湯氏為了刻劃李益對小玉的摯愛和思念，特地安排了第二十六齣〈隴上題詩〉，第三十四齣〈邊愁寫意〉、第四十齣〈開箋泣玉〉等以李益為中心的戲。特別是第三十四齣〈邊愁寫意〉，描述李益在玉門關對小玉的思念，情真意切，清麗動人。是刻畫李益複雜感情的好戲，更可證明李益對小玉的情感，毫無虛假。

在第四十六齣〈哭收釵燕〉中，當李益看到小玉所有的紫玉釵，聽信了賣釵婦人的謠言說，小玉已「招了個後生相伴，因此賣了這釵」，立即昏倒，醒來第一句話便是「妻呵，是俺負了你也！」並表示「你去即無妨誰伴咱？他縱然忘俺依舊俺憐他」，甚至「氣咽喉嗄，恨不得把玉釵呑下」。這是李益至情至性的最高表現。

從李益和小玉夫婦間充滿曲折的感情生活，我們可以發現湯氏是在刻意強調追求美滿幸福的婚姻生活是人的基本權利。任何想破壞這種基本權利的人，必將受到最嚴厲的抗議。

二、對當時官僚的批判

湯顯祖作《紫簫記》時，由於當時尚未任官，對官場的黑暗面所知可能不多，所以僅在第三十一齣〈皈依〉中，藉杜黃裳出家的事，來譏刺張居正而已。在萬曆二十三年（一五九五）完成的《紫釵記》，則與《紫簫記》完全不同。湯氏藉權臣盧太尉，把當時官僚階層的爲所欲爲，逆我者死，順我者昌，那種魚肉良民的嘴臉，作了最生動的描述。不是深受其害的人，是無法寫出如此扣人心弦的情節和生動的文字。

盧太尉這人物，不但《霍小玉傳》中沒有，《紫簫記》中也沒有出現。這是湯氏《紫釵記》中所獨創的人物。從前文的論述。可知湯氏創作《紫釵記》時，所要呈現的主題已有別於《霍小玉傳》，所以湯氏將批判的矛頭集中在盧太尉身上，以凸顯出他對當時官僚權臣的不滿。以下將舉例來說明，湯氏如何藉劇本中情節的發展，來批判盧太尉。

在第二十二齣〈權嗔計貶〉中，描述李益中狀元，並未到盧太尉府上拜見，盧氏大爲生氣：「書生狂妄如此，可惱！可惱！咱有一計，昨日玉門關節度劉公濟一本，奏討參軍，我就奏點李益前去，永不還朝，中吾計也。」李益到了邊關，盧太尉並未罷休，通過軍中耳目隨時監視他，尋找加害李益的機會，後來得知李益有「感恩知有地，不上望京樓」的詩句，獻給劉節鎮，便想用「怨望朝廷」的罪名，隨時要將李益置之死地。

盧太尉有他的政治野心，他想網羅李益，作爲他的心腹，便決定招李益爲婿。如果李益不從，就要奏他「怨望朝廷」。盧太尉爲了好好控制李益，公然破壞三年在邊，資當內轉的成規，奏請聖上，加李益秘書郎，改參孟門軍事，不必過家。使李益和小玉沒有見面的機會。盧太尉明知李益已有妻室，卻勸他「古人貴易妻，參軍如此人才，何不再結豪門？可爲進身之路。」（第三十七齣〈移參孟門〉）當李益婉拒時，便用各種詭計，斷絕李益和霍小玉的書信來往，並派人到霍小玉處，「說他咱府招贅，好歹氣死他前妻」（同上）。

盧太尉爲了徹底拆散李益和霍小玉兩人，派心腹堂候的妻子假扮爲鮑四娘之姐鮑三娘，利用霍小玉因貧困出賣的紫玉釵，造謠說小玉已「招了個後生相伴」，脅迫李益將此玉釵行聘自己的女兒，並將李益軟禁在招賢館，日夜派人看守。盧太尉這樣做，完全沒有考慮到自己女兒的幸福，只因爲「李參軍作挺，偏要降伏其心」。最可憐的應該是盧小姐，他是傳統官僚人物爭權奪利下，任人擺布的犧牲品。他隨著李益和霍小玉的團圓、盧太尉被解職，更陷入痛苦的深淵中。

湯顯祖所以要凸顯出盧太尉的橫行霸道，只不過是要強調，當時所謂國之重臣，就是這般行徑。這種批判，不只在《紫釵記》出現而已。《牡丹亭》、《南柯記》、《邯鄲記》中都有類似的例子。

第三節　人物形象分析

一、論霍小玉

《紫釵記》既是從蔣防的《霍小玉傳》改編而成，則《紫釵記》所塑造的霍小玉形象，與《霍小玉傳》有何不同？蔣防描寫小玉的出身時說：

> 故霍王小女，字小玉，王甚愛之。母曰淨持。淨持，即王之寵婢也。王之初薨，諸弟兄以其出自賤庶，不甚收錄。因分與資材，遣居於外，易姓爲鄭氏，人亦不知其王女。

小玉由於弟兄「不甚收錄」，「遣居於外」，不但改姓氏爲鄭氏，可悲的是大多數人已不知他是霍王之女，非但如此，小玉竟流入倡家。由於是倡家，和進士出身的李益身份相當懸殊，依照唐朝當時的門閥觀念，這種地位懸殊的結合，是很難有結果的。所以，小玉擔心有一天年老色衰，會被李益拋棄，因而不覺悲從中來。

湯氏《紫釵記》對小玉身分的描寫較爲含蓄，刻意強調霍王之女的本來身份，《霍小玉傳》說：「妾本倡家」，湯氏將其改爲「妾本輕微」。「倡家」是指流落煙花，自是妓女一流。「輕微」是指貧賤，不一定是倡家、湯氏雖有意強調小玉良家婦女的身份，但因受《霍小玉傳》的影響太深，有些旁白直接抄自該《傳》，當我們以爲小玉是良家婦女時，湯氏又時而暗示我們，她是出於倡家，如《霍小玉傳》中媒人對李益介紹霍小玉時說：「有一仙人謫在下界，不邀財貨，但慕風流」，「仙人」正是唐朝人對妓女的別稱❶，湯氏不察，也將這段話照抄，以致對霍小玉的角色認同產生混淆。

姑且不論因抄襲《霍小玉傳》所留下來的種種痕跡，純就劇中的霍小玉來說，他仍舊擺脫不了出身微賤所造成患得患失的心理。這與其說是，湯氏刻意隱瞞她的身分，倒不如說是小玉與生俱來的性格。在劇情發展的過程中，此種性格也時時顯露出來。譬如，小玉和李益結婚後，在享受恩愛生活時，小玉卻唱著：

> 婚姻簿是咱爲妻，怕登科記註了別氏。（第十四齣〈狂朋試喜〉）

小玉心想他和李益是夫妻，一旦李益中了進士，他們的婚姻是不是會產生變化，實在很難逆料。也許在當時，這種事情相當多，容易引起小玉的聯想。也許是小玉自感卑微，所以才會有這種不安的感覺。湯氏在這裏預設了伏筆，暗示李益中了進士以後，或許會變心。

---

❶ 徐朔方說：「媒人對李益介紹霍小玉時說：『有一仙人謫在下界，不邀財貨，但慕風流。』『仙人』正是唐代妓女的別名。」見胡士瑩校注：《紫釵記》（北京：人民文學出版社，一九八二年一月），〈前言〉。

小玉這種性格的表現，也可以從第十六齣〈花院盟香〉看得出來。當小玉和婢女浣紗在春光明媚的花園賞花時，竟心事重重。浣紗也看出這點，說：

> 小姐未遇李郎時，打鞦韆，擲金錢，賭荔枝，抛紅豆，常自轉眼舒眉；到李郎上門，鎮日紗窗裏眉尖半簇，敢自傷春也？（第十六齣〈花院盟香〉）

浣紗點出小玉已不像少女時代打鞦韆、擲金錢……等，過著無憂無慮的生活，他的生活中闖進了李益這個人。得到好的歸宿，應是喜上眉梢的事，爲何「鎮日紗窗裏眉尖半簇」，這就是小玉內心的不安全感在作祟。

這點，在同一齣的另一場景也可以看得出來。當李益要赴洛陽應考時，小玉不禁悲從中來，說：

> 妾本輕微，自知非匹。今以色愛，托其仁賢。但慮一旦色衰，恩移情替。使女蘿無托，秋扇見捐。極歡之際，不覺悲生。（第十六齣〈花院盟香〉）

由於小玉有這種不安全感，逼得李益趕緊發重誓，並用縑帛寫下來作爲憑證，小玉看了之後說：「此盟當藏篋之內，永證後期。」唯有這樣，小玉才稍有一絲絲的安全感。

李益中了狀元，因不願去拜見盧太尉，而被分派到玉門關當參軍。當李益與小玉離別時，小玉忽然說：

> 李郎，以君才貌名聲，人家景慕，願結婚媾，固亦衆矣。離思縈懷，歸期未卜。官身轉徙，或就佳姻。盟約之言，恐成虛語。（第二十五齣〈折柳陽關〉）

這是小玉對愛情缺乏信心的一種表示。由於有這種不安定的感覺，小玉向李益提出請求說：

> 妾年始十八，君才二十有二。逮君壯室之秋，猶有八歲。一生懽愛，願畢此期，然後妙選高門，以求秦晉，亦未爲晚。妾便捨棄人事，剪髮披緇。夙昔之願，於此足矣。（同上）

以上所引兩段，全從《霍小玉傳》抄來，在《霍小玉傳》中，小玉與李益並沒有結婚，僅是現代人所說的「同居」，所以小玉才要李益直到三十壯室之秋的八年間，能獨佔這份愛情。在《紫釵記》中，小玉與李益是結過婚的，何以小玉還會說出這種話來？湯氏雖有意用比較含蓄的手法來描寫小玉，劇情也與《霍小玉傳》不同，但卻一味抄襲《霍小玉傳》的文句作說白，造成前後矛盾。

小玉由於出身卑微，自認爲爭不過人家，所以雖萬分無奈，也祇好妥協。當他得知李益已入贅盧太尉家，娶了盧小姐，竟以原配身分，說出願與盧小姐共事一夫，小玉唱著：

有家法拘當得才子天涯，沒朝綱對付的宰相人家。比似你插金花招小姐，做官人自古有偏房正榻。也索是，從大小那些商度，做姊妹大家懽洽。（第三十九齣〈淚燭裁詩〉）

可見小玉的心理，祇要能得到李益的愛，受到委曲也沒有關係，她可以和對方和平共處的以「姊妹」相稱。這是她出身寒微，所造成的一種宿命觀。

姑不論小玉的個性如何，她對李益的愛情，自始至終都在付出，但她卻無怨無悔。在第二十七齣〈女俠輕財〉，小玉委託韋夏卿、崔允明兩人打聽李益之消息。崔允明說：「二生客中貧忙，怕沒工夫看管！」小玉馬上說：「這個不妨，衣食薪芻，咱家支分。」也就是如果能找到李益，花再大的代價也沒關係。李益在玉門關三年，僅託王哨兒帶回一幅畫屏，小玉內心不免懊惱，但仍恨不能與李益一起遠赴邊陲，同甘共苦，她唱著：「明年若更陽關戍，化作西飛一片雲。」（第三十六齣〈淚展銀屏〉）

在第三十九齣〈淚燭裁詩〉，當他從王哨兒口裏得知李益已入贅盧府，寄詩責備李益：「愛如寒爐火，棄若秋風扇；山岳起面前，相看不相見。春至草亦生，誰能無別情？殷勤展心素，見新莫忘故，遙望孟門山，殷勤報君子：既爲隨陽雁，勿學西流水。」語意懇切，殷殷告誡，令人心酸。接著說：「有家法拘當得才子天涯，沒朝綱對付的宰相人家。」說明即使李益入贅盧府，罪魁禍首也是盧太尉。因爲她太愛李益，祇要不讓她們分手，她幾乎什麼都可以犧牲。因此，他容許李益妻妾並存，她說：「此似你插金花招小姐，做官人自古有偏房正榻。也索是，從大小那些商度，做姊妹大家權洽。」（第三十九齣〈淚燭裁詩〉）這是小玉天眞的想法，盧太尉怎容許李益身旁還有個小玉？

由於李益一直未能回家，小玉和家人又缺乏謀生能力，家道逐漸中落，能變賣的東西幾已用盡，唯一留下的就是小玉所擁有的紫玉釵。小玉爲了託崔允明到盧府打聽李益消息，得提供路費，所以想把紫玉釵賣掉。正好盧小姐要和李益成婚，需要一對紫玉釵。被委託賣釵的玉工侯景先想起盧小姐的事，就把玉釵送到盧府來，以百萬錢成交。紫玉釵是小玉與李益定情信物，她至爲寶愛，宛如她的生命，小玉所以將它割捨，是有不得已的苦衷。沒料到這心愛之物，竟落入盧太尉的手中，眞是情可以堪。當小玉從玉工侯景先口中得知玉釵是賣入盧府時，那種錯愕之情是難以用筆墨形容的，她哭著說：「天下寧有是事乎！霍小玉釵頭，到去盧家插戴也！」（第四十七齣〈怨撒金錢〉）誰也無法忍受這晴天霹靂，小玉不支倒地，說：「要錢何用！」醒來後，氣憤難消，把賣釵所得的錢，如撒揄莢錢般撒落滿地。失去李益，賣了玉釵，又撒了錢，小玉已一無所有。

小玉整日相思，懨懨成病。有一天，夢見穿黃衫的劍俠，給她一雙小鞋。鮑四娘說：「鞋者，諧也，李郎必重諧連理。」（第四十九齣〈曉窗圓夢〉）但小玉還是整天胡思亂想，她似乎自覺不久人世，一一交代後事時，依然不能忘情。她要鮑四娘轉告李益：「教他好生兒看待新人，休爲俺把懽情慘然。」（第五十二齣〈劍合釵圓〉）他爲李益失去了一切，也將付出生命之代價，而她唯一的願望是李益能在她墳前供一碗水飯。

小說《霍小玉傳》中的小玉終於病死。但是，湯顯祖爲了讓小玉所受的折磨痛苦得到補償，當黃衫客挾持李益在小玉面前懺悔後，夫妻兩人和好如初。這一劇情的轉變，使同情小玉的讀者心理得到了補償，可以說符合讀者或觀衆普遍的願望。

《紫釵記》中的小玉，是個至情至性的女子，他爲了李益不惜犧牲一切，與強權周旋抗爭，這樣的一位可欽可敬的女性，怎可讓其含恨以終。這就是《紫釵記》爲何要從《霍小玉傳》的悲劇，轉化爲大團圓的原因。

二、論李益

《霍小玉傳》中的李益是輕浮薄倖的浪蕩子，而《紫釵記》中的李益，是經過湯顯祖徹底改造的人物，他對霍小玉的愛情堅貞不渝，是值得霍小玉鍾愛的人物。

從第二齣〈春日言懷〉李益的自述，可知他是肅宗朝宰相李揆的族子，他「年過弱冠，未有妻房」，流寓長安，有故人劉公濟，官拜關西節鎮，中表崔允明，密友韋夏卿。他心中有一番抱負，期盼「上林春色，深取一枝新」。李益和霍小玉結婚後，要到洛陽應試，小玉由於不安全感，悲從中來，李益爲表示永不變心，寫下盟約：「水上鴛鴦，雲中翡翠。日夜相從，生死無悔。引喻山河，指誠日月。生則同衾，死則共穴。」（第十六齣〈花院盟香〉）這才換取小玉的安心。往後劇情的發展，李益雖歷盡各種迫害，基本上並未違背過盟約。

李益中了狀元，雖然盧太尉要求士人都要去拜見他。但李益不吃這一套，並沒有去拜見盧太尉。這讓盧太尉氣得直呼「可惱！可惱！」，並設計讓李益到玉門關當參軍，讓他

「永不還朝」。這是李益和盧太尉衝突的開始。李益雖然熱中功名，希望有一番作爲，他也知道如果能逢迎盧太尉，仕途應可平步青雲。但李益就不願意那樣做。湯顯祖曾因不願攀附張居正、申時行，至少有三次被迫害的經驗。這裏的李益，顯然有湯顯祖本人的影子在內。

李益來到玉門關後，積極建立功業，發揮他用世的長才。當時玉門關外有小河西、大河西兩國，自漢以來年年進貢，但最近受吐蕃挾制，意欲興兵。李益下書給兩國，責其貢獻，不服則興兵誅討；另又分兵戍守受降城外，斷絕吐蕃西路。這些措施果然有效，兩國先後來降。當劉節鎮和李益在吹臺暢飲慶功，李益感劉節鎮知遇，吟詩說：「日日醉涼州，笙歌卒未休。感恩知有地，不上望京樓。」（第三十一齣〈吹臺避暑〉）也因有「不上望京樓」一句，盧太尉抓住這把柄，認爲他怨望朝廷，隨時要向皇上啓奏。李益就因這句詩，一直受制於盧太尉。他因害怕盧太尉以這句詩要脅，所以處處委曲求全，也冷落了小玉，幾乎讓美滿的婚姻破裂。

當盧太尉奉命鎮守孟門時，得知李益有「不上望京樓」的詩句，想這正好抓住了李益怨望朝廷的把柄。又想到一計，奏請皇上加授李益秘書郎，改任孟門參軍，即日赴任，不許過家。李益匆匆來到孟門，盧太尉以怨望之句相要脅，要招李益爲婿。當李益告知「已贅霍王府中」時，盧太尉竟說：「古人貴易妻，參軍何不再結豪門，可爲進身之階！」（第三十七齣〈移參孟門〉）在這裏，盧太尉的話已說得很清楚，如果能結豪門，將來可平步青雲，但李益卻不爲所動。古今士人中了狀元，往往攀附豪門，拋棄糟糠之妻，李益卻不是這一類型的人。從這點，也可證明李益對小玉的眞摯之情。

從另一方面來說，李益在玉門關和孟門期間，對小玉似乎太過冷落，始終沒有主動和小玉通消息，造成小玉欲哭無淚，苦守空閨。在玉門關時，只有在盧太尉差王哨兒探取軍情回京時，託他帶回一幅畫給小玉，李益在畫上題了一首詩：「回樂峰前沙似雪，受降城外月如霜。不知何處吹蘆管？一夜征人盡望鄉。」（第三十六齣〈淚展銀屏〉）當王哨兒把畫屏帶給小玉，小玉可說喜出望外，將畫屏把玩不止。當李益在孟門時，王哨兒帶來小玉的詩箋，並吐露盧太尉的詭計時，兩人有一段對話：

〔生〕哨兒，你敢在夫人前講甚話來？

〔哨〕沒有。

〔生〕詩意蹺蹊！

〔哨〕是，是，是！那日遞家報與參軍爺，太尉要拷打小的，說俺府裏待招贅參軍，你敢再傳他家信！小的見夫人，依實說了。

〔生〕好不胡說也！（第四十齣〈開箋泣玉〉）

像盧太尉這種詭計，說李益將入贅盧府，照道理，李益應設法向小玉澄清眞相，可是他並沒有這樣做，對王哨兒的這番話也只斥責了一句：「好不胡說也」而已。李益在玉門關三年，小玉僅接到他一幅畫屏，在孟門一年多，得到的卻是李益將入贅盧府。即使先前有山盟海誓，也不得不起疑。李益爲何冷落了小玉，劇本中並沒有答案。也許是李益的勤務太忙，又以爲已有盟約，小玉應該會安心才對。

盧太尉爲了不讓李益回家，將他軟禁在招賢館內，並派韋夏卿來勸他入贅。但李益都設法拖延。小玉爲請人探聽李益的消息，耗盡了家私。心想李益既已絕情，不如把紫玉釵也變賣了。沒料到這紫玉釵卻落到盧太尉手中。盧太尉爲徹底斬斷小玉與李益的關係，遂想出一計，派一老婆子假託是鮑四娘之姐鮑三娘來向李益獻紫玉釵，並告知玉釵主人已另許配他人，李益聽了此事，不禁悲從中來：

〔丑〕李老爺這般傷感，敢認的他家？老婆子若說起，一發可憐！這府裡有個郡主，招了個丈夫，一去不來。有個什麼韋秀才，報說他丈夫誰家招贅了。不信，訪得明白，整呪了一個月日。又是我妹子爲媒，招了個後生相伴，因此賣了這釵。

〔生哭科〕我的妻呵！

〔丑驚科〕原來就是參軍爺夫人，老婆子萬死！萬死！

〔生悶到扶起介〕妻呵，是俺負了你也！（第四十六齣〈哭收釵燕〉）

鮑四娘曾經替李益和小玉做媒，這裏抬出鮑四娘之姊鮑三娘，自容易得到李益的信任，且小玉又由鮑四娘作媒，另許配他人，更不會引起李益的懷疑。也因此，李益聽了鮑三娘的話以後，立刻昏倒，被扶起以後說：「妻呵，是俺負了你也！」並表示「你去即無妨誰伴咱？他縱然忘俺依舊俺憐他！」甚至「氣咽喉哽，恨不得把玉釵吞下。」（第四十六齣〈哭收釵燕〉）這都可以證明李益對小玉的深情厚意。即使小玉改嫁的事已可確定，李益還是半信半疑的說：「縱然她水性言難定，俺則怕風聞事欠明」（第五十齣〈玩釵疑歎〉）。仍期待小玉改嫁的事，並不是眞的。

由於李益虧欠小玉太多，當黃衫客押著李益回家與小玉團圓時，李益竟不敢回家，在黃衫客的質問下，才說出回京後，怕見小玉的理由：

小生當初玉門關外參軍，受了劉節鎭之恩，題詩感遇，有「不上望京樓」之句。因此盧太尉常以此語相挾，說要奏過當今，罪以怨望。所畏一也。又他分付，但回顧霍家，先將小玉姐了當，無益有損。所畏二也。白梃手日夜跟隨廝禁，反傷朋友。所畏三也。（第五十二齣〈劍合釵圓〉）

這些話並非全無道理。以盧太尉的權勢，李益根本沒有能力反抗，所以他要保有自己的職位，要保護小玉的安全，都不得不和盧太尉慢慢周旋，盧太尉雖逼婚逼的很緊，李益也祇能慢慢拖，這種態度看似軟弱，其實也是一種身爲弱者不得已的反抗方法。

從以上的分析，李益對小玉的眞情眞愛，似已無可懷疑，唯一感到遺憾的是李益太熱中於功名，太在乎自己的前途，因而受制於盧太尉，也因此冷落了小玉，如果沒有黃衫客的仗義相救，很難不以悲劇結局。

三、論盧太尉

盧太尉這一人物，《霍小玉傳》中並沒有，湯顯祖所以在《紫釵記》中增加盧太尉這一角色，一如在《南柯記》中增加右相段功，《邯鄲記》中增加宇文融，一方面是整個劇情發展的需要，可增強戲劇衝突的效果；另方面，盧太尉等人所代表的是古代專制官僚的象徵。湯顯祖的一生坎坷，受當朝權臣的迫害，感受特別深刻。盧太尉的蠻橫跋扈，正是當時官僚的一個縮影，後來盧太尉得到應有的報應，也是湯氏心理的一種反映。由盧太尉的失勢，受到懲處，使湯氏多年來受到委曲的心靈，得到些許的補償。下面是對盧太尉這一人物的分析。

由於湯氏極力要暴露封建官僚的窮凶極惡，所以盧太尉一上場，就藉著描寫他顯赫不凡的家世，來帶出他那仗勢欺人的模樣：

> 自家乃盧太尉是也。盧杞丞相，是我家兄，盧中貴公公，是我舍弟。一門貴盛，霸掌朝綱。（第十五齣〈權夸選士〉）

這段話藉盧杞丞相是他的哥哥，盧中貴是他的弟弟，來襯托他的權勢，所以說是「一門貴盛，霸掌朝綱」。在第二十二齣〈權嗔計貶〉出場時又說：

> 隻手擎天勢獨尊，錦袍玉帶照青春。洛陽貴將多陪席，魯國諸生半在門。自家盧

太尉，長隨玉輦，協理朝綱。

仍舊是一副唯我獨尊的模樣。第四十一齣〈延媒勸贅〉，盧太尉又說：

倚君王，爲將相，勢壓朝綱。三台印信都權掌，誰敢居吾上。

我們也可以說盧太尉每次上場，都在炫耀他那顯赫權勢的老套。湯氏所以要再三去描寫盧太尉這一點，大概是要讀者認淸盧氏除了用這一套來誇耀之外，他又還有什麼？一個當朝的太尉，已是位高權重的大臣，不能從自己實質的作爲來讓人有好印象，卻一味藉權勢來襯托自己的了不起，這是他膚淺的表現。

盧太尉既被湯氏作爲封建專制官僚的代表，爲凸顯出他的惡形惡狀，我們來看看湯氏如何從實際的行事中描寫他。第十五齣〈權夸選士〉，說到盧太尉隨皇帝到洛陽，順便開科招賢。他卻存有私心，想從中挑選中式學子爲婿，他說：「思想起俺有一女，年將及笄，不如乘此觀選高才爲婿。」不但如此，爲了能控制這些士人，他向禮部下令說：

聽分付：說與禮部，凡天下中式士子，都要參謁太尉府，方許註選。（第十五齣〈權夸選士〉）

如此想將全天下的新科進士全部納入他的掌控之中，這是多麼大的私心。但是偏偏就有李益這種人不相信盧太尉這一套，在他登上狀元之後，不願去拜見盧太尉。李益可以說是湯顯祖故意塑造被盧太尉迫害的人物之一。湯氏並沒有描述李益爲何不去拜見盧太尉，對盧太尉這種邪惡的人，湯氏根本是輕視的，就如同他不願去拜見當時的權相一樣。如果從李益的口中說出他不願意去拜見盧太尉，可能讓讀者覺得李益太在意盧太尉，湯氏藉盧太尉之口說出李益不願來見他，讓讀者更能看清盧太尉邪惡的嘴臉。盧太尉說：

> 聖駕洛陽開試，咱已號令中式士子，都來咱府中相見。昨日開榜，有個隴西李益中了狀元，細查門簿，並無此人姓名。書生狂妄如此，可惱！可惱！咱有一計，昨日玉門關節度劉公濟一本，奏討參軍；我就奏點李益前去，永不還朝，中吾計也！（第二十二齣〈權嗔計貶〉）

又說：

> 天下士子俱到太尉府，可怪新狀元李益獨不到吾門，俺有表薦他玉門關外參軍，你去文書房說知。（同上）

由於盧太尉是「號令中式士子，都來咱府相見」，李益又是中了狀元，目標特別明顯。盧太尉一查晉謁名簿，發現竟然沒有李益的名字，所以生氣的說：「可惱！可惱！」遂設計要讓李益到玉門關當參軍，「永不還朝」。盧太尉的計策所以能成功，主要是朝廷布滿了他自己的人，所以說：「洛陽貴將多陪席，魯國諸生半在門」（第二十二齣〈權嗔計貶〉），這種控制的網絡幾乎使新科士子無一人可以倖免。

盧太尉把李益分派到玉門關後，爲了不讓李益夫妻有團圓的機會，乃奏請李益改調孟門，當他的參軍，以便直接控制。爲了讓李益沒有反抗的機會，抓住李益在玉門關時曾經唱過的詩句：「感恩知有地，不上望京樓」（第三十一齣〈吹臺避暑〉）中的「不上望京樓」，認爲李益怨望朝廷，準備隨時向皇上啓奏，李益經其威嚇，衹好忍氣吞聲。接著盧太尉開始向李益逼婚：

〔盧〕參軍，可有夫人在家？
〔生〕秀才時已贅霍王府中。
〔盧〕原來如此，古人貴易妻，參軍如此人才，何不再結豪門，可爲進身之路。
〔生〕已有盟言，不忍相負。（第三十七齣〈移參孟門〉）

盧氏這段話，勸李益「貴易妻」，「再結豪門」，以免妨礙「進身之路」，可說是一副勢利小人的嘴臉。由於李益不肯就範，他嚥不下那口氣，硬要拆散李益夫妻的姻緣。

盧太尉爲徹底離間李益夫妻的感情，斷絕他們夫妻間的書信來往，懲處給李益送家書的王哨兒，又要王哨兒將功贖罪，派他到霍府，告訴小玉，李益已入贅盧家。盧太尉說：「差你京師慶賀劉節鎮還朝，便到參軍家，說他咱府招贅，好歹氣死他前妻，是你功也。」（第三十七齣〈移參孟門〉）王哨兒將這招贅的事向鮑四娘說了，連自己也覺得心有不忍，唱著：「只怕斷腸人聽不起這傷情話」。盧太尉爲了怕李益夫妻相會，除了把李益安置在招賢館內，派守衛看管之外，又派李益的朋友韋夏卿來勸他入贅盧家，當韋夏卿知道此事時，和盧太尉有一段對話：

〔韋背云〕原來太尉要招贅李君虞，怕不孤了那小玉姐一段心事？

〔盧笑嗔科〕呀！說甚麼小玉，便大玉要粉碎他不難！

〔堂候低云〕韋先生，俺太尉爺小姐招人，托先生贊相，誰敢不從！（第四十一齣〈延媒勸贅〉）

這一段話，韋夏卿完全從小玉的立場來考慮，認爲將「孤了小玉姐一段心事」。可是，盧太尉卻非置小玉於死地不可。湯氏很巧妙地運用小玉名字中的「小」字，來凸顯出小玉在強權威勢下的渺小，然後讓盧太尉說出要粉碎大玉都不難，更河況那小小的玉。這種用「大」「小」懸殊的對比，更能加深讀者對盧太尉仗勢欺人，強凌弱，衆暴寡的憎恨。

盧太尉又利用霍小玉因貧困而出賣的紫玉釵，請堂候的妻子假扮鮑四娘之姐鮑三娘來向李益獻紫玉釵，造謠說小玉已「招了個後生相伴」。李益聽了這話，立刻昏倒，盧太尉竟然說：「婦人水性，大丈夫何愁無女子乎！昨遣韋夏卿相勸，今霍家既去，此天緣也。」（第四十六齣〈哭收釵燕〉）盧太尉這時也不等李益心情是否平靜下來，立刻強迫李益和他的女兒結婚。盧太尉這樣做，他女兒不但有了歸宿，自己也眞正降服了李益的心。這也反映了傳統婦女婚姻的悲劇，所謂婚姻祇不過古代權臣鞏固政治利益的工具而已。盧太尉以爲他的計策已萬無一失，沒料到黃衫客出現，劫走了李益，這時恰好有人上書密告他，盧太尉也被削職。這一股邪惡的力量也被壓制平伏。

湯顯祖在這劇本中活生生地刻畫出一個專權跋扈、陰險狠毒、自私冷酷、草菅人命的權臣形象，目的在指陳當時官僚黑暗政治的作法，不但破壞了既有的制度，也造成了李益和霍小玉的愛情悲劇。

四、論黃衫客

《霍小玉傳》中的黃衫客稱爲「豪士」，他是在故事結尾突然出現，挾持李益與霍小玉見面。這股正義的力量出現得有點突兀。在《紫釵記》中，因湯顯祖的刻意安排，黃衫客在第六齣〈墮釵燈影〉中就已出場：

〔老旦引旦、浣上〕呀！那裏個黃衫大漢，一疋白馬來也。

〔豪士黃衫擁胡奴二、三人走馬上〕本山東向長安作儍家，趁燈宵遨遊狹邪，聽街鼓兒幾更初打。

〔內笑云〕前面好漢，是甚姓名？人高馬大，遮了俺們看燈路來也。

〔豪笑介〕問俺名姓，黃衫豪客是也。說遮了路呵，胡雛們去也。燈影裏一鞭斜。

這裏描寫黃衫客人高馬大，遮了人們看燈路，可見是多麼的不平凡。在第十齣〈回求僕馬〉中，李益要和小玉結婚，因家境太窮困，沒馬也沒有僮僕，韋夏卿和崔允明以爲可向豪俠借。但豪俠是誰，湯顯祖並沒有點明。這豪俠在從未與李益謀面的情況下，竟願意把馬借給李益，讓他能騎著好馬，帶著僮僕，和一身富家公子的打扮，迎娶嬌妻小玉，從這點也可以看出，豪俠那仗義而行、成人之美的性格。

從第十齣〈回求僕馬〉以後，一直到四十七齣〈怨撒金錢〉間，並沒有豪俠的訊息，在第四十八齣〈醉俠閒評〉，韋夏卿和崔允明正在崇敬寺商量如何請李益出來賞花時，豪客在衆人面前出現了。當時，有這樣的一段對話：

〔衆〕這兩個秀才好生眼熟，似三年前一個借鞍馬的韋先兒，一個求俊僮的崔先兒。

〔豪〕借人馬何用？

〔衆〕李十郎就親霍府，借去風光也。

從這段對話，馬上將我們的記憶拉回三年前崔允明和韋夏卿爲李益向人借馬和借僮僕的情景。

原來他們兩人所說的「豪俠」，就是這位「豪客」。就豪客本身來說，也讓他恍然大悟，原來三年前向他借馬的就是李益。成就李益和小玉這門親事的也就是這位豪客。當豪客聽酒保說，李益懾於盧太尉的權勢，將拋棄小玉入贅盧家爲婿時，豪客說：「有此不平之事！」。後來，他又向媒婆鮑四娘問小玉近況，四娘答以「謹守誓言，有死而已！」豪客說：「世間怎有這不平之事！」當在四十八齣〈醉俠閒評〉之末，豪客作吊場時說：「冷眼便爲無用物，熱心長爲不平人。花前側看千金笑，醉後平消萬古嗔。俺看李十郎這負心人，爲盧府所劫，使前妻小玉一寒至此。此乃人間第一不平事也！俺不拔刀相救，枉爲一世英雄。」豪客所以要救小玉與李益，除了他再三說的「不平之事」，身爲俠客有義務拔刀相助外；另一沒有明說的原因，就是前面已說過的，李益和小玉的婚事是豪客借馬間接促成的，現在盧太尉硬要將他們兩人拆開，似乎是對豪客此一俠義象徵人物的直接挑戰。這已不是「路見不平，拔刀相助」這種俠義之事而已。豪客已成爲這場衝突的主角，直接向盧太尉的權威挑戰。

當豪客在崇敬寺見了李益後，說：「咱要誅了這無義漢何難，只是惜樹怕拿修月斧，愛花須築避風臺。」（第五十一齣〈花前遇俠〉）刻畫了豪客嫉惡如仇，又粗中有細的形象。當豪客聽了李益訴說盧府的迫害後，他對李益由憤恨轉爲同情，並帶著李益前往霍家。這時，受到盧府兵校的干涉：

〔校惱介〕又一個管閑事的人也！你不聽得俺盧府威風麼？參軍爺待做俺府裏東床，引他那裏去？看我手中白棍兒麼！

〔綵衣舞〕摩娑起手底棍兒打這廝，棍兒上有盧字。〔豪笑介〕有字怎的？〔校〕明寫著你肉眼迷廝，逞搊查強死。參軍呵，他坦腹乘龍衣金紫，好不受用也，你有銅斗兒家貲你自家使。

〔收江南〕〔豪〕呀！禁持的李學士沒參差，盧太尉甚娘兒！比似俺將你老東床去了也那廝，和你家小姐對情詞。〔做拔劍介〕看劍兒雄雌，不甫你一個來一個兒死。（第五十一齣〈花前遇俠〉）

這裏寫豪客蔑視權貴、威懾群丑的英雄氣概，可說栩栩如生。當豪客押著李益，李益訴說對盧太尉的三點畏懼時，豪客說：「盧太尉俺自有計處，不索驚心。」（第五十二齣〈劍合釵圓〉）從這裏也可看出敢做敢當的性格。

在第五十三齣〈節鎮宣恩〉中，湯氏又藉韋夏卿、崔允明兩人的對話，來凸顯豪客的神通廣大，也間接說明豪客有能力保護小玉和李益兩人，讓他們長相廝守。韋、夏兩人的對話如下：

〔韋〕只一件，十郎既就了霍府，那盧太尉怎肯干休？

〔崔〕你不知道，那黃衫豪士雖係隱姓埋名，他力量又能暗通宮掖。他近日探得主上因盧府專權，心上也忌他了；他有人在主上前行了一譖，聖上益發忿怒，如今盧府着忙，不暇理論到此事。那黃衫豪士隨有人竄掇言官，將小玉姐這段節義上了，又見得盧府強婚之情。蒙主上褒嘉，遣劉節鎮來處分，怕甚麼事！

〔韋〕原來如此，妙哉！快哉！我們先去報喜，賀喜。（第五十三齣〈節鎮宣恩〉）

由這段話看來，豪客不僅是一位愛打抱不平的草莽英雄而已，他「能暗通宮掖」，探得皇上對盧太尉的好惡，且利用他和朝廷中的關係，請人參了盧太尉一本，這樣多管齊下，才由皇帝削了盧太尉的太尉之職，徹底打倒了邪惡的力量。

本來李益夫妻的愛情，崎嶇坎坷，按合理的劇情發展，兩人實沒有再結合的條件。因爲盧太尉招贅李益爲婿，李益和盧小姐已是合法的夫妻，盧太尉又是當朝紅人，簡直可以呼風喚雨，有誰可以改變這種情勢？也就是說，這本來應該是一齣愛情的悲劇，湯顯祖把它改造爲大團圓的喜劇，而促成這團圓喜劇的就是黃衫豪客。他也成了打擊邪惡的正義之神。當時聖旨褒揚他：「拔釵幽淑女，有助綱常；提劍不平人，無傷律令。可遙封無名郡公。」（第五十三齣〈節鎮宣恩〉）可說恰如其份。

第四節　語言描述技巧

要討論《紫釵記》的語言技巧時，先要討論的問題是《紫釵記》既是改編《紫簫記》而來，兩者語言的承襲關係如何？前文已說過，在劇情的發展上，《紫釵記》和《紫簫記》並不接近，反而比較接近《霍小玉傳》。《紫釵記》中的賓白抄自《霍小玉傳》的也更多。但《紫釵記》和《紫簫記》間語言的承襲關係是最先要解決的問題。

如將兩個劇本的曲文和賓白作比較觀察，《紫簫記》之曲文流於穠麗雕琢，《紫釵記》雖乃有穠麗之處，但已較接近本色。賓白部分，《紫簫記》之賓白多駢四儷六之文，《紫釵記》大部份之賓白已接近口語，且簡潔扼要。茲先就曲文略作比較。

湯氏在作《紫釵記》時，曲文作了大翻修，不但各齣的組成曲子大量的抽換，即使曲牌名相同，曲子的文字也作大幅度的修改。可見，在修改時湯氏是花費大量工夫的。全部抽換的曲子已無法作比較，稍作修改的，可舉數例加以說明，如：《紫簫記》第二十五齣〈征途〉中的〔金錢花〕是士兵送李益出征時所唱：

〔金錢花〕（卒子上）渭城朝雨陽關，渭城朝雨陽關。輪臺古月陰山，輪臺古月陰山。鳴笳疊鼓度西番，腰錦鞬跨雕鞍，持節去凱歌逐。

這首曲子雖帶有北國的風格，但曲子有點呆板。在《紫釵記》第二十六齣〈隴上題詩〉中，改為衆人送李益出征。曲子內容是：

〔金錢花〕（衆上）渭城今雨清塵，清塵。輪臺古月黃雲，黃雲。催花羯鼓去從軍，枕頭上別情人，刀頭上做功臣。

這支曲子以「枕頭上別情人，刀頭上做功臣」，來形容出征時那種壯士斷腕的氣概，比起《紫簫記》中的「腰錦韃跨雕鞍，持節去凱歌逐」，要強有力得多。又《紫簫記》第二十四齣〈送別〉中，有〈北寄生草〉，整首曲文在描寫小玉的眼淚。曲文內容是：

〈北寄生草〉（小玉）這淚啊，慢頰垂紅縷，嬌啼走碧珠。冰壺迸裂薔薇露，闌干碎滴梨花雨，鮫盤濺濕紅綃霧。層波淚眼別來枯，這袖呵班枝染畫雙璚筯。

這支曲子，徐朔方先生曾批評五十餘字，祇寫一淚字，用在任何美人都可以。湯氏對這支曲子可能有偏愛。所以，又安置在《紫釵記》第二十五齣〈折柳陽關〉中，但曲文內容已有所修改：

〈北寄生草〉這淚呵，慢頰垂紅縷，嬌啼走碧珠。冰壺迸裂薔薇露，闌干碎滴梨花雨，珠盤濺濕紅銷霧。怕層波溜折海雲枯，這袖呵，瀟湘染就班文筯。

雖稍有修改，內容還是相當的空洞。從以上的說明大概可以看出湯氏在將《紫簫記》改作時，確已將曲文作較大幅度的修改。修改時，由於湯氏本身對某些曲子的愛好。原《紫簫記》的曲文，仍作某些程度的保留。

在賓白方面，原來《紫簫記》的賓白大量使用駢文，說話的內容既不容易看懂，也不容易聽懂，影響了感動人的效果。《紫釵記》則反過來，大量引用《霍小玉傳》中的文字，作爲說白，這在本章第一節已有所說明。另有一種情況必須提出討論的是，原來《紫簫記》的賓白是將《霍小玉傳》的文字略作修改，但作《紫釵記》時，或嫌這種修改並不妥當，又直接抄自《霍小玉傳》，茲舉一例加以說明。《霍小玉傳》中的文字是：

> 妾年始十八，君纔二十有二，迨君壯室之秋，猶有八歲。一生歡愛，願畢此期。然後妙選高門，以諧秦晉，亦未爲晚。妾便捨棄人事，剪髮披緇，夙昔之願，於此足矣。

《紫簫記》第二十齣〈勝遊〉中，將這一段話改作：

> 妾年十八，君年二十，願君待三十歲，是妾年二十八矣。此時足下改聘茂陵，永抛蘇蕙，妾死無憾矣。

這段話改得文字生硬露骨，整體韻味實比不上原來《霍小玉傳》的文字。湯氏在作《紫釵記》時，大概已體會到《紫簫記》的文字，改得並不好，所以又回過頭來，沿用了《霍小玉傳》

中的文字。

現在，姑且不管《紫簫記》和《紫釵記》間曲文、賓白之互動關係，如純就《紫釵記》曲文來觀察，實有不少精彩動人的地方，如第八齣〈佳期議允〉中的〔三學士〕，描寫霍小玉回憶元夕燈下和李益相會的情景：

是俺不合向春風倚暮花，見他不住的嗟呀。知他背紗燈暗影著蛾眉畫，還咱箇插雲鬟分開燕尾斜。猛可的定婚梅月下，認相逢一笑差。

曲中「背紗燈」和「插雲鬟」兩個對句雖略有參差，卻顯得十分自然。看起來明白易懂，而又令人玩味無窮，可以說是佳作。又如第三十九齣〈淚燭裁詩〉，是描述小玉想念李益時，鮑四娘來報喜，四娘要小玉猜是什麼喜，小玉唱著：

〔紅衲襖〕（旦）莫不是掃南蠻把謫仙才御筆拿？莫不是定西番把洛陽侯金印挂？莫不是虎頭牌先寫著秦關驛駐皇華？莫不是鳳尾旗緊跟上他渭河橋敲駿馬？得他個俊參軍功級多，少不得把咱小縣君封號加。可知是喜早些兒傳下也，這些時挑燈銜弄花。

曲文輕暢明快，連用四個「莫不是」，充分反映小玉內心的期待和喜悅。也符合小玉這思婦的身分。在第四十七齣〈怨撒金錢〉中，小玉知道自己喜愛的紫玉釵，落入盧府時，內心悲憤至極，把賣玉釵所得的錢像灑榆錢似的撒下來，且唱著：

〔下山虎〕一條紅線，幾個「開元」。濟不得俺閒貧賤，綴不得俺永團圓。他死圖個子母連環，生買斷俺夫妻分緣。你沒耳的錢神聽俺言：正道錢無眼，我爲他疊盡同心把淚滴穿，覷不上青苔面。（撒錢介）俺把他亂灑東風，一似榆莢錢。

曲中訴說，所得的錢幫不了她的貧賤，也沒辦法讓他們長久團圓。所以，她要向錢神控訴，「錢無眼」。不但如此，錢既沒有用，留它作什麼，祇好當作榆錢撒下來。這支曲子充分描寫內心悲憤下，小玉的淒苦和無奈。是支動人肺腑的好作品。

此外，第三十五齣〈節鎮還朝〉中，描寫劉節鎮的幾支曲子，也頗能凸顯劉氏的大將之風，如：

〔啄木身〕心雖赤鬢欲皤，意氣當年漢伏波。念少游歸興如何？相憐我得遂婆娑。（舉手介）忝元戎多暇勞參佐，甚西風別去情無那，（淚介）吹起袍花淚點多。

〔前腔〕你倚天劍迴日戈，一卷《陰符》萬揣摩。洗兵風坐挽銀河，比凌烟漢將功多。（跪拜）詔東歸少不的齊聲賀！（眾淚介）這懽聲有淚向悲笳墮，再不見尊俎投壺聽雅歌。

〔歸朝歡〕歸朝去，歸朝去，萬里胡沙。秦川雨，杜陵花。關山路，關山路，畫角鳴笳。送將歸，兩鬢華。秋光塞上人如畫，黃宣去把團營押，看細柳春風大將牙。

第一、二支曲子描述劉節鎮將回朝前不禁流下了英雄之淚。第三支曲子曲文簡短有力，節奏輕快。也符合劉節鎮的身分❶。

至於賓白方面，也能做到與劇中人物相襯。如第十四齣〈狂朋試喜〉中，小玉梳妝時，李益贊美小玉之美：

小玉姐，初見你時，一室之中，若瓊林玉樹，交枝皎映，轉盼之間，精采射人；聽你言敘溫和，詞旨宛媚；解羅衣之際，態有餘妍；到得低幃暱枕，極甚歡愛。小生自忖，巫山洛浦也。

這種親暱的贊美，也祇能出自李益之口，其他人來說都與身份不合。

❶參鄭培凱：〈湯顯祖的文藝觀與牡丹亭曲文的藝術成就〉，收入鄭氏著：《湯顯祖與晚明文化》（臺北：允晨文化公司，一九九五年十一月），頁二六六—二六七。

又《紫釵記》中，幽默諧趣的對話，往往出自地位較低的僮僕、婢女。例如第十二齣〈僕馬臨門〉，李益向豪客借駿馬和童僕，方便擺場面，胡奴牽馬到來時，和秋鴻的對話，即十分有趣：

〔雜〕昨有韋、崔二先生借俺豪家人馬，與個隴西李十郎往那家去。這是他寓所，高叫一聲。

〔鴻〕好，好，人馬一齊到。馬少一匹。

〔雜〕因何？

〔鴻〕俺家十郎配那家主兒，俺也同這吉日，配上那家一個俊不了的穿房，因此多要一匹。

〔雜〕好命也！纔脱了人騎，就要騎馬，早哩。

〔鴻〕也罷。看你馬，馬去得，再看人。

〔笑介〕原來你前身是馬。

〔雜〕怎見得？

〔鴻〕馬翦騌，人也翦騌；馬老子黑，你們臉通黑；知馬是你前身。

〔雜惱介〕呀！你家借馬借人，白飯青芻不見些兒，倒來罵俺，好打這廝！

這種戲曲中常有的插科打諢，常常由劇中的卑微人物來進行。在製造戲劇的喜劇效果中，吸引觀衆的注意力。像這種輕鬆有趣的對話，在《紫簫記》中是很少見的。可見，湯氏經過十多年的歷練，已比較能掌握戲劇的演出效果。

第十三齣〈花朝合巹〉，李益和小玉行過婚禮後，奴僕來拜見霍母，她們間的對話也很有趣。

〔鴻〕的的親親的小秋鴻叩頭。
〔老〕那些人從都是李家麼。
〔鴻〕不是李家是桃家。
〔老〕那個桃家？
〔雜〕豪家。
〔老〕那個豪家？
〔雜〕李家做了豪家。
〔老〕好好，原來李郎豪家子也。馬可是李家？
〔鴻〕不是李家是桃家。
〔老〕怎生又是桃家馬？
〔生〕不是桃家馬，是桃花馬。
〔老〕李郎，好一個桃之夭夭。

參加婚禮的李家僮僕和馬匹，本來都是從豪家借來，由於李益是李家，李的對襯是桃，桃又和僮僕馬匹的主人豪家諧音。所以，霍母把它說成「李家作了豪家」。同樣地，霍母也把桃家馬，引到「桃之夭夭」這吉利的詞上面。這些對話，不但輕鬆有趣，且經霍母指引，變得和新婚的情境息息相關。

第四十五齣〈玉工傷感〉，老玉工侯景先要爲小玉打聽李益的消息。浣紗勸他貼布告，說：

〔浣〕你這老兒，俺教你出個招子，帖在長安街上：某年某月某日，有霍王府小玉姐，走出漢子一名李益，派行十郎，隴西人也；官拜參軍，年可二十多歲；頭戴烏紗冠帽，身穿紫羅袍，腰繫鞓金寶帶，腳踏倒提雲一線粉朝靴；身中材，面團白，微鬚。有人收得者，謝銀一錢；報信者，銀二錢。

〔侯〕忒輕薄了。

〔浣〕俺浣紗昔年跟人走失了一次，也是這般招帖，酬謝也只是一錢二錢。

〔侯〕骨頭輕重不同。

〔浣〕儘這釵兒贖了他罷。憑在玉人雕說去，但求金子倒迴來。

浣紗和玉工侯景先的對話，可以看出浣紗聰明伶俐，俏皮可愛，和《牡丹亭》中杜麗娘的丫頭春香，撥刺執拗的個性略有不同。湯氏藉賓白來塑造人物個性的寫作技巧，在這裏也充分表現出來。

第六章 《牡丹亭》的戲曲藝術

第一節 本事探源

關於《牡丹亭》本事的來源，早期學者大多根據湯顯祖所作的〈牡丹亭題詞〉：「傳杜太守事者，彷佛晉武都守李仲文、廣州府馮孝將兒女事。予稍爲更而演之。至於杜守收拷柳生，亦如漢睢陽王收拷談生也。」以爲直接源自李仲文、馮孝將、談生等三個故事❶。其實，如果仔細推敲這段話，可以知道把《牡丹亭》的故事，認爲源出於上述三個故事，可以說是對湯氏〈題詞〉文字的誤解，湯氏說：「傳杜太守事者，彷佛……」，是說有傳杜太守事者的，故事情節好像李仲文、馮孝將，表示杜太守事和李仲文、馮孝將事有類似的地方。並不是說杜太守事取材於李仲文、馮孝將事。「予稍爲更而演之」，是說將「傳杜太守事者」稍

❶ 《曲海總目提要》（天津：天津古籍書店，一九九二年六月）卷六，〈還魂記〉條，論及《牡丹亭》的故事來源時，僅抄錄湯顯祖的〈題詞〉。青木正兒《中國近世戲曲史》（臺北：臺灣商務印書館，一九六五年臺一版）則詳列了湯氏〈題詞〉所說的三個典故。

稍加以改動敷演。而不是將李仲文、馮孝將事改動敷演。「至於杜守收拷柳生，亦如……」，是說杜太守收拷柳生，也好像漢睢陽王收拷談生，表示杜太守收拷柳生和漢睢陽王收拷談生的故事有很相像的地方。並不表示杜太守收拷柳生即來自漢睢陽王收拷談生的故事。爲讓讀者更清楚的看出李仲文、馮孝將、談生三個故事，與《牡丹亭》的關係，茲將三個故事分別錄出。

李仲文故事，今見於《太平廣記》卷三一九，〈張子長〉條，全文如下：

晉時，武都太守李仲文，在郡喪女，年十八，權假葬郡城北。有張世之代爲郡。世之男，字子長，年二十，侍從在廨中，夢一女，年可十七八，顏色不常。自言：「前府君女，不幸早亡，會今當更生，心相愛樂，故來相見就。」如此五六夕，忽然晝見，衣服薰香殊絕，遂爲夫婦，寢息，衣皆有污，如處女焉。後仲文遣婢視女墓，因過世之婦相問，入廨中，見此女一只履，在子長床下，取之啼泣，呼言發冢，持履歸以示仲文。仲文驚愕，遣問世之：「君兒何由得亡女履邪？」世之呼問，兒具陳本末。李、張並謂可怪，發棺示之，女體已生肉，顏姿如故，惟左足有履爾。子長夢女曰：「我比當生，今爲所發，自爾之後，遂死肉爛，不得生矣，萬恨之心，當復何言。」泣涕而別。

這一故事雖亦描述還魂事，但不論人物、情節皆與《牡丹亭》中杜麗娘的故事不同。正如湯氏〈題詞〉所說的「彷彿」而已。

馮孝將故事，今見於《太平廣記》卷二七六〈馮孝將〉條，全文如下：

> 廣平太守馮孝將，男馬子，夢一女子。年十八九歲，言：「我乃前太守徐玄方之女，不幸早亡，亡來四年，爲鬼所枉殺。按生籙，乃壽至八十餘，今聽我更生，還爲君妻，能見聘否？」馬子掘開棺視之，其女已活，遂爲夫婦。

這一故事，雖同樣描述還魂事，但人物、情節與《牡丹亭》杜麗娘的故事，相隔更遠。由此可見，《牡丹亭》的故事，並不直接本於這兩則故事，湯顯祖所強調的僅是「彷彿」而已。

談生的故事，今見於《太平廣記》卷三一六〈談生〉條，全文如下：

> 談生者，年四十，無婦，常感激讀書。忽夜半，有女子，年可十五六，姿顏服飾，天下無雙，來就生爲夫婦。自言：「我與人不同，勿以火照我也，三年之後，方可照。」生一兒，已二歲，不能忍，夜伺其寢後，盜照視之，其腰已上，生肉如人，腰下，但有枯骨。婦覺，遂言曰：「君負我，我垂生矣，何不能忍一歲，而竟相照也。」生辭謝，涕泣不可復止，云：「與君雖大義永離，然顧念我兒，若貧不能自偕活者，暫隨我去，方遺君物。」生隨之去，入華堂，室宇器物不凡，以一珠袍與之，曰：「可以自給。」裂取生衣裾，留之而去。後生持袍詣市，睢

陽王家買之，得錢千萬。王識之曰：「是我女袍，此必發墓。」乃收拷之。生具以實對，王猶不信，乃視女塚，塚完如故。發視之，果棺蓋下得衣裾。呼其兒，正類王女，王乃信之。即召談生，復賜遺衣，以爲王婿，表其兒以爲侍中。

這則故事除了收拷談生，與《牡丹亭》中杜寶收拷柳夢梅，有點類似外，其他皆相差甚遠。湯氏〈題詞〉所說：「杜守收考柳生，亦如睢陽王收考談生也。」祇不過強調故事有其相似的地方。由此可見，這三則故事，都不能說是《牡丹亭》故事的源頭或藍本。

除了這三則故事外，也有些學者提出各種不同的說法，如清人焦循的《劇說》和俞樾的《茶香室叢鈔》以爲《牡丹亭》中杜麗娘回生後，杜寶不認麗娘的情節和郭象《睽車志》中〈馬絢娘〉的故事有關。孟稱舜的《柳枝集》、宋犖《西陂類稿》和焦循《劇說》以爲杜麗娘事與倩女離魂有關。這些說法，楊振良先生《牡丹亭研究》一書❷，都有引錄，楊先生以爲「若指某說即爲《牡丹亭》之創作原因暨某類故事即其藍本，均爲淺直之論。」（頁四五）

如就湯顯祖其他的劇作，《紫釵記》、《南柯記》、《邯鄲記》等劇本來說，都有一較直接的藍本來說，《牡丹亭》不太可能沒有直接的藍本。湯氏〈題詞〉所說：「傳杜太守事者」，是那一本書？經晚近學者不斷的研究，認爲是〈杜麗娘慕色還魂〉話本❸。此一話本

❷ 楊振良先生之書，本爲臺灣師範大學國文研究所博士論文，一九八九年六月。後由臺灣學生書局出版，一九九二年三月。

所述爲宋代之故事，但何人何時所作則不甚清楚。後來，收入何大掄所編《重刻增補燕居筆記》中，根據學者的研究，《牡丹亭》即本於〈杜麗娘慕色還魂〉話本。鄭培凱先生更將兩者文字相近的地方，列出對照表❹，茲就鄭先生所列者舉出數例：

1.春色惱人，信有之乎！常觀詩詞樂府，古之女子，因春感情，遇秋成恨，誠不謬矣。吾今年已二八，未逢折桂之夫；感暮景情，怎得蟾宮之客？昔日鄒華偶逢月英，張生得遇崔氏，曾有《鍾情麗集》、《嬌紅記》二書。此佳人才子，前以密約偷期，後皆一成秦、晉。嗟乎，吾生於官族，長在名門。年已及笄，不得蚤成佳配，誠爲虛度青春，光陰如過隙耳。」嘆息久之曰：「可惜妾身，顏色如花，豈料命如一葉耶！（《燕居

---

❸ 學者研究這一問題的先後順序是：(1)譚正璧：〈傳奇《牡丹亭》和話本《杜麗娘》〉，《光明日報、文學遺產》第二〇六期，一九五八年四月二七日；(2)徐朔方：《牡丹亭・前言》，一九五九年六月；(3)譚正璧：〈湯顯祖戲劇本事的歷史探朔〉，《戲劇研究》，一九六〇年一期。(4)王季思：〈怎樣探索湯顯祖的曲意〉，《文學評論》一九六三年三期。(5)姜志雄：〈一個有關牡丹亭傳奇的話本〉，《北京大學學報》，一九六三年六期。(6)岩城秀夫：〈還魂記の藍本〉，《吉川博士退休紀念中國文學論集》（東京：筑摩書房，一九六八年三月）；(7)C. T. Hisa, "Time and the Human Condition in the Plays of T'ang Hsien-tsu." Self and Society in Ming Thonght, ed. by Wm. Theodore de Bary（New York, 1970），頁二三七，二八六—二八七。(8)鄭培凱：〈牡丹亭故事來源與文字因襲〉，《抖擻》第三九期，一九八〇年七月；(9)徐朔方：〈牡丹亭的因襲和創新〉，《劇本》一九八一年十期；(10)楊振良先生：〈牡丹亭故事探源〉，《牡丹亭研究》（臺北、臺灣學生書局，一九九二年三月），第二章第二節。

❹ 鄭培凱：〈牡丹亭故事來源與文字因襲〉。

筆記》，卷九，頁二九下）

天呵，春色惱人，信有之乎！常觀詩詞樂府，古之女子，因春感情，遇秋成恨，誠不謬矣。吾今年已二八，未逢折桂之夫；忽慕春情，怎得蟾宮之客？昔日韓夫人得遇于郎，張生偶逢崔氏，曾有《題紅記》、《崔徽傳》二書，此佳人才子，前以密約偷期，後皆得成秦晉。（長嘆介）吾生於宦族，長在名門。年已及笄，不得早成佳配，誠為虛度青春，光陰如過隙耳。（淚介）可惜妾身顏色如花，豈料命如一葉乎！（第十齣〈驚夢〉）

2.一日偶成詩一絕，自題於圖上：「近覩分明似儼然，遠觀自在若飛仙。他年得傍蟾宮客，不在梅邊在柳邊。」詩罷，思慕夢中相遇書生，曾折柳一枝。莫非所適之夫姓柳乎？故有此警報耳。（《燕居筆記》，卷九，頁三一下）

那夢裡書生，曾折柳一枝贈我。此莫非他日所適之夫姓柳乎？故有此警報耳。偶成一詩，暗藏春色，題於幀首之上何如？……（旦題吟介）「近覩分明似儼然，遠觀自在若飛仙。他年得傍蟾宮客，不在梅邊在柳邊。」（第十四齣〈寫眞〉）

3.偶讀上面四句詩，詳其備細。此是人家女子行樂圖也。何言「不在梅邊在柳邊」？此乃奇哉怪事也。拈起筆來，亦題一絕以和其韻。詩曰：「貌若嫦娥出自然，不是天仙是地仙。若得降臨同一宿，海誓山盟在枕邊。」（《燕居筆記》，卷九，頁三二）

細觀他幀首之上，小字數行。（看介）呀，原來絕句一首。……此乃人間女子行樂圖也。何言「不在梅邊在柳邊」？奇哉怪事哩！……不免步韻一首。（題介）「丹青妙處卻天然，不是天仙即地仙，欲傍蟾宮人近遠，恰此春在柳梅邊。」（第二十六齣〈玩眞〉）

4.再三叮嚀：「可急視之，請勿自悞。如若不然，妾事已露，不復再至矣。望郎留心，勿使可惜矣。妾不得復生，必痛恨於九泉之下也。」（《燕居筆記》，卷九，頁三四）

（旦）奴家還有丁寧，你既以俺爲妻，可急視之，不宜自誤。如或不然，妾事已露，不敢再來相陪。願郎留心，勿使可惜。妾若不得復生，必痛恨君於九泉之下矣。（第三十二齣〈冥誓〉）

從所舉的這幾段文字，已可確定湯顯祖的《牡丹亭》確實以〈杜麗娘慕色還魂〉爲藍本。這裡要討論的是，何以湯氏在〈題詞〉中僅說「傳杜太守事者」，而不直接說出書名呢？徐朔方先生對這一問題所作的解釋是：「湯顯祖的〈題詞〉，從杜麗娘的故事引導出他的情與理矛盾的思想觀點。但這個話本只是明代前期作品，不夠古老，可能難以令人信服，至於他又抬出托名東晉陶潛的《搜神後記》和南朝宋劉敬叔的《異苑》中的類似故事作爲話本的佐證。〈題詞〉不提話本而提李仲文、馮孝將兒女故事的眞實情況大體就是如此。」❺另外，要說明的是，湯顯祖並沒有在他的劇本的〈題詞〉中說出創作藍本的習慣，今有題詞的《紫釵記》也沒有說出它的藍本是《霍小玉傳》。《牡丹亭》的〈題詞〉沒有說出藍本的名稱，寫作習慣似乎也是原因之一。

當然，湯氏在敷演劇情時，對所根據的藍本，一定有所改造。細節部分可略去不談，較

❺ 見徐朔方：〈牡丹亭的因襲和創新〉，收入徐氏著：《論湯顯祖及其他》（上海：上海古籍出版社，一九八三年八月），頁五五—六二。

重大的改造，可舉例如下：

1.話本的故事內容祇到杜麗娘回生即結束，回生以後的情節發展，話本中並沒有。也就是從《牡丹亭》的第一齣到第三十五齣〈回生〉，大體是承襲話本的情節內容。第三十六齣〈婚走〉到第五十五齣〈圓駕〉，並沒有一個最接近的藍本，而是從睢陽王收拷談生的故事，得到啓發，敷演而成。這點和《紫釵記》、《南柯記》、《邯鄲記》等劇本，直接以一篇唐人小說爲藍本加以敷演的情況，略有不同。

2.話本中杜麗娘和柳夢梅的父親都是現任太守，是門當戶對的婚姻。《牡丹亭》根據睢陽王收拷談生的故事，把它改造爲社會地位懸殊的男女婚姻關係，也因地位懸殊，即使柳夢梅高中狀元，杜寶依然不承認柳夢梅和他女兒杜麗娘的婚姻關係。

3.話本只是一個單純的愛情故事，湯顯祖則給《牡丹亭》中的人物加入相當多的明代社會的色彩。如杜寶被塑造成傳統官僚的典型；陳最良這一人物則是傳統禮教制度下僵化的老學究。杜麗娘則是傳統禮教壓力下的犧牲者；春香在第七齣〈閨塾〉，對塾師陳最良的嘲弄，則是對傳統禮教的抗議，這些都是話本中所無，而爲湯顯祖的創造。

4.湯顯祖又把他自己在遂昌縣令的經驗寫入第八齣〈勸農〉中，以反映他對安和樂利社會的期待。另外，湯氏曾訪問澳門，會見西方傳教士，他也把這些經歷寫在第二十一齣〈謁遇〉中，這些都是話本中所沒有的。

除了這些改造之外，我們也可以看出《牡丹亭》有相當多元雜劇的影子在內。姚士粦曾說：「湯海若先生妙于音律，酷嗜元人院本（指雜劇）。自言篋中收藏，多世不常有，已至千種。有《太和正音譜》所不載者。比問其各本佳處，一一能口誦之。」❻臧懋循的〈寄謝在杭書〉也說，他在麻城劉承禧家借到的元代雜劇三百餘種出於湯顯祖的挑選❼。從姚、臧兩人的說法，可見湯顯祖對元人雜劇的內容是很熟悉。因此，《牡丹亭》中採入元雜劇部分情節也是可以理解的事。茲舉數例加以說明：

1. 王實甫的《西廂記》，女主角崔鶯鶯爲追求愛情的滿足，反抗禮教的精神，對湯顯祖必有所啓發，《西廂記》全劇結尾點明題旨說：「永老無別離，萬古常玩聚，願普天下有情的都成了眷屬。」這和《牡丹亭》中的杜麗娘不受傳統禮教束縛，追求婚姻自主的精神是相似的。湯顯祖在塑造杜麗娘形象時，相信有從《西廂記》崔鶯鶯的身上得到啓發。

2. 無名氏的《薩眞人夜斷碧桃花》，此劇演潮陽徐知縣的女兒碧桃許配給縣丞之子張道南爲妻，但尚未成親。張道南因追尋鸚鵡誤入知縣後花園，和碧桃會面。恰好被碧桃父母撞見，碧桃受父母叱責，一氣而亡。三年後，張道南中進士，任爲潮陽知縣。碧桃亡魂出現，和道南幽會。道南得病不癒。薩眞人作法拘到碧桃亡魂，陰司判官查明她陽壽未盡，姻緣未了。此時，碧桃之妹玉蘭得病身死，碧桃得以借屍還魂和道南團圓。這一劇本之情節，與杜麗娘之還魂也有些許相似。

❻ 見姚士粦：《只見編》（臺北縣：藝文印書館，《百部叢書集成》影印《鹽邑志林》本），卷中，頁三一。
❼ 見臧懋循：《負苞堂集》（臺北：河洛圖書出版社，一九八〇年），卷四。

3.喬吉的《李太白匹配金錢記》，劇中才子韓翃因和柳眉兒私通，被柳眉兒的父親王府尹吊打。後來，韓翃中狀元，奉旨和柳眉兒成親，岳父和女婿才得以和解，這與《牡丹亭》柳夢梅和岳父杜寶，在皇帝面前和解的情景相類似。

從這裡也可窺知，湯顯祖寫作《牡丹亭》時，除以話本《杜麗娘慕色還魂》爲藍本外，也從元雜劇中得到不少的啓發。

第二節　主題思想

湯顯祖寫作《牡丹亭》的主題是什麼？前代學者大抵以爲是對傳統禮教的抗議，追求個人婚姻之自由。這個說法是正確的，但這可以說是《牡丹亭》的主要主題，另外，還有許多的次要的主題，是前人比較少討論的。這裡一併加以分析：

一、突破禮教束縛，肯定情欲

一部《牡丹亭》自始至終反映了杜麗娘和柳夢梅，爲追求個人婚姻自由，而反抗傳統禮教的束縛。爲證明這一主題的正確性，可從《牡丹亭》情節的發展舉例加以說明。

在第三齣〈訓女〉中，我們可以知道，杜家是要把杜麗娘培養成「知書知禮」、「略識周公禮數」的賢妻良母。可惜，麗娘因讀《毛詩》「關關雎鳩，在河之洲」，而觸動情懷。在婢女春香的引誘下，到後花園遊賞。領略了園林景色之美，激發了她的情思，並夢見在芍藥欄下與柳夢梅幽會。杜麗娘明知和柳夢梅素昧平生，還是聽任柳夢梅相抱而去，成其雲雨之歡。本來，父母規定不可閑眠，不許遊園的，麗娘不但去遊園，還跟陌生人燕好，這不是情欲打倒了禮教，是什麼？

杜麗娘遊園之後，母親殷殷告誡說：「女孩兒只合香閨坐，拈花翦朵。問繡窗鍼指如何？逗工夫一線多。更晝長閒不過，琴書外自有好騰那，去花園怎麼？」（第十一齣〈慈戒〉）麗娘對母親的告誡，可說充耳不聞，趁著春香不在，私自又去花園中尋夢。這就是對禮教的一種抗議。不但如此，因此得了思春之病。在傳統社會裡，女孩子得心病是淫蕩的象徵，是敗壞家門的事，杜麗娘得了這心病，甚至因心病而死。這對管束嚴格的杜家而言，眞是一大嘲諷。

在第二十八齣〈幽媾〉中，柳夢梅面對著杜麗娘的春容高聲低叫：「俺的姐姐，俺的美人」，且「聲音哀楚，動人心魂」。麗娘主動和柳夢梅見面，並自云：「妾千金之軀，一旦付與郎矣，勿負奴心。每夜得共枕席，平生之願足矣。」（第二十八齣〈幽媾〉）此後，杜麗娘夜夜來跟柳夢梅相會，盡情享受愛情的歡愉。此雖是魂遊中的「虛情」，但和當時的小說《三言》、《二拍》、《金瓶梅詞話》等，實有不少相通之處。

在第三十二齣〈冥誓〉中，杜麗娘爲了要取得正妻的地位，要求柳夢梅發誓，柳發重誓說：「生同室，死同穴。口不心齊，壽隨香滅。」在那個傳統禮教束縛的時代，這種私訂終身的作法，當然可以解釋爲反抗禮教。在第三十齣〈懽撓〉，柳夢梅和杜麗娘兩人陶醉在愛欲中，「把膩乳微搓，酥胸汗帖，細腰春鎖」，這和當時的情欲小說又有什麼分別？

在第五十五齣〈圓駕〉，皇上責備杜麗娘：「不待父母之命，媒妁之言，則國人父母皆賤之。」並要求杜麗娘說出「自媒自婚」的原因。這時柳、杜夫婦和杜寶有一段對話：

〔外〕誰保親？

〔旦〕保親的是母喪門。

〔外〕送親的？

〔旦〕送親的是女夜叉。

〔外〕這等胡爲！

〔生〕這是陰陽配合正理。

〔外〕正理！正理！……

本來結婚是要明媒正娶的，杜麗娘卻以「母喪門」來保親，「女夜叉」來送親，難怪杜寶要斥爲「胡爲」。但是柳夢梅卻以爲這是「陰陽配合正理」，這是柳夢梅夫婦對傳統婚姻制度最嚴重的抗議。他們把傳統婚姻制度中，一切的儀式、規矩全部打破，用「自媒自婚」來抗議那種祇重視門當戶對，祇想光耀門楣，而不重視個人幸福的婚姻制度。

二、諷刺人才遭埋沒

在《牡丹亭》第二齣〈言懷〉中，柳夢梅一出場就自我介紹，他「原係唐朝柳州司馬柳宗元之後」，且「二十過頭，志慧聰明，三場得手」，但是，「未遭時勢，不免飢寒」。所以，他在第六齣〈悵眺〉中，對韓愈的後代韓子才發了一頓牢騷，柳夢梅說：

> 因何俺公公造下一篇〈乞巧文〉，到俺二十八代玄孫，再不曾乞得一些巧來？便是你公公立意做下〈送窮文〉，到老兄二十幾輩了，還不曾送的箇窮去？算來都則爲時運二字所虧。

柳夢梅對自己是很有自信的，他自認爲是個「數一數二的秀才」，今日的困境，完全是「時運」不濟。什麼是時運不濟呢？應該是沒有貴人援引。當他接受韓子才的建議，去見識寶大臣苗舜賓時，自比爲稀世珍寶，「我若載寶而朝，世上應無價。」（第三十一齣〈謁遇〉）後來，柳夢梅到臨安誤了考期，經苗舜賓通融，准他補考。果然中了狀元。湯氏這一段情節的安排，看似在證明柳夢梅確實是個人才。其實，帶有人才被埋沒的意味在內。試問，天下困於時運的秀才，有幾位能像柳夢梅碰上貴人的提攜？如果沒有，這些懷才不遇、遭時不濟的秀才，是不是要「永無發跡之期」。湯顯祖所隱含的意思應該是在這裡。

三、對科舉考試不公的批評

在第四十一齣〈耽試〉中，對主考官苗舜賓把考試當兒戲，可說極盡諷刺之能事。本來苗舜賓祇有鑑別寶物的才能，文字可說一竅不通，他自己也說：

想起來看寶易，看文字難。為什麼來？俺的眼睛，原是貓兒睛，和碧綠琉璃水晶無二。因此，一見眞寶，眼睛火出。說起文字，俺眼裡從來沒有。

苗舜賓既然沒有當主考官的能力，為何還要做呢？是因為「奉旨無奈」，也就是說苗也是不得已的。從這件事看來，最主要的還是皇上昏庸。

當柳夢梅晉見苗舜賓，要求補考時，兩人有一段對話：

〔生〕告遺才的，望老大人收考。
〔淨〕哎也，聖旨臨軒，翰林院封進。誰敢再收？
〔生哭介〕生員從嶺南萬里帶家口而來。無路可投，願觸金階而死。
〔生起觸階，丑止介〕〔淨背介〕這秀才像是柳生，眞乃南海遺珠也。
〔回介〕秀才上來。可有卷子？
〔生〕卷子備有。

〔淨〕這等，姑準收考，一視同仁。

〔生跪介〕千載奇遇。

本來考試都已結束，根本不可能再有人補考。柳夢梅所以能補考，原因還不在於他要「觸金階」，而是苗舜賓和柳夢梅是舊識，且是苗舜賓差柳夢梅上京的。這就暴露了當時科舉考試的不公。就科舉制度來說，也許仍有其公平性，但在執行的過程中，必有不少人爲造成的疏失，湯顯祖所要批評諷刺的也是這個地方。

四、對當時官僚的諷刺

除了批評科舉考試的不公外，對當時官僚的作風也有相當深入的諷刺。《牡丹亭》中，從第四十二齣〈移鎮〉起，到第四十七齣〈圍釋〉，計有五齣，都是在描寫宋、金戰爭。杜寶被李全圍困，束手無策，派陳最良去遊說李全夫婦投降。杜寶的投降書是這樣寫的：

> 通家生杜寶斂袵楊老娘娘帳前：遠聞金朝封貴夫爲溜金王，並無封號及於夫人。此何禮也？杜寶久已保奏大宋，勅封夫人爲討金娘娘之職。伏惟妝次鑒納。不宣。

李全的夫人並不了解討金娘娘的意思是什麼，所以向陳最良請教：

〔丑〕陳秀才，封我討金娘娘，難道要我征討大金家不成？

〔末〕受了封誥後，但是娘娘要金子，都來宋朝取用。因此叫做討金娘娘。

陳最良也答應李全夫人打造金匜的要求，李全也被封爲「討金王」。這次杜寶所以能解圍，完全靠賄賂而來。但是，不明就裡的皇上，卻以爲他有「調度之功」，高升宰相之職。杜寶也自誇功勞。其實，這是湯顯祖對朝廷當權派的諷刺與不滿，當時俺答、火落赤部落常常入侵，當權派一味求和，苟且偷安。湯顯祖支持主戰派，曾寫過《朔塞歌》、《河州》、〈西寧帥〉等詩，表達對妥協政策之不滿。他借《牡丹亭》中的宋、金戰爭來針砭時事，也是可以理解的事❶。

除暴露杜寶抗金的無能外，在第五十三齣〈硬拷〉中，也極力去描寫官場人物行事之草率。當柳夢梅自稱杜寶女婿，被押解至臨安，杜寶親自審訊。柳夢梅口口聲聲仍自稱是女婿，但杜寶一點都不相信，這時兩人有一段對話：

〔生〕你這樣女婿，眠書雪案，立榜雲霄，自家行止用不盡，定要秋風老大人？

〔外〕還強嘴！搜他裹袱裡，定有假雕書印，併贓拿賊。

〔丑開袱介〕破布單一條，畫觀音一幅。

❶參考徐扶明：《湯顯祖與牡丹亭》（上海：上海古籍出版社，一九九三年十一月），頁七二—七三。

〔外看畫驚介〕呀，見贓了。這是我女孩春容。你可到南安，認的石道姑麼？

〔生〕認的。

〔外〕認的箇陳教授麼？

〔生〕認的。

〔外〕天眼恢恢，原來劫墳賊便是你。左右采下打。

杜寶並馬上取來官繇紙寫下親供：「犯人一名柳夢梅，開棺劫財者斬。」並要求柳夢梅在「斬」字下簽字，準備處斬柳夢梅。從上述的引文，可以看出杜寶從沒有讓柳夢梅有辯白的機會，難怪柳要喊叫：「誰是賊，老大人拏賊見贓，不曾捉奸見床來。」在傳統官僚體系裡，這種草菅人命的辦事態度，可能隨時都會發生。湯氏也祇不過暴露了冰山的一角而已。

第三節 人物形象分析

《牡丹亭》一劇中，人物性格的鮮明生動，當時人即有評述，如王思任〈批點玉茗堂牡丹亭敍〉云：「其款置數人，笑者眞笑，笑即有聲；嗁者眞嗁，嗁即有淚；嘆者眞嘆，嘆即有氣。杜麗娘之妖也，柳夢梅之癡也，老夫人之軟也，杜安撫之古執也，陳最良之霧也，春香之賊牢也。無不從筋節竅髓，以探其七情生動之微也。」❶王思任對各個人物的批評雖不

❶ 收入《湯顯祖集·附錄》，頁一五四三—四四。

一定都確當，但可看出《牡丹亭》中的人物是各有其鮮明形象的。茲選劇中之杜麗娘、柳夢梅、陳最良、杜寶再作分析。

一、論杜麗娘

杜麗娘是《牡丹亭》的女主角，她是南安太守杜寶的獨生女，年紀是十六歲。在劇中杜麗娘的一生可分爲三個階段，即少女時期、遊魂時期、回生時期。每一時期都凸顯杜麗娘對傳統禮教的反抗。以下按這三個時期逐期加以分析。

㈠少女時期

從第三齣〈訓女〉，可知麗娘天生麗質，「才貌端妍」，「未議婚配」。父親杜寶爲了讓她將來有個好歸宿，給她較嚴格的管束，所以即使家中有個後花園，她並不知道，當然也沒有去過。爲了讓她「知書知禮」，杜寶爲她請了家庭教師陳最良。並以有濃厚教化意義的《毛詩》作爲教材，來管束她的身心。但是，杜麗娘「一生兒愛好是天然」（第十齣〈驚夢〉），她有自己的一套生活方式，似乎生來即與傳統禮教相悖違。她和婢女春香是代表禮教的對立面，來和代表禮教的陳最良相抗爭。在〈閨塾〉一齣中，反映了這種對立。當杜麗娘要求春香拿紙、墨、筆、硯來寫字時，有一段非常有趣的對話：

〔貼下取上〕紙、墨、筆、硯在此。

〔末〕這甚麼墨？

〔旦〕丫頭錯拏了，這是螺子黛，畫眉的。

〔末〕這甚麼筆？

〔旦作笑介〕這便是畫眉細筆。

〔末〕俺從不曾見。拏去，拏去！這是甚麼紙？

〔旦〕薛濤箋。

〔末〕拏去，拏去。只拏那蔡倫造的來。這是甚麼硯？是一箇是兩箇？

〔旦〕鴛鴦硯。

〔末〕許多眼？

〔旦〕淚眼。

〔末〕哭什麼子？一發換了來。

〔貼背介〕好箇標老兒！待換去。

以春香的聰明伶俐，絕對不會把墨錯拿成螺子黛，把筆錯拿成畫眉筆。且故意拿「薛濤箋」、「鴛鴦硯」，都是對陳最良的作弄、取笑。他們既認為陳是古板的，傳統禮教的象徵，對陳的一切反抗行為，都可看作是對傳統教條的抗議。春香太過於潑辣，對陳最良非常的不敬，罵陳是「村老牛，癡老狗，一些趣也不知。」（第十齣〈閨塾〉）杜麗娘看春香說的太過份了，祇好說：「死丫頭，一日爲師，終身爲父，他打不的你？」麗娘雖然這麼責備春香，但因春香發現家有後花園，馬上迫不及待地問：「俺且問你那花園在那裡？」又問有何景致？春香回答說：「有亭臺六七座，鞦韆一兩架。遶的流觴曲水，面著太湖山石。名花異草，委實華麗。」（第十齣〈閨塾〉）春香這一講，引發了麗娘遊園的心。這也是麗娘對傳統禮教的第一次反抗。

杜麗娘趁父親下鄉去勸農，在一個春光明媚的早晨，打扮得整整齊齊，和春香來遊園。由於春光和美景的刺激，惹起她無限的感傷；她看到姹紫嫣紅的景象，不禁發出「良辰美景奈何天，賞心樂事誰家院」的感嘆。這是說，大好春光，美麗的景色無人欣賞，有負蒼天，能引起賞心悅目、使人心曠神怡的又在哪一家呢？當她聽到「生生燕語明如剪，嚦嚦鶯歌溜的圓」時，更勾起了這少女的心事，她再也無心欣賞美景，悵然而返。她的心事被觸動了，暗中沈吟著：

天呵，春色惱人，信有之乎！常觀詩詞樂府，古之女子，因春感情，遇秋成恨，誠不謬矣。吾今年已二八，未逢折桂之夫；忽慕春情，怎得蟾宮之客？昔日韓夫人得遇于郎，張生偶逢崔氏，曾有《題紅記》、《崔徽傳》二書。此佳人才子，前以密約偷期，後皆得秦晉。（長嘆介）吾生於宦族，長在名門。年已及笄，不得早成佳配，誠爲虛度青春，光陰如過隙耳。（淚介）可惜妾身顏色如花，豈料命如一葉乎！（第十齣〈驚夢〉）

她想到崔鶯鶯可以遇見張生，以前的才子佳人都有好的結局，而自己「年已及笄」，卻還沒有好的對象，不免有虛度青春的感歎，接著流下了傷心的眼淚。這裡，充分表現杜麗娘對婚姻幸福的期盼。她希望能像崔鶯鶯遇見張生那樣，以自我的意志決定婚姻，進而享受那種浪漫的甜蜜。

這時的麗娘，可能太疲倦，靠著茶几，竟睡著了。朦朧間，有一瀟洒風流的書生手持柳枝，向她走來，要她作詩賞此柳枝。麗娘又驚又喜，想這書生素昧平生，怎會來到此地？書生邀到園中太湖山石邊，正猶豫間，書生已將她摟抱而去，在牡丹亭畔共成雲雨之歡。這就是《牡丹亭》中最膾炙人口的「遊園驚夢」。一位黃花閨女竟然和陌生男子歡會，且事後還留下極爲甜夢的回憶。這是杜麗娘向傳統禮教抗議最精彩的一幕。這也充分反映杜麗娘對情愛的自主精神。湯顯祖的安排看似驚世駭俗，但不要忘記這僅是杜麗娘的「南柯一夢」，並非眞有其事。從這裡也可看出來，湯顯祖對傳統禮教的鞭笞，也祇能在虛幻的夢中進行而已。

杜麗娘回味夢中情景，難以忘懷，竟茶飯不思，徹夜無眠。次日，瞞著春香來到花園，尋找夢中景象，牡丹亭、太湖石、芍藥欄都已找到，但因太過淒涼冷落，引發了她的傷心。在無人處，見到大梅樹一株，「梅子磊磊可愛」，麗娘忽然說：「我杜麗娘若死後得葬於此，幸矣。」（第十二齣〈尋夢〉）從此她寢食難安，神思恍惚，逐漸消瘦下來。她要春香取來素絹丹青，畫下自己的面容，並題詩一首。而且大膽的告訴春香，她已有心上人了。麗娘臥病不起，這是遊園所引起的相思病。她的母親已知病根所在，所以說：「若早有了人家，敢沒這病。」（第十六齣〈詰病〉）父親杜寶囿於傳統觀念，卻說：「古者男子三十而娶，女子二十而嫁。女兒點點年紀，知道個什麼呢？」（同上）其實杜寶也知道女兒得了心病，祇是不好說出來而已。八月中秋，麗娘終於過世。過世前交代春香，把她的春容裝在紫檀匣裡，藏在太湖石底下。並請求母親把她安葬在後花園的梅樹下。麗娘死後，杜寶夫婦傷心欲絕，但她們夫婦怎麼知道，是他們所代表的傳統道德觀扼殺了麗娘。由於傳統道德觀念的阻撓，麗娘就像亟待灌溉的幼苗，因缺水而活活渴死。但是，麗娘所以要留下自畫像，是要「精神出現，留與後人標」（第十四齣〈寫眞〉）；在臨死之前，還問春香可有回生之日？又要求在「小墳邊立斷腸碑一統」（第二十齣〈鬧殤〉）；把春容藏在太湖石下，等待意中人柳姓書生的到來。這可看出麗娘人雖將死，但對追求愛情的幸福仍有無限的信心。

㈡遊魂時期

這一時段是杜麗娘死後，在冥府接受審判，陰魂再回到人間與柳夢梅相會，並結成連理的時段。

麗娘在地府三年，才輪到受審問，當判官見麗娘臉色嬌嫩紅潤，不像是在陰間的樣子。麗娘把自己的遭遇如實說了一遍：

> 女因不曾過人家，也不曾飲酒，是這般顏色。則爲在南安府後花園梅樹之下，夢見一秀才，柳柳一支，要奴題詠。留連婉轉，甚是多情。夢醒來沈吟，題詩一首：「他年若傍蟾宮客，不是梅邊是柳邊。」（第二十三齣〈冥判〉）

判官根據杜麗娘的供詞，傳喚杜府後花園的花神來訊問。判官本將麗娘派入燕鶯隊，但因花神求情，答應改天再議。這時麗娘把握住一線希望。大膽向判官提出請求：

〔旦〕就煩恩官替女犯查查，怎生有此傷感之事？

〔淨〕這事情註在斷腸簿上。

〔旦〕勞再查女犯的丈夫，還是姓柳姓梅？

〔淨〕取婚姻簿查來。（作背查介）是。有個柳夢梅，乃新科狀元也。妻杜麗娘，前係幽歡，後成明配。相會在紅梅觀中。不可泄漏。（回介）有此人和你姻緣之分。我今放你出了枉死城，隨風遊戲，跟尋此人。（第二十三齣〈冥判〉）

杜麗娘如果沒有大膽提出請求，她的案子將來也可能不了了之。由於她內心有冤曲，且不願失去幸福的愛情。所以，勇敢地向判官請求。她終於被放出枉死城，來到人間，尋找她夢中的情人。麗娘的靈魂所以能回到人間，與其說是婚姻簿註定，不如說是她的眞情感動了判官。

杜麗娘的鬼魂來到父親爲她修建的梅花觀，恰好柳夢梅在玩賞他在太湖石下拾到的杜麗娘畫像。爲了表達眞情，追求幸福，她大膽地敲了柳夢梅的房門。兩人一陣寒喧之後，共薦枕席，事後麗娘還大膽的提出：

妾千金之軀，一旦付與郎矣，勿負奴心。每夜得共枕席，平生之願足矣。（第二十

八齣〈幽媾〉）

她可以不顧千金之軀，把在人間時沒有得到的愛情甜蜜，在此盡情地享受。此後，兩人夜夜幽歡，梅花觀裡時常傳出唧唧噥噥的女兒聲息，引起石道姑等人的懷疑。麗娘終於向柳夢梅說明自己是鬼，就是畫中的杜麗娘。由於麗娘「雖登鬼籙，未損人身。陽祿將回，陰數已盡。」（第三十二齣〈冥誓〉）所以，希望柳夢梅爲她掘墳復生，還叮嚀說：「妾若不得復生，必痛恨君於九泉之下矣。」（同上）

柳夢梅與石道姑商議後，開始掘墳，開棺後的杜麗娘「異香襲人，幽姿如故」（第三十五齣〈回生〉），終於復生。這復生在眞實的人生裡，並不可能。但在中國小說、戲曲裡是一歷史悠久的傳統。湯顯祖從這一傳統中擷取養料，寫下了這動人的一幕。他的用意在告訴讀者，麗娘爲情而死，又爲情而生，憑藉著就是她那股爲追求自由，追求愛情幸福，不屈不撓的精神。但請讀者不要忘記，杜麗娘的主動、大膽，是因爲她是鬼魂。湯氏藉杜麗娘的鬼魂來宣揚他的「至情論」，在此也可看得一清二楚。

㈢回生時期

杜麗娘復生後，經過短暫的休養。柳夢梅提出結婚的請求時，麗娘竟說：

〔旦〕秀才可記的古書云：「必待父母之命，媒妁之言。」
〔生〕日前雖不是鑽穴相窺，早則鑽墳而入了。小姐今日又會起書來。
〔旦〕秀才，比前不同。前夕鬼也，今日人也。鬼可虛情，人須實禮。

杜麗娘是鬼魂的時候，和柳夢梅的夜夜恩愛，讓柳夢梅以爲兩人早已是夫妻，何必拘泥。但是麗娘明告柳夢梅以前是鬼，「鬼可虛情」，今日是人，「人須實禮」。這與其說杜麗娘正經八百的告訴柳夢梅，不如說是湯顯祖要正告所有讀者，以前杜麗娘的種種，都是虛幻的，也唯有虛幻的情境，才能讓她無拘無束地追求眞情、眞愛，一回到人間，就有人間的規範。畢竟湯顯祖還沒能大膽的把人間傳統的禮教規範加以衝破。

杜麗娘兩人還是在梅花觀正式結婚，享受新婚的樂趣，並告訴柳夢梅說：「柳郎，今日方知有人間之樂也。」（第三十六齣〈婚走〉）接著，他們因怕掘墳事機敗露，和石道姑一起逃往臨安。後來，母親和春香也來到臨安，在客店中母女重會。柳夢梅中狀元後，杜寶不但不認這女婿，且以杜麗娘重生爲怪誕，並借此來拆散他們的婚姻。當一家人在皇上面前爭執不休時，麗娘大膽地到皇上面前接受是人、是鬼的驗證，並強迫父親承認這門婚事。這是杜麗娘的勝利，也是所有想追求婚姻自由的青年男女所夢寐以求的事。

除了前文的分析外，湯顯祖在安排故事情節時，採用了虛實互相交替的手法，當他在揭露傳統禮教對杜麗娘的束縛時，就採用寫實的手法，反映了傳統禮教的殘酷和虛僞。而在爲杜麗娘爭取自由時，則用夢幻和魂遊等虛幻性的情節，讓杜麗娘擺脫束縛，實現她追求愛情自主的理想❷。例如，在第十齣〈驚夢〉中，杜麗娘與柳夢梅夢中幽歡，享受充分的自主，但醒來之後，即遭到母親的斥責。又如在第二十七齣〈魂遊〉、第三十齣〈懽撓〉、第三十二齣〈冥誓〉中，杜麗娘與柳夢梅夜夜相會，也充分享受愛情的甜蜜，但復生後，卻遭到父親的反對。這種虛實交替的手法，一方面是要製造劇情的衝突，增強戲劇的效果；另方面也反映了傳統禮教和感情自主間的衝突，也就是「理」與「情」間的矛盾。

湯顯祖在《牡丹亭》卷首的〈題詞〉說：「天下女子有情，寧有如杜麗娘者乎！夢其人即病，病即彌連，至手畫形容，傳於世而後死。死三年矣，復能溟莫中求得其所夢者而生。如麗娘者，乃可謂之有情人耳。情不知所起，一往而深。生者可以死，死可以生。生而不可與死，死而不可復生者，皆非情之至也。」這段話，是杜麗娘一生生命歷程的寫照，也道出杜麗娘爲情而死，又爲情而生的生命精神。當然，杜麗娘的個性是湯氏所塑造。杜麗娘的形象也就是湯氏「情至論」思想的一種反映。

二、論柳夢梅

柳夢梅是《牡丹亭》中的男主角。儘管有關杜麗娘的研究分析文字，已有數十篇之多，

❷ 參考俞爲民校注：《牡丹亭》（臺北：華正書局，一九九六年一月），〈前言〉，頁九。

研究柳夢梅的文章，仍舊寥寥無幾❸。且對他的評價極爲分歧，如梅溪以爲柳氏在婚姻問題方面，所表現的「是個志誠、多情而堅強的戰士」❹。徐朔方則說：「柳夢梅人物形象缺乏光彩，是《牡丹亭》戀愛故事中的不足。」❺這些評價也許不一定正確。爲了解柳夢梅的眞正面目，有再加以分析的必要。

從第二齣〈言懷〉，可知柳夢梅是柳宗元的後代。他自白說：「自小孤單，生事微渺。喜的是今日成人長大，二十過頭，志慧聰明，三場得手。只恨未遭時勢，不免飢寒。」可知，他二十多歲，中過舉人，目前的生活並不好。全賴郭橐駝的後裔種樹所得，相依活命。有一天，他忽然做了一夢：「夢到一園，梅花樹下，立著個美人，不長不短，如送如迎。說道：『柳生，柳生，遇俺方有姻緣之分，發跡之期。』」因此改名夢梅，字春卿。這一夢，就是後來和杜麗娘結姻緣的發端。

柳夢梅不甘心於窮困的生活，他又自白的說：「我讀書過了廿歲，並無發跡之期。思想

---

❸ 討論柳夢梅的論文有：(1)昭民：〈柳夢梅與蔣遵箴〉，《江西戲劇》一九八二年二期；(2)楊萌：〈試析柳夢梅〉，《戲劇世界》，一九八六年五期；(3)孔瑾：〈癡情才子血性男兒：談湯顯祖牡丹亭中的柳夢梅〉，《戲劇》一九九五年三期。此數篇論文皆不易得到。另有篇中部分章節論到柳夢梅的，如：(1)梅溪：〈牡丹亭中的幾個人物形象〉，《文史哲》一九五七年七期；(2)周錫山：〈牡丹亭人物三題〉，《戲曲研究》第四〇輯（北京：文化藝術出版社，一九九二年三月），頁六五－七六。

❹ 見梅溪：〈牡丹亭中的幾個人物形象〉，《文史哲》一九五七年七期。

❺ 見楊笑梅、徐朔方校注：《牡丹亭》（臺北：里仁書局，一九九五年二月），卷首，〈前言〉。

起來，前路多長，豈能鬱鬱居此。」（第十三齣〈訣謁〉）他覺得「搬柴運水，多有勞累」，決定把園中的果樹，全部送給郭駝。即離家追求功名。這時，恰有欽差識寶使臣苗舜賓來到廣州府香山嶴多寶寺祭寶。柳夢梅託詞求見，並要求和苗舜賓一起觀寶，有不知其名的，則請求苗舜賓指點。在觀寶的過程中，兩人有一段對話：

〔生〕稟問老大人，這寶來路多遠？

〔淨〕有遠三萬里的，至少也有一萬多程。

〔生〕這般遠，可是飛來，走來？

〔淨笑介〕那有飛走而至之理。都因朝廷重價購求，自來貢獻。

〔生歎介〕老大人，這寶物蠢爾無知，三萬里之外，尚然無足而至；生員柳夢梅，滿胸奇異，到長安三千里之近，倒無一人購取，有腳不能飛！（第二十一齣〈謁遇〉）。

柳夢梅感嘆珍寶「無足而至」，而他自己滿胸奇異，離京城三千里之近，卻無人購取。大有人才遭埋沒的感嘆，苗舜賓看出他的心意，柳夢梅也毛遂自薦，以為自己「是個真正獻世寶」，苗告訴他，既是眞寶，願意協助他獻給聖上天子。所以答應資助柳夢梅：「古人黃金贈壯士，我將衙門常例銀兩，助君遠行。」（第二十一齣〈謁遇〉）柳夢梅也和苗舜賓建立了非比尋常的友誼。後來，柳夢梅能考取狀元，和杜麗娘正式結爲夫妻，都靠苗舜賓的協助。

柳夢梅在第二齣〈言懷〉，雖夢見在梅樹下，有美人呼喚他，但夢梅為追求功名，並沒有把這事放在心上。在第二十二齣〈旅寄〉，夢梅旅途跋涉，感受風寒，爲陳最良所救。他很有自信的告訴陳最良，自己是「擎天柱，架海梁」。陳最良把他救入梅花觀裡。劇情也唯有這樣安排，柳夢梅和杜麗娘才有見面的機會。當柳夢梅身體稍好時，因爲「悶坐不過」，就到後花園去散心。在太湖石下拾到檀香匣，內有一幅畫，以爲是觀世音喜相，準備帶回書館頂禮供養。在第二十六齣〈玩眞〉，描寫他玩賞那畫時，「不是觀音，又不是嫦娥，人間那得有此？」細看畫上的題詩是「近覩分明似儼然，遠觀自在若飛仙。他年得傍蟾宮客，不在梅邊在柳邊。」柳夢梅確定這是一幅「人間女子行樂圖」，對爲何說「不在梅邊在柳邊」，以爲是「奇哉怪事哩！」他自己也在題詩之後，和詩云：「丹青妙處卻天然，不是天仙即地仙。欲傍蟾宮人近遠，恰些春在柳梅邊。」（第二十六齣〈玩眞〉）由於自己一人，覺得很孤單，祇好「將小娘子畫像，早晚玩之、拜之、叫之、贊之。」由於柳夢梅每天晚上玩賞杜麗娘的畫像，高聲低叫：「俺的姐姐，俺的美人」。且在杜的題詩後又有和詩，讓杜麗娘認定是意中人，主動敲門求見，此後，兩人夜夜幽媾。這中間柳夢梅雖曾詰問麗娘的姓名，但並沒有結果。柳夢梅在麗娘的請求下，發了誓：「神天的，神天的，盟香滿爇。柳夢梅、柳夢梅，南安郡舍，遇了這佳人提挈，作夫妻。生同室，死同穴。口不心齊，壽隨香滅。」這個誓因發得很重，深深地感動了麗娘，而掉了眼淚。柳夢梅在不知麗娘身分的情況下，雖已共薦枕席，在麗娘要求下，發誓結爲夫妻。這在傳統社會裡是名不正言不順的。柳夢梅在一時情愛的誘惑下，私訂終身。既不追究這女子是何人？也顧不得私訂終身的後果。我們可以說，湯祖顯除了要塑造柳夢梅熱中於功名外，也要把他塑造成感情浪漫主義的實踐者。

柳夢梅對杜麗娘遊魂請求開墳，竟毫不猶豫的答應了。當時的法律，如石道姑所說：「大明律，開棺見尸，不分首從皆斬哩！」柳夢梅不顧生命的危險，開始掘墳。這也可以看出柳夢梅對麗娘的眞情。麗娘回生後，兩人在梅花觀結婚，因怕事情敗露，一起逃往臨安。當兩人到臨安時，正逢開考，夢梅趕往考場，時間已過。他要求主考官破例讓他應試，不然，「願觸金階而死」。由於主考官就是苗舜賓，同意了他的請求。湯氏這個安排，是個相當巧妙的手法，如果讓柳夢梅直接參加考試，苗舜賓這個人在第二十一齣〈謁遇〉後，恐怕就沒有出場的機會。湯氏讓苗舜賓當主考官，不但可協助柳夢梅登上狀元，讓苗不致成爲斷線風箏，也是湯氏暴露科場不公平的大好機會。

柳夢梅受麗娘委託，趕赴淮安，探視岳父杜寶的消息。由於他一副「破衣、破帽、破褡衩、破雨傘，手裡拏一幅破畫兒」（第五十齣〈鬧宴〉）的裝束，被拒絕接見，柳並不氣餒，接著奪門而入。馬上被綑綁，並解赴臨安候審。他在相府階前拒不下跪，因爲「生乃老大人女婿」，當杜寶認定柳夢梅是劫墳賊後，要左右拿下拷打，夢梅強硬的表示「誰敢打」。這都是柳夢梅對杜寶所代表的傳統官僚權威的挑戰。

由於杜寶堅持不認柳夢梅這女婿，兩人在晉見皇上之前即爭吵起來。他們的對話是：

〔生〕岳父大人拜揖。

〔外〕誰是你岳丈！

〔生〕平章老先生拜揖！

〔外〕誰和你平章？

〔生笑介〕古詩云：「梅雪爭春未肯降，騷人閣筆費平章。」今日夢梅爭辯之時，不少的要老平章閣筆。

〔外〕你罪人咬文哩。

〔生〕小生何罪？老平章是罪人。

〔外〕俺有平李全大功，當得何罪？

〔生〕朝廷不知，你那裡平的箇李全，則平的箇「李半」。

〔外〕怎生止平的箇「李半」？

〔生笑介〕你則哄的箇楊媽媽退兵，怎哄的全！

〔外惱作扯生介〕誰說？和你官裡講去。（第五十五齣〈圓駕〉）

首先，柳夢梅叫杜寶「岳丈」，杜寶不承認，叫他「平章」也不高興。柳祇好說他有罪，杜寶因不知身犯何罪，反說平李全有功，卻招來柳夢梅的譏諷。隨後，柳夢梅控訴杜寶處理杜麗娘的事有三大罪：

縱女遊春，一罪。

女死不奔喪，私建菴觀，二罪。

嫌貧逐婿，刁打欽賜狀元，可不三大罪？（同上）

說的杜寶啞口無言。杜寶這時是當朝宰相，被其他大員數落都無法忍受，更何況被一年輕的書生，這是湯顯祖利用柳夢梅，對傳統官僚最不客氣的嘲諷和反擊。

湯顯祖所塑造的柳夢梅，他一心一意想追求功名，對杜麗娘也深情意重，但柳夢梅這一角色的用意並不完全在這些方面。因為，如果著意去描寫柳夢梅對情愛的浪漫追求，豈不減損了杜麗娘的光彩。最重要的還是在藉柳夢梅來殺殺傳統官僚人物的威風。前文所引徐朔方先生以為「柳夢梅人物形象缺乏光彩，是《牡丹亭》戀愛故事中的不足。」這是對湯顯祖塑造柳夢梅的用意，了解不足所致。

三、論陳最良

陳最良和杜寶是《牡丹亭》中爭議較多的人物。在一九五〇、六〇年代的學者大都以陳最良為封建時代迂腐的象徵，較有代表性的言論，如梅溪說：「陳最良是個迂腐、空虛、庸俗而寒酸的儒醫，系被封建教條所腐蝕了的產物。……像他這種缺乏實際生活觀感而思想又僵化了的人，已經沒有活生生的靈魂，缺乏人生的樂趣，空虛貧乏得很。實際上這種人已無補於世，即使高明一點的統治者，也不需要這種人。」❻又中國社會科學院文學研究所中國文學史編寫組編的《中國文學史》也說：「（陳最良）是一個十足的迂腐、庸俗、虛偽、自私

❻ 見梅溪：〈牡丹亭中的幾個人物形象〉，《文史哲》一九五七年七期，頁五六—六一。

的道學先生，言談行動充滿著酸溜溜的味道，暴露了封建社會一般知識分子的很多弱點。」❼劉大杰的《中國文學發展史》也說：「他迂酸頑固，腐朽虛僞，在他的身上，沒有一點新的氣息和生機，成爲封建道德的化身。」❽游國恩、王起等編的《中國文學史》也說：「（陳最良）是一個陳腐得發臭的老學究。」❾這些說法，都出現於一九五〇、六〇年代，反傳統、反封建逐漸轉趨激烈的時期，對陳最良的批評也不見得客觀。陳最良也成了反封建的受害者。

一九九〇年代以來的大陸學界，不但平反了陳最良所受的冤曲，更給他很高的評價。具代表性的說法，有王仁銘的〈牡丹亭中的特殊人物——論陳最良〉和周錫山的〈牡丹亭人物三題〉中的〈陳最良形象新議〉兩文。兩文基本上都認爲陳最良是性格複雜的人物。王仁銘強調說：「陳最良是除了柳夢梅、杜麗娘之外的第三個重要人物，在作品中起著穿針引線的作用。」周錫山也說：「陳最良……不僅不自私虛僞，而且十分眞誠善良。陳最良性格孤僻內向，上課時嚴肅古板，其內心卻很富情感，有同情心和人情味，是個外冷內熱的人物。」王、周二人的說法，都相當正確。本文參酌前人說法，加以己見，略論陳最良在劇中的表現。

在《牡丹亭》第四齣〈腐嘆〉中，可知陳最良是南安府儒學生員，字伯粹。「自幼習儒，十二歲進學」，他參加舉人考試有十五次之多，不但未中舉人，也因「考居劣等」，被停發

---

❼《中國文學史㈢》（北京：人民文學出版社，一九六二年七月），頁九五九

❽《中國文學發展史》（北京：中華書局，一九六二—六三年，修訂本）。

❾《中國文學史》（北京：人民文學出版社，一九六三—六年）。

公費。自己開館教書，但已「兩年失館」，生活窮困，年輕人都叫他「陳絕糧」，「絕糧」和他的「最良」諧音。又因他也略懂醫、卜、地理，懂的事情很多，加上字「伯粹」，人稱「百雜碎」。

他因科場失意，改行教書，教書沒有學生，又改行習醫，經營藥店。可見，他雖不得志，但頗能變通。而且頗有生意人的頭腦，藥店上的招牌「儒醫」兩字，就是南安太守杜寶的手跡，這不但可提高他的身價，也是商店招徠客人的手段之一❿。杜寶要為女兒杜麗娘請家庭教師，他雖然「兩年失館，衣食單薄」，但對這份工作，並沒有眞正放在心上。他嘲笑那些拚命要搶這份肥缺的人的七種丑態說：

昨日聽見本府杜太守，有個小姐，要請先生。好些奔競的鑽去。他可為甚的？鄉邦好說話，一也；通關節，二也；撞太歲，三也；穿他門子管家，改竄文卷，四也；別處吹噓進身，五也；下頭官兒怕他，六也；家裡騙人，七也。為此七事，沒了頭要去。（第四齣〈腐歎〉）

到杜府當家教，既有這麼多好處，陳最良卻不忮不求，可見他是有點骨氣的。當杜寶選中他，問他的身世，他老老實實說出自己科場失利，現當郎中的近況。當杜寶要他來上課時，他還

❿ 參王仁銘：〈牡丹亭中的特殊人物──論陳最良〉，《江漢論壇》一九九〇年一〇期，頁七六－八一。

說：「則怕做不得小姐之師」（第五齣〈延師〉）這是他內心的自我坦露。

陳最良根據杜寶的意思，用《詩經》來教杜麗娘。在〈閨塾〉一齣，師生三人研究《關雎》一詩，是相當有趣的：

（旦念書介）「關關雎鳩，在河之洲。窈窕淑女，君子好逑。」

（末）聽講。「關關雎鳩」，雎鳩是個鳥，關關鳥聲也。

（貼）怎樣聲兒？（末作鳩聲）（貼學鳩聲諢介）

（末）此鳥性喜幽靜，在何之洲。

（貼）是了。……俺衙內關著箇斑鳩兒，被小姐放去，一去去在何知州家。

（末）胡說，這是興。

（貼）興箇甚的那？

（末）興者起也。起那下頭窈窕淑女，是幽閒女子，有那等君子好的來求他。

（貼）爲甚好好的求他？

（末）多嘴哩。

（旦）師父，依注解書，學生自會。但把《詩經》大意，敷演一番。（第七齣〈閨塾〉）

當春香（貼）亂解「關關雎鳩，在河之洲」時，陳最良以爲這是興，是興起下面「窈窕淑女，君子好逑」的。陳最良所說的「起那下頭窈窕淑女，是幽閒女子，有那等君子好好的來求他。」這就是把〈關雎〉當做一首情詩，根本不是杜寶所說的「后妃之德」。而且，陳最良用來教杜麗娘的應該是朱熹的《詩集傳》。《詩集傳》也不是陳最良那種講法⑪，杜麗娘為了掩飾內心的高興卻反說：「依注解詩，學生自會」。可見陳最良的解經很能打動杜麗娘內心的情愫。從這裡也可知道，他的解經是偏離傳統教化觀的。陳最良考科舉所以要落第十五次，他的想法和傳統的教化觀相去太遠應有相當密切的關係。

在第十八齣〈診祟〉，陳最良以醫生的身份來為杜麗娘看病，又有一段對話：

〔末〕……我且問你病症因何？

〔貼〕師父問什麼？只因你講《毛詩》，這病便是「君子好求」上來的。

〔末〕是那一位君子？

〔貼〕知他是那一位君子！

〔末〕這般說，《毛詩》病用《毛詩》去醫。那頭一卷就有女科聖惠方在哩。

〔貼〕師父，可記的《毛詩》上方兒？

〔末〕便依他處方。小姐害了「君子」的病，用的使君子。《毛詩》：「既見君

---

⑪ 朱子論〈關雎〉詩旨說：「周之文王生有聖德，又得聖女姒氏以為之配。宮中之人，於其始至，見其有幽閒貞靜之德，故作是詩。」見《詩集傳》（臺北：臺灣中華書局，一九七一年十月），頁一。

子，云胡不瘳？」這病有了君子抽一抽，就抽好了。

〔旦羞介〕哎也。

這段話陳最良將《毛詩》和醫方連在一起，因杜麗娘得的是「君子」的病，所以必須用藥方「使君子」。又巧妙地利用「瘳」和「抽」同音，告訴杜麗娘，她的病有君子「抽一抽」就會好了。這可能說中了麗娘的心事，所以她害羞起來了。這一段話之後，陳最良又利用《毛詩》的詩句，開了數帖藥方，來醫杜麗娘的病。從這裡可以看出，陳最良之解經是有點不正經，他把自己用來謀生的儒家經典，隨意加以解釋，略帶嘲諷。這是晚明一部分士人想拋脫傳統意識形態的一種表現。

陳最良的處事態度也有可稱述的地方，第十二齣〈旅寄〉，描述柳夢梅赴京趕考，途中「不提防嶺北風嚴，感了寒疾」，臥倒路旁。恰好陳最良外出求職，聽見呼聲，乃將柳夢梅救回自己借住的梅花觀，調養生息。當時，陳最良生活已極爲艱困，可是他看到這位苦難書生，馬上丟下急事，熱情相救。他不僅救了柳夢梅的生命，還讓他長期留下來休養。也因爲陳最良的施恩，柳夢梅才有機會，撿到杜麗娘的畫，並和麗娘的幽魂相會。

陳最良受杜寶的委託，看管杜麗娘的墳墓。但是，柳夢梅依照杜麗娘的交代，掘墓開棺，讓她復活。柳夢梅做此事之前，並沒有先告知陳最良。所以，陳最良誤以爲是歹徒盜墓。當他發現杜麗娘的骨殖也失蹤不見，又著急，又氣憤，大罵：「狠心的賊也！」（第三十七齣〈駭變〉）馬上，不遠千里趕到揚州向杜寶報告。當他千辛萬苦趕到揚州時，恰逢戰亂爆發。杜寶奉命出征，在淮安被困。陳最良冒著危險，又趕往前線，非要向杜寶報告掘墳的事不可。這就是陳最良責任感的表現。

在第五十五齣〈圓駕〉中，杜寶和柳夢梅爭吵，柳夢梅控訴杜寶有三大罪，「縱女遊春，一罪」、「女死不奔喪，私建菴觀，二罪」、「嫌貧逐婿，刁打欽賜狀元，可不三大罪？」陳最良勸柳夢梅：「狀元以前也罪過些。看下官面分，和了罷。」這是告訴柳夢梅，不必再計較。後來，又在杜麗娘、老夫人面前勸柳夢梅認了老丈人。最後，他又要杜麗娘出面：「少不得小姐勸狀元認了平章，成其大事。」整齣戲，也因陳最良的協調周旋，才有大團圓的結局。

整個劇本，陳最良是柳夢梅、杜麗娘之外的第三個重要人物。他教導杜麗娘讀《毛詩》，感情起了漣漪；他又從水中把柳夢梅救起，讓柳夢梅借宿梅花觀中，爲柳夢梅與麗娘的結合提供了條件。他又勸說李全夫婦投降杜寶，解除杜寶的禍患。在全劇結束之前，他又推波助瀾，促成杜寶一家的大團圓。《牡丹亭》一劇中，如果少了陳最良這一角色，劇情的發展將會平淡許多。陳最良的重要性於此也可見一二。

就以上的分析來說，湯顯祖所要塑造的並不是一個腐儒的類型。而是一個看似腐儒的人，他如何在傳統倫理的夾縫中，展現他對人的情欲的肯定。這是一件高難度的藝術工程，湯顯祖卻塑造成功了。

四、論杜寶

如前一小節所說，杜寶的形象，晚近學者有很多爭議，最典型的例子，如陳美林認為「杜寶是封建制度和封建禮教的堅定維護者」，杜寶的思想代表「最腐朽最反動的封建勢力」⑫。另外，如王河認為杜寶是具有兩重性格的人物，「一半是人，一半是野獸。人要求他做慈父好官，野獸卻命令他摧殘一切真善美。」同時也認為杜寶是「殺害自己女兒的劊子手」⑬。這些評論，後來也有不同的意見，如陸力以為前人的批評，「是對杜寶形象的誤解和歪曲。」並肯定的說：「杜寶是一個具有兩重性格的複雜形象，他不是封建禮教的化身，也不是導致杜麗娘悲劇命運的對立面。」杜寶是一個什麼樣的人，似乎有待更進一步的分析。

《牡丹序》有五十五齣，與杜寶有關的有十齣，這也可以看出湯氏對杜寶這一人物的重視。杜寶是南安府太守，字子充，妻甄氏，是詩人杜甫的後代。這時，他年過五十，有女兒杜麗娘待字閨中。在第三齣〈訓女〉，杜寶出場時，就自詡女兒「才貌端妍」，他希望女兒能多曉《詩》、《書》，目的是：「他日嫁一書生，不枉了談吐相稱」、「他日到人家，知書知禮，父母光輝」。可見是要女兒能門當戶對，好給父母面子。由於這個樣子，他要為女兒挑選一位理想的家教，也選擇了老成、持重的陳最良。至於授課的教材也經過杜寶嚴格的挑選。當陳最良問小姐所讀何書時，杜寶回答說：

⑫ 見陳美林：〈湯顯祖與牡丹亭〉，《瀋陽師範學院學報》一九七九年一、二期合刊。
⑬ 見王河：〈從紫釵記到牡丹亭〉，《江西社會科學》一九八三年五期。

男、女《四書》，他都成誦了。則看些經旨罷。《易經》以道陰陽，義理深奧；《書》以道政事，與婦女沒相干；《春秋》、《禮記》，又是孤經；則《詩經》開首便是后妃之德，四個字兒順口，且是學生家傳，習《詩》罷。其餘書史儘有，則可惜他是個女兒。（第五齣〈延師〉）

杜寶所以選《詩經》作爲陳最良教女兒的教材，理由有三：一是因爲《詩經》首篇〈關雎〉，講的是「后妃之德」；二是《詩經》是四字句，讀起來順口。三是杜寶自認爲《詩經》是他家的家傳⑭。陳最良也就以《詩經》作爲教材。杜寶並沒有說明《詩經》用的是那一家的註釋，但以當時的學術情況來推斷，應該是朱子的《詩集傳》。當然，除了《詩經》之外，杜寶並不反對女兒讀其他的書，所以，杜麗娘才能「常觀詩詞樂府」，且從麗娘的自白：「昔日韓夫人得遇于郎，張生偶逢崔氏，曾有《題紅記》、《崔徽傳》二書。此佳人才子，前以密約偷期，後皆得秦晉。」（第十齣〈驚夢〉）可見，麗娘在詩詞之外，是讀過不少戲曲、小說的。這些書應該是從杜寶「牙籤插架三萬餘」中看到的。且杜寶的話「他要看的書盡有」，更可證明杜寶並不禁止麗娘看其他的書，杜寶之疼愛女兒由此也可看出一斑。可見，他的頭腦並沒有那麼頑固。

⑭ 因杜寶自命爲杜甫的後代。杜甫〈宗武生日〉詩云：「詩是吾家事」。見仇兆鰲：《杜少陵集詳註》（香港：中華書局，一九七四年），卷一七。

在第十齣〈詰病〉中，當杜寶知道女兒麗娘遊園傷情而成病時，他把責任推給夫人甄氏，說：「我請陳齋長教書，要他拘束身心。你爲母親的，倒縱他閒遊。」然後又說，麗娘的病是「日炙風吹，傷寒流轉」，且告誡夫人甄氏：「信巫不信醫，一不治也」。就這一點來說，杜寶是有較進步的頭腦。對於麗娘的病，其母甄氏說破了病根：「看其脈息，若早有了人家敢沒這病。」但杜寶還要端出一番大道理來說：

古者男子三十而娶，女子二十而嫁。女兒點點年紀，知道個什麼？（第十六齣〈詰病〉）

這番道理，並不是杜寶一個人的想法，而是傳統社會裡作爲家長的普遍的看法。杜寶即使也知道女兒病根的所在，但礙於傳統觀念也不敢說出來。。與其說，杜麗娘病死是杜寶所殺，不如說是傳統社會的倫理教條所毀。

如就杜寶爲官的治績來說，他是一位忠於職守，且深受人民愛戴的官吏。在第八齣〈勸農〉中，湯顯祖以極大篇幅和優美的文字，來描述杜寶的政績，以及他和百姓的和諧關係。這一如《南柯記》第二十四齣〈風謠〉，描寫淳于棼當南柯太守時的政績是一樣的。杜寶的政績如何？湯氏通過清樂鄉父老之口說：

管治三年，慈祥端正，弊絕風情。凡各村鄉約、保甲，義倉社學，無不舉行，極是地方有福。（第八齣〈勸農〉）

杜寶到清樂鄉前，該鄉也是「晝有公差，夜有盜驚」，杜氏上任三年，竟使清樂鄉呈現著「月明無犬吠黃花，雨過有人耕綠野」的太平景象。這如果不是杜寶勤政愛民，除惡務盡的改革措施，是達不到這種成績的。湯氏在遂昌擔任縣令期間，曾依照自己的理想推行安民息訟的政治措施，深得人民愛戴。這〈勸農〉所反映的安和樂利景象，有湯顯祖的影子在內。

可是，杜寶的一生也並非很順遂，當愛女杜麗娘過世時，他悲痛萬分，夫婦泣不成聲的說：「你捨得命終，抛的我途窮，當初只望把爹娘送，恨匆匆，萍蹤浪影，風剪了玉芙蓉。」（第二十齣〈鬧殤〉）另外，也可從春香的話看出來：「我小姐一病傷春死了也，痛殺了我家老爺，我家奶奶。」（同上）就在他爲愛女料理後事之時，忽然聖旨來到，因「金寇南窺」，令其「鎮令淮陽，即日起程」。杜寶就任淮陽安撫使後，被李全圍困，正是「孤城一片，困此重圍」、「生還無日，死守由天」。就在這危急關頭，陳最良來報：夫人甄氏和婢女春香被殺。杜寶哭著說：「天啊！痛殺俺也！」（第四十六齣〈折寇〉）接著，陳最良又報告，小姐墳墓爲人盜掘，盜墓人不知去向。杜寶長嘆的說：「女墳被發，夫人遭難。正是：未歸三尺土，難保百年身。既歸三尺土，難保百年墳。」（同上）杜寶忍住內心的悲痛，「我怎爲他亂了方寸，灰了軍心」、「身爲將，怎顧的私？」於是想出一計，要陳最良帶書送到李全陣中，分別交給李全和李妻，信中答應封李妻爲「討金娘娘」，李全爲「討金王」。李全接受了杜寶的招降，領兵出海，成爲海賊。淮安之圍也解除。湯氏所以有這一段淮安的描寫，意在凸顯杜寶是個忠於職守的好官，他並不因自己家庭的變故，而影響到公事，且能儘速完成任務。不論杜寶在教導女兒時，存有什麼頑固的思想，杜寶是個傳統官僚系統中的模範官吏，應無可置疑。

杜寶因平寇有功，升任宰相。陳最良也當了黃門官。柳夢梅執女婿禮上門求見。杜寶以爲女兒已死，何來女婿，分明是冒認官親。吩咐把柳夢梅拿下，押解到臨安候審。他自己也啓程回京。後來，殿試放榜，柳夢梅中了狀元，可是到處找不到狀元。原來，狀元正被杜寶吊起毒打。苗舜賓聽說柳夢梅在宰相府，趕來把它放下。杜寶又驚又疑，命人找陳最良來商議，陳最良又告訴他杜麗娘尚活在人間，女婿中了狀元，杜寶還是不相信。陳最良祇好奏請皇上裁斷，杜寶在殿前見了女兒，說她是花妖狐媚假託而成，此時杜妻甄氏也到殿前來，杜寶又大吃一驚，以爲妖鬼串通，幻作母女來欺騙他。後來，經皇上裁斷和陳最良協調，一家人才能團圓。

這一段經過，有些學者評論他「固執和冷酷」⓯，這一批評雖也有其道理，但就杜寶的立場來說，女兒杜麗娘早夭，何來女婿。且當時在淮陽前線，情況危急，怕有冒名奸細，所以他不認柳夢梅，可以解釋爲他的小心謹愼。又他所以不認女兒，也有他的道理。女兒既已過世三年，人死何能復生，所以他會懷疑是「花妖狐媚」假託而成。再者，其妻甄氏既已被賊所殺，何以會再出現，非鬼是什麼？所以他把這一件事情解釋爲「妖鬼串通」。像這種事情，千百年可說不及一件，以杜寶的身份地位，怎可輕易相信。所以，杜寶不認柳夢梅、杜

⓯ 參陸力：〈論杜寶形象的複雜性和杜麗娘的悲劇命運〉，《錦州師院學報》一九八七年一期。收入《中國古代、近代文學研究》，一九八七年三期，頁二一四—二二〇。

麗娘等，說他是「固執和冷酷」，倒不如說是「謹慎和保守」。

第四節　語言描述技巧

討論《牡丹亭》劇本所使用的語言，應該從曲文和賓白兩方面入手。陳中凡先生說：「《牡丹亭》的藝術成就，在曲詞和賓白中各有它的特色。」❶這是相當中肯的批評。以下就《牡丹亭》中曲詞和賓白的特色分別加以論述。

一、本色和文采兼具的唱詞

湯顯祖在創作《紫簫記》和《紫釵記》時，使用太多華美的詞藻，使唱詞不能與劇中人物的身份相配合。創作《牡丹亭》時，已有顯著的改善，不再一味追求曲文辭藻的華麗，而能顧及配合劇中人物角色的身份，來發展劇情。茲舉例加以論述如下：

杜麗娘是個大家閨秀，由於她所受的教育，所以她的唱詞，就和丫頭春香的唱詞大不相

❶ 見陳中凡：〈湯顯祖《牡丹亭》簡論〉，《文學評論》一九六二年四期（一九六二年八月）頁五六—七〇。收入《陳中凡論文集》（上海：上海古籍出版社，一九九三年八月），頁一二一七—一二四一。

同。第十齣〈驚夢〉的前半部分，俗稱「遊園」，是由六支曲子所構成。整個曲組是要烘托出生長在深閨中杜麗娘心境的變化。

〔繞地遊〕夢回鶯囀，亂煞年光遍。人立小庭深院。炷盡沈煙，拋殘繡線，恁今春關情似去年？

這支曲子表現了一個被禁錮在「小庭深院」的少女情懷。這樣的日子不是百無聊賴地悶睡，就是單調乏味地繡花。這展示了少女對春天的嚮往。

〔步步嬌〕裊晴絲吹來閒庭院，搖漾春如線。停半晌、整花鈿。沒揣菱花，偷人半面，迤逗的彩雲偏。步香閨怎便把全身現！

此曲，是透過杜麗娘的梳妝打扮來表現她內心的喜悅。這是對前一支曲子〈繞地遊〉的補充和發展。用「閒庭院」來反映杜麗娘深閨生活的無聊。由於春景觸動了杜麗娘的情感，她羞答答的在鏡子前打扮了起來。「沒揣」、「迤逗」是當時口語。湯氏將這種口語融入曲詞中，表現出杜麗娘嬌羞的神態。

〔醉扶歸〕你道翠生生出落的裙衫兒茜，艷晶晶花簪八寶填，可知我常一生兒愛好是天然。恰三春好處無人見，不提防沈魚落雁鳥驚諠，則怕的羞花閉月花愁顫。

這支曲子，用「你道」……「可知」，來表示杜麗娘雖然穿金戴玉，但這是爲配合小姐身份，不得不如此。就她的本性來說，她是愛好自然的。這裡道出了她內心不得已的苦衷。這種愛好「天然」的內在美，又有誰能賞識呢？

以上三隻曲子，描寫杜麗娘遊園前的心理活動。〔繞地遊〕可以說是思春曲，唱出少女的苦悶和徬徨。〔步步嬌〕是迎春曲，描述少女對春光的嚮往，以及在自我欣賞過程中的嬌羞之態。〔醉扶歸〕是感嘆無人賞識的傷春曲。這三支曲子，把一個思春少女的內心世界生動地描繪出來。

〔皂羅袍〕原來姹紫嫣紅開遍，似這般都付與斷井頹垣。良辰美景奈何天，賞心樂事誰家院？(合)朝飛暮捲，雲霞翠軒，雨絲風片，煙波畫船——錦屏人忒看的這韶光賤！

這支曲子以「姹紫嫣紅開遍」象徵自己的青春，來和象徵她那傳統家庭的「斷井頹垣」相對比，表現出她對家庭所給予之束縛的不滿。也因爲她受約束太多，所以「良辰美景」也沒有人欣賞，有那一個家庭能有「賞心樂事」？她想到「雲霞」、「雨絲」、「風片」、「煙波」、「畫船」，這是多麼好的時光，杜麗娘卻把它辜負了。曲子中的「良辰美景」、「賞心樂事」、

「朝飛暮捲」等曲文，活用了唐朝王勃〈滕王閣序〉的語句。

〔好姐姐〕遍青山啼紅了杜鵑，荼蘼外煙絲醉軟。牡丹雖好，他春歸怎占的先！閒凝眄生生燕語明如剪，嚦嚦鶯歌溜的圓。

這支曲子極力渲染百花盛開的燦爛，以反襯牡丹的寂寞。杜麗娘自比爲牡丹。因這個時候不是開花期，所以寂寞。當杜麗娘聽到春燕清脆的啼鳴，鶯鳥婉轉的歌聲，更觸動了她的心事。

〔隔尾〕觀之不足由他繾，便賞遍了十二亭臺是枉然。到不如興盡回家閒過遣。

由於杜麗娘的春情無法得到適當的抒發，對於園中的亭臺樓閣也沒有興趣欣賞了，不得不發出「不如興盡回家閒過遣」的慨嘆。

這六支曲子，以細膩的文字，優美的辭句，鋪敘了杜麗娘的心境，也生動地呈現出她的性格。呂天成曾讚揚《牡丹亭》的曲文說：「著意發揮，懷春慕色之情，驚心動魄，且巧妙疊出，無境不新，眞堪千古矣。」❷這些批評當然是指《牡丹亭‧驚夢》中杜麗娘的唱詞來說的。王驥德也說：「《還魂》二夢，如新出小旦，妖冶風流，令人魂消腸斷。」❸足見當

❷ 參呂天成：《曲品》，卷上，頁二三〇。
❸ 參王驥德：《曲律》，〈雜論第三十九下〉，頁一五九。

時人對湯氏所再三經營的曲詞評價之高。

另外一方面，春香是杜麗娘的丫頭，她的唱詞就不可能像杜麗娘的唱詞那麼端正秀麗，應該要符合婢女的身分。這點，湯氏不但做到了，而且從唱詞中把春香的形象塑造得栩栩如生。第九齣〈肅苑〉中，春香唱：

〔一江風〕小春香，一種在人奴上，畫閣裏從嬌養。侍娘行，弄粉調朱，貼翠拈花，慣向妝臺傍。陪他理繡床，陪他燒夜香。小苗條喫的是夫人杖。

這支曲子，描述春香侍奉小姐杜麗娘，小姐要打扮，先弄粉調朱；小姐要刺繡，趕緊理繡床；小姐要上香，忙把香爐廩；事事打點的很周到，偶而有差錯，還要受夫人的責打。把婢女的善體人意和無奈，都充分的刻劃出來。

又如第十八齣〈診祟〉中，春香所唱：

〔金落索〕看他春歸何處歸，春睡何曾睡？氣絲兒怎度的長天日？把心兒捧湊眉，病西施。夢去知他實實誰？病來只送的個虛虛的你。做行雲先渴倒在巫陽會。全無謂，把單相思害得忒明昧。又不是困人天氣，中酒心期，魆魆地常如醉。

這支曲子，描述春香惦念小姐杜麗娘的病情，擔心她奄奄一息怎度過漫漫長日，對小姐作夢到底夢到誰也有疑惑。對小姐單相思成這般模樣，也百般無奈。李漁曾稱讚這首曲子說：「意深詞淺，全無一毫書本氣。」❹的確是相當貼切。《牡丹亭》中的春香，唱詞雖不多，但每支曲子都充分反映了春香婢女的身分。

再舉杜寶來說，他是朝廷的封疆大吏，湯顯祖藉他鎮守淮陽時的唱詞，來描繪風雲變幻的戰爭場面，以及將士們豪氣干雲的慷慨悲歌。下面以第四十三齣〈禦淮〉的兩支曲子為例：

〔六么令〕西風揚譟，漫騰騰殺氣兵妖。望黃淮秋捲浪雲高。排雁陣，展《龍韜》，斷重圍殺過河陽道。

〔四邊靜〕坐鞍心把定中軍號，四面旌旗遶。旗開日影搖，塵迷日光小。（合）胡兵氣驕，南兵路遙。血暈幾重圍，孤城怎生料！

這兩支曲子，氣勢雄渾威武，充分表現杜寶守禦淮陽的軍威。這和先前的纖巧柔膩作風，可說完全不同。

此外，如第八齣〈勸農〉中公人、田夫、牧童、采桑婦、采茶女等，都用比較淺顯通俗的唱詞。例如：采茶女的唱詞：

❹ 參李漁：《笠翁曲話》（臺北：廣文書局，一九七〇年，《筆記三編》本）。

〔孝白歌〕乘穀雨，采新茶，一旗半槍金縷芽。學士雪炊他，書生困想他，竹煙新瓦。官裡醉流霞，風前笑插花，采茶人俊煞。

這支曲子，接近民謠，可說清新有趣，也非常符合採茶女的身份。

從這裡，我們可以窺知，湯氏在爲劇中人物創作唱詞時，是完全配合劇中人物的身份、性格和劇中情境來創作的，可說作到說一人，肖一人；說十人，肖十人。但是，《牡丹亭》的曲詞也並非完美無缺。徐朔方先生曾說：「《牡丹亭》的文學語言，雖然有它獨到的成就，但是問題不少。作家使用大量冷僻的典故，使得作品的某些句子以至片段晦澀難懂。有的地方顯得生硬、牽強，甚至和原意不符；有的是生造的詞彙；有的句子則不夠自然；有的詞彙與典故則是誤用。有的地方可能是不恰當地使用了方言俗語，句子使人無法理解。」❺這些是我們欣賞《牡丹亭》的曲詞時，應加以注意的問題。

二、與人物身份相稱的賓白

賓白，也作說白，今日的戲劇叫「對話」。老舍曾說過：「對話是人物性格最有力的說

---

❺ 參見徐朔方校注：《牡丹亭》（臺北：里仁書局，一九九五年二月），〈前言〉，頁一八—一九。

明書。」❻所以，我們可以從人物的賓白，來斷定人物的身分和性格，更可以從賓白來斷定劇本寫作的好壞。《牡丹亭》中人物的賓白，切合各種人物的身分，如杜麗娘的說白端莊，杜寶威嚴，春香潑刺，陳最良迂腐，李全粗野，石道姑荒唐。透過說白，使每個人物在舞臺演出時栩栩如生。由於劇中的有些說白，詼諧幽默，也製造了部分的喜劇氣氛，抓住了舞臺下的觀眾的心。從這裡也可以看出湯顯祖很在意戲劇上演時的娛樂效果。茲舉例來證明這些論點。

在第七齣〈閨塾〉中，陳最良教〈關雎〉時，解釋「興」的意義說：「興者起也。起那下頭窈窕淑女，是幽閒女子，有那等君子好好的來求他。」杜麗娘聽了這解釋，正合她的心意，其實內心很高興，但礙於小姐的身份，祇好說：「師父，依注解書，學生自會。」當時的《詩經》注本，並沒有那一本是像陳最良那樣解釋的。這是陳最良的心領神會，哪是「依注解書」，但麗娘也祇能這樣說，才能和她的身份相稱。

在柳夢梅方面，他是個「讀盡萬卷書」，有滿腹經綸的書生，在第六齣〈悵眺〉，他對韓子才述說其先世柳宗元和韓愈兩人的際遇，不但可看出柳夢梅的才學，說白也達到雅俗共賞的境地。該段說白是：

> 比如我公公柳宗元，與你公公韓退之，他都是飽學才子，卻也時運不濟。你公公

❻ 見老舍：《老舍論劇》（上海：上海文藝出版社，一九八〇年），頁五。

錯題了〈佛骨表〉，貶職潮陽。我公公則爲在朝陽殿和王叔文丞相下碁子，驚了聖駕，直貶做柳州司馬。都是邊海煙瘴地方。那時兩公一路而來，旅舍之中，兩箇挑燈細論。你公公說道：「宗元、宗元，我和你兩人文章，三六九比勢：我有〈王泥水傳〉，你便有〈梓人傳〉；我有〈毛中書傳〉，你便有〈郭駝子傳〉；我有〈祭鱷魚文〉，你便有〈補蛇者說〉。這也罷了。則我進〈平淮西碑〉，取奉取奉朝廷，你卻又進箇平淮西的雅。一篇一篇，你都放俺不過。恰如今貶竄煙方，也合著一處。豈非時乎！運乎，命乎！」

這段話是柳夢梅對韓愈的後代韓子才說的。話裡巧妙地把韓愈和柳宗元兩人的作品相對比，兩人所撰文章有很多相似的地方，遭遇也大抵相似。柳夢梅對韓子才講這些話，似乎在表示我們兩人的祖先都時運不濟，我們是不是也會有相同的命運。湯顯祖用幽默輕鬆的筆調道出柳夢梅對前途的迷惘。從這段話也可看出湯氏對柳、韓文學定有相當的認識。

在所有賓白中，最值得注意的是陳最良和春香兩人的說白。在第七齣〈閨塾〉、第九齣〈肅苑〉、第十八齣〈診祟〉中，有相當精妙的對話，一方面反映了兩人的性格，另方面也製造了高度的喜劇效果。如〈診祟〉中的對話是：

〔旦〕師父，我學生患病。久失敬了。

〔末〕學生，學生，古書有云：「學精於勤，荒於嬉。」你因爲後花園湯風冒日，感下這疾，荒廢書工。我爲師的在外，寢食不安。幸喜老公相請來看病。也不料你清減至此，似這般樣，幾時能夠起來讀書？早則端陽節哩。

〔貼〕師父，端節有你的。

〔末〕我說端陽，難道要你粽子？小姐望聞問切，我且問你病症如何？

〔貼〕師父問什麼！只因你講《毛詩》，這病便是「君子好求」上來的。

〔末〕是那一位君子？

〔貼〕知他是那一位君子。

〔末〕這般說，《毛詩》病用《毛詩》去醫。……

這段杜麗娘、春香和陳最良的對話，語言精鍊活潑，且反映出春香的刁鑽、潑刺，陳最良的道貌岸然。前引這段話之後，陳最良用《詩經》作處方，雖稍嫌流於低級趣味，但也增加了詼諧的效果。

當然，《牡丹亭》的對白，也並非全無缺陷，如第十七齣〈道覡〉，石道姑嘲諷自己生理缺陷的千字文，雖有詼諧的效果，但文字冗長，且話中充滿猥褻，是否可吸引觀衆的興趣，實不無疑問。

第七章　《南柯記》的戲曲藝術

第一節　本事探源

有關《南柯記》的故事來源，大抵有兩種說法：

1.本於陳翰《大槐宮記》：《曲海總目提要》卷六云：「《南柯記》，明湯顯祖作。大約本陳翰《大槐宮記》演成全劇。其寓意所在，無從考。」❶接著引陳翰的《大槐宮記》全文。

2.本於李公佐《南柯太守傳》，這是大多數學者的看法。魯迅云：「《南柯太守傳》出《廣記》四百七十五，題『淳于棼』，注云出《異聞錄》。……明湯顯祖據以作《南柯記》，遂益廣傳至今。」❷青木正兒云：「《南柯記》一據唐李公佐之《南柯

❶ 見《曲海總目提要》（天津：天津古籍書店，一九九二年六月），卷六。

❷ 見《唐宋傳奇集》。

記》。」❸採用這種說法的學者很多，不一一引錄。

關於第一種說法，陳翰是唐末人，時代與李公佐相近，編有《異聞集》，今已佚。所著《大槐宮記》，故事情節和李公佐《南柯太守傳》相類似，兩篇或有相互影響。至於誰影響誰，今不易下定論。如將湯顯祖《南柯記》與這兩篇唐人小說作比較，可知湯氏應取材於李公佐的《南柯太守傳》。❹

有關李公佐的生平資料，流傳甚少，根據李氏的《南柯太守傳》說：「公佐貞元十八年秋八月，自吳之洛，暫泊淮浦，……」《謝小娥傳》說：「元和八年春，余罷江西從事，扁舟東下，淹泊建業，登瓦官寺閣。」《廬江馮媼傳》說：「元和六年夏五月，江淮從事李公佐使至京，回次漢南，與渤海高鉞，天水趙儹，河南宇文鼎會於傳舍。」又杜光庭《神仙感遇傳》卷三有〈李公佐〉一條云：「李公佐舉進士，後爲鍾陵從事。」❺從這些資料，可知

---

❸ 見青木正兒著、王古魯譯：《中國近世戲曲史》（臺北：臺灣商務印書館，一九六五年台一版），頁二四三。

❹ 呂凱先生曾加以比較，說：「由其（指《南柯記》梗概，參考劇意，《大槐宮記》中所記之事，無此綿密細緻。蓋此劇之作，實據《南柯太守傳》敷演增飾而成。」見呂氏著：《湯顯祖南柯記考述》（臺北：嘉新水泥公司文化基金會，一九六四年二月），頁二九。

❺ 以上所引《南柯太守傳》、《謝小娥傳》、《廬江馮媼傳》，見汪辟疆校錄《唐人小說》（臺北：河洛圖書出版社，一九七四年十月）。《神仙感遇傳》見《正統道藏》（臺北：新文豐出版公司，一九八五年），恭字七號。

李公佐是貞元、元和年間人，曾舉進士，當過江淮、鍾陵從事。

李氏的《南柯太守傳》曾收入陳翰的《異聞集》中❻。今可見者有收入《太平廣記》卷四七五者，題爲〈淳于棼〉。又有收入王讜《唐語林》者，題作《南柯太守傳》。兩者之內容大抵相同。湯氏即根據此一故事敷演成《南柯記》。《南柯記》雖根據《南柯太守傳》而來，但如果仔細比較，兩者也有許多不同，從其中的異同，也可看出湯氏苦心經營的痕跡。茲將兩者的異同略作比較。

(一)就人物事跡來說：

《南柯太守傳》（以下簡稱《南柯傳》）和《南柯記》的男主角都叫淳于棼。《南柯傳》說他「累巨產」，未提及年紀。《南柯記》說他是三十歲前後，名不成，婚不就，家徒四壁。在女主角方面，《南柯傳》說是次女瑤芳，《南柯記》則說「有女瑤芳一人」。就右相來說，《南柯傳》僅稱「右相」，並沒有姓名，且右相並不是很重要的人物。《南柯記》的右相叫段功，他的地位很重要，是和男主角淳于棼作對，對劇情發展有很大影響的人。段功和《紫釵記》中的盧太尉，《邯鄲記》中的宇文融一樣，都是湯氏所創造的反面人物。就契玄禪師來說，《南柯傳》中的契玄禪師並非主要人物，《南柯記》中的契玄是懂得前世姻緣的人，他能一眼看穿上眞仙子、瓊英郡主螻蟻的身分，並暗示淳于棼，度脫他脫離苦海。另外，

❻《太平廣記》卷四七五，引此文題爲〈淳于棼〉，下注「異聞集」。

《南柯傳》中的二客和僕人，皆沒有姓名，《南柯記》中的二客叫溜二、沙三，僕人叫山鷓兒。《南柯傳》中的瓊英、靈芝夫人、上眞仙子祇知道他們是皇族的女眷，而《南柯記》中的瓊英和靈芝夫人都是寡婦，上眞仙子是道姑，且女主角瑤芳曾向靈芝學刺繡，向上眞仙子學書史。

(二)就劇情的發展來說：

《南柯傳》和《南柯記》的主要的情節大都相同，可以說湯氏是就《南柯傳》敷演而成。一小部分的不同，大多是細微末節。比較重要的是《南柯記》在第四齣〈禪情〉中添加了佛家的公案。這一則公案是說，揚州有一七層塔，契玄禪師捧執蓮花燈時，曾不小心傾瀉蓮燈內的熱油，將熱油注入塔下的蟻穴，傷及無辜。契玄非常內疚的請教達摩師父，師父告之無妨，他的蟲業將盡，五百年後定有靈變，必須等待契玄禪師協助升天。由於有這樁公案，所以才有第四十三齣〈轉情〉、第四十四齣〈情盡〉中衆蟻升天的情節。

至於細微情節的異同，可略舉一些來說明。(1)《南柯傳》是一女子、靈芝夫人、瓊英分別於上巳日和七月十六日到人間遇見淳于棼，但未說明到人間的動機；《南柯記》則將這兩件事合在一起，時間改爲七月十五日，且來到人間的目的是「選婿」。(2)《南柯傳》是一女子與靈芝夫人，於上巳日到禪智寺，在天竺院觀賞石延的婆羅門舞；七月十六日這一女子又與上眞子，在孝感寺聽契玄法師講《觀音經》。而這女子並施捨金鳳釵兩隻、上眞子施捨水犀盒子一枚。《南柯記》是瓊英、靈芝、上眞仙子同去禪智寺，後來，瓊英又和上眞仙子至孝感寺。金枝公主委託他們兩人奉獻金鳳釵一對、文犀盒一枚給契玄禪師。(3)《南柯傳》是周弁輕敵打敗戰，裸身潛逃，夜歸城，檀蘿賊也收輜重鎧甲而還。《南柯記》則是周弁和眾將士酗酒才打敗仗。當時天氣炎熱，日勢已晚，才卸下征袍，月下單騎而回。而檀蘿賊則是因幾千個泥頭酒塞路，且將下雨漲江，妨他歸路，才搬了餘酒回去。(4)《南柯傳》是淳于棼回家時見自己臥於堂東廡之下，又驚又怕，不敢前近，是二紫衣使者大呼其名才醒過來。《南柯記》是紫衣官要淳于棼就榻，並大叫「淳郎快醒來」，他才醒過來。(5)《南柯傳》是淳于棼歸家後十日左右，派家僮去拜訪，才知周弁已因暴疾過世，田子華則「寢疾在床」。《南柯記》是淳于棼請教一位從六合縣來的和尚，才知道周弁、田子華早已同日無病而亡，死後遊魂才至蟻國。(6)《南柯傳》是淳于棼返家後三年才是丁丑年，且於這一年過世。《南柯記》是淳于棼歸家的那年，正好是丁丑年，並在這一年皈依佛門。❶

㈢就文字的承襲來說：

《南柯記》文字承襲《南柯傳》的地方也非常多，茲舉重要者如下：

1. 家住廣陵東十里，所居宅南有大古槐一株，枝幹修密，清陰數畝。淳于生日與群豪，大飲其下。（《南柯傳》）

❶ 參考周文玲：〈湯顯祖運用唐小說的再創作過程——從紫簫記至邯夢記〉，《輔大中研所學刊》第四期（一九九五年三月），頁二七五—三〇六。

家去廣陵城十里，庭有古槐樹一株。枝幹廣長，清陰數畝，小子每與群豪縱飲其下。（《南柯記》第二齣〈俠概〉）

2.復言路道乖遠，風煙阻絕，詞意悲苦，言語哀傷。又不令生來覲，云：「歲在丁丑，當與女相見。」生捧書悲咽，情不自堪。（《南柯傳》）

（生念書介）……欲往視兒，奈彼此路道乖遠，風煙阻絕。父不見子，抱恨重深。汝且無便來覲，歲在丁丑，當與汝相見。（生拍書痛哭介）（《南柯記》第十八齣〈拜郡〉）

3.王謂生曰：「南柯，國之大郡，土地豐穰，人物豪盛，非惠政不能以治之，況有周、田二贊，卿其勉之，以副國念。」夫人戒公主曰：「淳于郎性剛好酒，加之少年，爲婦之道，貴乎柔順。爾善事之，吾無憂矣。南柯雖封境不遙，晨昏有間，今日睽別，寧不沾巾。」（《南柯傳》）

（王）南柯，國之大郡，土地豐穰，民物豪盛，非惠政不能治之；況有周、田二卿贊治。卿其勉之，以副國念。（生叩頭介）微臣謹遵王命。（老）公主行矣，聽母親一言：淳于郎性剛好酒，加之少年。爲婦之道，貴乎柔順，爾善事之，吾無憂矣。南柯雖封境不遙，晨昏有間。今日睽別，寧不沾巾！（《南柯記》第二十齣〈御餞〉）

4.時有國人上表云：「玄象謫見，國有大恐。都邑遷徙，宗廟崩壞。釁起他族，事在蕭牆。」（《南柯傳》）

（王）玄象謫見，國有大恐。都邑遷徙，宗廟崩壞。……（王）……釁起他族，事在蕭墻。（《南柯記》第三十九齣〈象譴〉）

5.又謂生曰：「卿離家多時，可暫歸本里，一見親族。諸孫留此，無以爲念。後三年，當令迎生。」生曰：「此乃家矣，何更歸焉？」王笑曰：「卿本人間，家非在此。」生忽若惛睡，瞢然久之，方乃發悟前事，遂流涕請還。（《南柯傳》）

（王）……則是卿離家多時，亦須暫歸本里，一見親族。（生）此乃臣之家矣，更歸何處？（王笑介）卿本人間，家非在此。（生作昏立不語介）（老）淳郎忽若昏睡懵然矣。（《南柯記》第四十一齣〈遣生〉）

6.生問使者曰：「廣陵郡何時可到？」二使謳歌自若，久乃答曰：「少頃即至。」……斜日未隱於西垣，餘樽尚湛於東牖。夢中倏忽，若度一世矣。（《南柯傳》）

（生）紫衣官，我且問你：廣陵郡何時可到？（紫不應笑歌走介）……（生）呀，斜日未隱於西垣，餘樽尚湛於東牖。我夢中倏忽，如度一世矣。（《南柯記》第四十二齣〈尋寤〉）

湯氏《南柯記》的文字，沿襲自《南柯太守傳》者，實不止上舉這些段落而已。從這些例子，讀者除可比對文字異同外，也可發現湯氏剪裁、增飾的痕跡。

但是，有時增飾的太多，不免時空錯置。例如：劇中既是描寫唐人之事，但第二十一齣〈錄攝〉中的小吏，卻要錄事官買《大明律》來看，因爲書中有黃金。唐朝的人，怎麼知道有《大明律》。

第二節　主題思想

有關《南柯記》的主題是什麼？近數十年來看法有相當的分歧。如龍傳仕所作〈試論湯顯祖的戲劇創作〉一文曾說：「四夢，尤其是《南柯記》、《邯鄲記》，反映了湯顯祖嚴重的精神與藝術危機」，「兩部劇作基本的藝術特點是以宗教作爲劇本的主題，都是以夢幻的形式來宣揚宗教，表現了脫離現實生活的出世思想，要求人們從宗教裏去尋找救世良方，成佛成仙就是一條解脫苦難的人生道路與終極目的。」❶龍氏以爲二夢的主題是「以宗教作爲劇本的主題」，二夢是要求宣揚宗教的。中國社會科學院文學研究所中國文學史編寫組編的《中國文學史》，更以爲《南柯夢》是「失敗的作品」❷。另外，如懷玉的〈湯顯祖創作思想的偉大飛躍〉則以爲《南柯》、《邯鄲》二夢，「使他從對封建統治集團的局部的否定走向全局的否定」，如就社會政治意義而言，比起《牡丹亭》，可說「有過之而無不及」❸。這些紛歧的觀點，有必要進一步釐清。

筆者以爲湯顯祖的《紫釵記》和《牡丹亭》是言情之作。《紫釵記》敘述李益和霍小玉

---

❶ 見《光明日報·文學遺產》，第五〇三期，一九六五年三月二一日。
❷ 見《中國文學史㈢》（北京：人民文學出版社，一九六二年七月），頁九六二。
❸ 見《爭鳴》一九八二年三期。

夫婦的悲歡離合；《牡丹亭》敘述杜麗娘爲情而死，爲情而復生。「情」可說是這兩部劇本的主題思想。到這部《南柯記》雖也以淳于棼和瑤芳公主的生離死別爲主軸，但在劇情發展中也穿插了湯氏對政治的批判和對理想社會的憧憬。所以，《南柯記》可說是湯氏由主情的思想主題逐漸過渡到政治批判主題的代表作。至於劇中的宗教描寫，祇不過掩護他作政治批判的保護色而已。以下將就此一觀點再加以論述。

《南柯記》的淳于棼所以癡迷入夢，及夢中的種種經歷，實肇因於一個「情」字。人世間的種種煩惱，也因情而起。這點，可從第八齣〈情著〉得知。當淳于棼問禪於契玄禪師時，契玄在問答中，已隱約告訴淳于棼夢中之境。但因淳于棼情緣未了，見到瓊英、靈芝、上眞仙姑而情生，觀瑤芳公主的金釵犀盒而意迷。雖經契玄禪師的點化，淳于棼終究不能及早醒悟。

淳于棼因情入夢，在夢中他做駙馬，作南柯太守、作左相，最後被遣返人間。夢中經過二十多年，醒來，「斜日未隱於西垣，餘樽尚湛於東牖」。淳于棼對夢中的榮華富貴，一直不能忘情。這是因爲淳于棼以夢境爲眞，故鍾情如此。最後，夢境將了，淳于棼情猶未斷。所以，和契玄禪師有一段對話：

〔生問介〕螻蟻怎生變了人？

〔淨〕他自有他的因果，這是改頭換面。

〔生〕小生青天白日，被蟲蟻扯去作眷屬，卻是因何？

〔淨〕彼諸有情，皆由一點情，暗增上騃癡受生邊處。先生情障，以致如斯。

〔生〕幾曾與蟲蟻有情來？

〔淨〕先生記的孝感寺聽法之時，我説爲何帶眷屬而來？當有二女持獻寶釵金盒，即其人也。

〔生〕小生全不知他是螻蟻，大師怎生不早道破也？

〔淨〕我分明叫白鸚歌説來：蟻子轉身。你硬認是女子轉身。……

〔淨〕當初留情，不知他是蟻子。如今知道了，還有情于他麼？

〔生〕識破了又討甚情來？（第四十三齣〈轉情〉）

淳于棼既知所鍾情的人是螻蟻，似乎已有轉情的意思，但並未完全由情迷中完全清醒過來。契玄禪師又造出一虛景，讓淳于棼的眷屬一一升天，使他的情障重現。趁他陷入苦惱時，斬斷他的情緣。所以，第四十四齣才叫〈情盡〉。這就是從有情而至無情。吳梅先生的評論可謂深中肯棨：「蓋臨川有慨於不及情之人，而借至微至細之蟻，爲一切有情物説法。又有慨於溺情之人，而託喻乎落魄沈醉之淳于生，以寄其感喟，淳于未醒，無情而之有情也。淳于既醒，有情而之無情也。此臨川填詞之旨也。」❹這就是筆者以爲《南柯記》的主軸是「情」的理由所在。

❹ 見吳梅選注：《曲選》（上海：商務印書館，一九三二年九月），頁三七。

其次，是隨劇情發展所穿插的對政治的批評和嘲諷。依其內容性質，可分爲幾個方面：

一、對當時官僚腐敗的嘲諷

《南柯記》第二十一齣〈錄攝〉，描寫淳于棼還沒有去當太守前，由錄事官代理，上下怠忽職守，一天混過一天。錄事官說：「日高三丈，還不見六房站班，可惡！可惡。」可見輪班的人都摸魚去了。原來小吏不上班，下鄉偷雞去了。小吏所以敢不上班去抓雞，原來是「老爺好睡覺，出堂忒遲。」這眞是上樑不正下樑歪。由於上下都溜班，「告狀的候久都散了」。小吏下鄉抓雞，當然不全爲自己，他向錄事官報告說：「小的下鄉，撈的兩隻小雞，母的宰了，公的送爺報曉。」可見，要分一半給錄事官。錄事官得了這好處，對小吏怠忽職守，也就不必追究。

接著他們兩人還有一段精彩的對話：

〔**丑跪扶吏起介**〕我從來衙裏，沒有本《大明律》，可要他不要？

〔**吏**〕可有，可無。

〔**丑**〕問詞訟可要銀子不要？

〔**吏**〕可有，可無。

〔**丑惱介**〕不要銀子，做官麼？

〔吏〕爺既要銀子，怎不買本《大明律》看，書底有黃金。

這裏是赤裸裸地告訴我們做官的都要銀子的，要銀子的方法有很多，但如果有《大明律》的話，可能要得更多，更合法吧！這就是湯氏對官僚腐敗和明代法律的諷刺。

第三十齣〈帥北〉，描述周弁守塹江時，「一名軍一個泥頭酒，五千軍五千個泥頭」，所有的酒都堆在城門。看周弁和衆戰士的對話，即可知周弁一定會打敗仗：

〔衆軍取酒上介〕算泥頭：一百一百又一百，二三而五五個百。五個五百兩個百，兩個五百五個百。

〔周〕五千個酒勾了，儘著喫，泥頭都丟在戰場上去。眾軍喫水酒，俺喫燒酒，不論量，以渴止爲度。

就這樣不顧軍情危急，衆人皆醉了。即使來人報知檀蘿兵臨城下，周弁還說：「由他，且飲酒」，又報知檀蘿先鋒挑戰，竟說：「這賊好無禮，酒剛喫到一半，則管衝席。」雖叫衆軍乘酒興殺出城去，但終於敗下陣來。周弁趕上來應戰時還說：「衆軍，再取一大觥燒酒來，戰的渴也。」周弁當然打不過檀蘿賊，落得匹馬單鞭逃困回來。當淳于棼要處置他時，竟不服處分，還說出一番大道理：

從古來誰不飲酒，天若不愛酒，天應無酒星。地若不愛酒，地應無酒泉。天地都愛酒，俺飲酒是兵權。（第三十一齣〈繫師〉）

從這裏可以看出，周弁並不以爲戰敗是失職，對自己的嗜酒更編造出一番歪理來。這也許是湯氏時代官僚習氣的反映吧！

此外，一些小官吏的勢利眼，湯氏也有深刻的描寫。如紫衣官接淳于棼去做駙馬時，是跪著迎接，態度謙恭，請淳于棼上車時，是：「左右有人俱，扶君出門去。」當淳于棼被遣送回人間時，用「禿牛單車」給他坐，且一面鞭牛一面打歌：「一個呆子呆又呆，大窟弄裏去不去，小窟弄裏來不來。你道呆不子也呆？」（第四十二齣〈尋寤〉）似乎意有所指地在影射淳于棼。且對淳于棼的問話，也相應不理。前後差別這麼大，好一副小人嘴臉。

二、對宮廷淫亂的譏刺

大槐安國宮廷裏有瓊英、靈芝和上眞仙子三位婦人。瓊英是大槐安國王的姪女，封爲郡主。靈芝、上眞仙子的身分並沒有說清楚，但三人都是寡婦。三人在孝感寺聽契玄禪師講經時已見過面。淳于棼見到瓊英時說：「此女子秀入肌膚，香生笑語，世間有此天仙乎？」（第七齣〈偶見〉）三人也看中淳于棼，選爲駙馬。當瑤芳公主因病過世，淳于棼被召回朝，官拜左相。瓊英對淳于棼的權勢相當崇拜，對他的才貌，更是念念不忘：「想起駙馬一表人材，十分雄勢，俺好不愛他，好不重他。」（第三十七齣〈粲誘〉）三人乃邀淳于棼一同飲酒作樂。一直飲到三星照戶，淳于棼等人都醉了，他們間有一段對話：

〔生睡介〕醉矣！
〔貼〕早已安排紗廚枕帳了。
〔生〕難道主人不陪？
〔小旦〕怕沒有這樣規矩。
〔老〕駙馬見愛，一同陪伴罷了。
〔貼笑介〕這等，我三人魚貫而入。

一國之宰相可以隨意與宮中的寡婦三人同時作樂。這不但暴露朝中大臣的不知檢點，更反映了宮闈的淫亂。淳于棼也因此丟了官，被遣返人間。

三、對安和樂利社會的期盼

《南柯記》的第二十四齣〈風謠〉是描寫南柯郡在淳于棼的治理下，官民相親，人民安居樂業的狀況。侯外廬以爲是反映「平等社會的圖景」，更認爲〈風謠〉一齣，「集中地表露出湯顯祖的理想國或烏托邦」❺。徐朔方先生不贊同侯氏的說法，以爲〈風謠〉中所反映的既非「平等社會」，也非「理想國或烏托邦」，而是湯氏受其師羅汝芳的影響，把羅氏任太湖知縣和寧國知府所實施的德政反映出來而已。❻

筆者也認爲〈風謠〉所反映的祇不過是個安和樂利的社會而已。沒有什麼理想國，也不是烏托邦。且先看看湯氏如何描述淳于棼治理下的南柯郡：

> 纔入這南柯郡境，則見青山濃翠，綠水淵環。草樹光輝，烏獸肥潤。但有人家所在，園池整潔，簷宇森齊。何止苟美苟完，且是興仁興讓。街衢平直，男女分行。但是田野相逢，老少交頭一揖。（第二十四齣〈風謠〉）

這是紫衣官承大槐安國王、國母之命，送佛經與公主供養時，所見到南柯郡的情景。從這些描述，可看到南柯郡內有青山綠水、園宇整潔，人民非常有禮貌，有謙讓之風。這僅是就

---

❺ 見侯外廬：〈論湯顯祖紫釵記和南柯記的思想性〉，《新建設》一九六一年七期，收入侯氏著：《論湯顯祖劇作四種》（北京：中國戲劇出版社，一九六二年六月），頁二〇一—三九。侯氏所謂的理想國或烏托邦是一種平等的社會。

❻ 見徐朔方：〈關於南柯記第二十四齣風謠及其他〉。收入徐氏撰：《論湯顯祖及其他》（上海：上海古籍出版社，一九八三年八月），頁二八—三三。

南柯郡的整體外觀來說的。最重要的還要看人民的生活如何？湯氏安排四組不同的人，描繪了南柯郡安和樂利的圖景：⑴「征徭薄，米穀多」；⑵「行鄉約，制雅歌」；⑶「多風化，無暴苛」；⑷「平稅課，不起科」。這基本上是屬於儒家仁政的範圍。

其中需要解釋的是「行鄉約」。明代各個地方都有其「鄉約」，它們大體根據朱元璋的教民榜文六條：「孝順父母，尊敬長上，和睦鄉里，教訓子孫，各安生理，毋作非爲。」來加以發揮。如羅汝芳的〈寧國府鄉約訓語〉說：「今府屬各縣訟獄日煩，寇盜時警。家殊其俗，肆爭競以相高；人各其心，逞刁奸以胥虐，……爰循古人鄉約之規，用敷今日保甲之意」。它規定「每簿內擇年壯有力一人爲保長，每三十戶置鑼一銃一，槍竿或十或五，遇有寇急，鳴鑼聲互相救援。」❼這宛如鄉村自衛隊。也就是藉自衛武力來保衛地方的安寧。

在湯顯祖的劇本中，除了《南柯記》的〈風謠〉外，《牡丹亭》第齣〈勸農〉，所描寫的情景也是安和樂利的社會。湯氏爲何要在劇本中穿插這些場次？應該是有相當深的用意。明中葉以後土地兼併的情形非常嚴重，諸侯王、勳戚、宦官和一般官僚，大量占有農田，這些地主以高額租稅剝削農民，強制農民爲其服勞役。生活在這種制度下的人民，可說是民不聊生。湯氏所以要以〈風謠〉來描繪安和樂利社會的圖景，除了要反諷當時政治黑暗面外，也是要凸顯好官吏的難得。湯氏在遂昌擔任縣令期間，曾依照自己的理想推行安民息訟的政治措施，深得人民的愛戴。但像他這樣的好官，在當時的大小官員中又能找到幾個？

---

❼見羅汝芳撰：《盱江羅近溪全集》。

從以上的分析，大體上已可說明《南柯記》帶有相當濃厚的政治批判和嘲諷在內。最後要提出討論的是，在這部被認爲是宣揚佛教的作品中，對佛教的眞正態度如何？

在第二十三齣〈念女〉中，瑤芳公主「肌瘦怕熱」，身體欠安，國母接受契玄禪師的建議，請《血盆經》去供養。契玄說：「凡生產過多，定有觸污地神天聖之處，可請一部《血盆經》去，叫他母子們長齋三年，總行懺悔，自然災消福長，減病延年。」（第二十三齣〈念女〉）國母雖接受了這建議，但對《血盆經》中的說法，則頗不以爲然，批評說：

想來則有婦女苦，生男種女大家的，便是產時昏悶，傾污水於溪河，也是丈夫之罪。怎那經文呵，明寫著外面無干，偏則是女人之譴？（同上）

《血盆經》又名《女人血盆經》，全名爲《目蓮正教血盆經》，自唐代以後就在民間廣泛流傳，湯氏對《血盆經》的批判，表明湯顯祖不相信念經求佛可以祐人消災，而且表現了男女平等的進步觀點。

在第二十五齣〈玩月〉中，淳于棼升官，紫衣官奉國母之命送佛經來給公主供養，和淳于棼有段對話：

〔紫〕娘娘還有懿旨：請下《血盆經》千卷，送與公主供養流傳，消災長福。

〔生〕齊家治國，只用孔夫子之道，這佛教全然不用。

這是對佛經社會政治功能的全盤否定。

契玄禪師說瑤芳公主只要長齋三年，念此《血盆經》便能消災福長，結果瑤芳公主過世了。國母聽到這消息傷心的說：「天呵，俺曾寫下了《目連》經卷也，誰知道佛也無靈被鬼侵？」（第三十五齣〈芳隕〉）

從這裏可以看出，湯氏表面言佛，但對佛教並不是那麼虔敬。他曾說過：「秀才念佛，如秦皇海上求仙，是英雄末後偶興耳。」（《湯顯祖集・詩文集》，卷四九，〈答王相如〉）由此可知，湯氏所宣揚的佛教，祇不過是披在《南柯記》表面的一層外衣。這點和最後完成的《邯鄲記》可說有異曲同工之妙。

第三節　人物形象分析

《南柯記》中出場的人物有十多人，除男女主角淳于棼、金枝公主瑤芳外，另有國王、國母、右相段功、周弁、田子華、契玄禪師、溜二、沙三、瓊英、靈芝夫人、上眞仙子、山鷓兒、石延、檀蘿國王、檀郎、紫衣官等人。筆者以爲最重要的是淳于棼和右相段功兩人，茲分節加以分析如下。

一、論淳于棼

《南柯記》中的淳于棼是一個個性複雜的人物，他爲情奉獻，勤政愛民，但另一方面又沈湎於功名富貴，帶有濃厚的虛榮心和庸俗習氣。這點，和《邯鄲記》中的盧生有部分相似的地方。茲從《南柯記》情節的開展中來看看湯氏如何塑造淳于棼的形象。

淳于棼在第二齣〈俠概〉即出場，他的始祖是淳于髡，「善飲，一斗亦醉，一石亦醉」；次祖是淳于意，「善醫」。他自己則是：「精通武藝，不拘一節，累散千金。養江湖豪浪之徒，爲吳、楚遊俠之士。曾補淮南軍裨將，要取河北路功名。偶然使酒，失主帥之心；因而棄官，成落魄之像。」（第二齣〈俠概〉）可見他當過裨將，因酗酒而丟官。這酗酒可能得自始祖淳于髡以來的傳統。

淳于棼既是個浪蕩子，對功名也沒有多大的興趣。他被大槐安國招爲駙馬後，其妻金枝公主瑤芳倒關心起他的前途來了。這時，夫妻有一段對話：

〔旦〕還有一件，請問駙馬：你如今可想做甚麼樣官兒？

〔生〕俺酣蕩之人，不習政務。

〔旦〕卿但應承，妾當贊相。（第十六齣〈得翁〉）

恰好檀蘿國時來進犯，南柯郡需要太守，淳于棼也順利接任了太守的位子。

淳于棼在南柯爲郡守二十年，湯氏將他的政績全寫在第廿四齣〈風謠〉上。他的德政，可從四組不同人物的唱詞看出來：

征傜薄，米穀多，官民易親風景和。行鄉約，制雅歌，家尊五倫人四科。多風化，無暴苛，俺婚姻以時歌〈伐柯〉。家家老小和，家家男女多。平稅課，不起科，商人離家來安樂窩。關津任你過，晝夜總無他。（第二十四齣〈風謠〉）

湯氏藉淳于棼的德政反映出太平社會的藍圖。這樣的社會，可說做到了「人間夜戶不閉，狗足生毛」的境界。南柯郡的百姓，對淳于棼的德政，可說感念到了極點。這可從南柯商人的一段話看得出來：

這南柯郡自這太爺到任以來，雨順風調，民安國泰。終年則是游嬉過日，口裏都是德政歌謠，各鄉村都寫著太爺牌位兒供養。則這是大生祠，祠宇前後九進，堂高三丈，立有一丈五尺高的幾座德政碑，碑上記他行過德政。二十年中，便一日行一件，也有七千二百多條，言之不盡。（第二十四齣〈風謠〉）

淳于棼的德政竟有七千二百多條，連送佛經來給公主的紫衣官也要說：「奇哉，奇哉，眞個有這等得民心的官府。」淳于棼被任命爲南柯太守，是靠妻子的裙帶關係，右相段功都不看好他。但出乎意料地，他竟施行了七千多條德政。湯氏所以要這樣塑造淳于棼，一方面要強調祇要肯用心必有好結果，英雄不怕出身低，另方面是要反諷南柯郡以前政治的腐敗，一個小小的淳于棼竟然可以有這麼好的政績。

南柯郡天氣燠熱，公主怕熱，淳于棼爲她在塹江城築瑤臺避暑。瑤臺是「白玉砌裏，五門十二樓，眞乃神仙境界也」。這可看出淳于棼對公主的眞情。但因塹江接近檀羅，檀羅國王的四太子檀郎新近喪妻，貪圖公主的美色，出兵包圍瑤臺，並要公主出來答話。淳于棼得知消息，馬上交待周弁帶兵守塹江城，自己和田子華，則星夜帶兵奔赴瑤臺營救公主。淳于棼知道周弁喜歡酗酒，再三告誡說：

> 小生昔爲淮西裨將，使酒誤事，二君（按：指周弁、田子華）所知。自拜郡以來，戒了這酒。司憲（指周弁）平日頗有酒名，既掌兵機，記吾囑付，酒要少飲，事要多知。（第二十八齣〈雨陣〉）

從這一段話，可知淳于棼是知所反省的人，他也知道自己所扮演的角色和責任所在。可惜，周弁並沒有把這段話聽進去，反而大量飲酒，以致被檀郎打敗。淳于棼也因此被調職回朝。

當南柯郡的百姓得知太守淳于棼要被徵調回朝時，湯氏藉地方父老的請願，說出了對好官的懷念和依依不捨之情。衆父老說：

> 衆父老商量，盡南柯府城士民男婦，簽名上本，保留淳于爺再住十年。京師窵遠，敢央及參軍爺，撥下快馬十數匹，一日一夜三百里，飛將本去。萬一令旨著駙馬

爺中路面轉，重鎮南柯。（第三十四齣〈臥轍〉）

從這段話，可看出地方父老可愛的地方。他們的想法由於參軍不贊成，並沒有實現。衆父老在無計可施之下，祇得臥倒途轍，挽住太守的車子。「倒臥車前淚斕斑，手攀闌」，「衆父老擁住駿雕鞍，衆男女拽拉繡羅襴」。這是官民一家，感人至深的場面。湯氏似乎把自己在萬曆二十一年（一五九三）至二十六年（一五九八）間擔任浙江遂昌知縣時，勤政愛民，深得人民愛戴的經驗，在這裏重新呈現出來。這一方面在反映得好官的不容易，另方面也在暗示自己才是人民心目中的好官。

淳于棼被徵調回朝後，雖位居左丞相，但因喪妻情欲難忍，又禁不住瓊英、靈芝夫人、上眞仙子的誘惑，與這三女子飲酒作樂，進而一起淫亂。段功逮到這機會，以星象爲藉口，國王聽信讒言，淳于棼遂被軟禁。淳于棼入大槐安國前因酗酒失去裨將的位子。當南柯太守時戒了酒，並知所反省，告誡周弁不要酗酒。可惜，在這關節眼卻把持不住，仍是因爲酒丟了官。從這裏也可以看出淳于棼的個性仍是相當脆弱，經不起外在環境的引誘。當他被囚禁時，喊出了對現實政治的不滿：

公主生天幾日，俺淳于棼入地無門。
天啊！淳于棼有何罪過也？
莫非他疑俺在南柯？也不曾壞了他的南柯。

是右相呵，他弄威權要把江山霸，甚醉漢淳郎，獨當了星變考察。（第四十齣〈疑懼〉）

他對自己的際遇，並沒有好好去反省，認爲自己無罪，又責怪右相段功弄威權。可見，他不認爲和三女子的行爲有何過錯。這是淳于棼濫情的另一種表現。

自四十二齣〈尋寤〉起至四十四〈情盡〉，即使沒有也不影響劇情，但湯氏爲了塑造淳于棼至高無上的愛情，在四十三齣〈轉情〉、四十四齣〈情盡〉中描述淳于棼和瑤芳再相會時的生離死別之情，可說感人至深。淳于棼爲了能再見瑤芳，一面燃燒手指頭，「焚燒十指連心痛，圖得三生見面圓」，他們見面時的對話，可說字字動人：

〔生哭介〕兀那天上走動的，莫非是我妻瑤芳公主麼？
〔旦〕是我淳郎夫也。久別夫君，奴在這雲端稽首了。我爲妻不了誤夫君。
〔生〕廿載南柯恩愛分。
〔旦〕今夕相逢多少恨？
〔合〕萬層心事一層雲。
〔生叩頭介〕公主，感恩不盡了。你去後我受多少磨折，你可不知。
〔旦〕都知道了。（第四十四齣〈情盡〉）

淳于棼忍不住內心的煎熬，一直希望公主下來，可是在天上的公主卻下不來。這時，淳于棼一面說：「我常想你的恩情不盡，還要與你重做夫妻」，他又擔心公主升天後會另嫁給他人：「我日夜情如醉，相思再不衰。公主，我怕你生天可去重尋配？你昇天可帶我重爲贅？」內心的矛盾、折磨，即使鐵石心腸之人也要爲之酸鼻。最後要分離時，淳于棼竟忘情地拉住公主說：

> 我扯著你留仙裙帶兒拖到裏，少不得蟻上天時我則央及蟻。（第四十四齣〈情盡〉）

夫妻在拉扯間，契玄禪師忽然持劍砍開兩人。淳于棼醒來，發現剛才公主給他的金釵是槐枝，小盒是槐筴子。將釵盒丟棄說：「人間君臣眷屬，螻蟻何殊？一切苦樂興衰，南柯無二。」（同上）這裏的「君臣」，指的是他所建立的一切功名；「眷屬」，指的是他和公主所建立的家庭。他徹底體悟到兩者「螻蟻何殊」？這樣的淳于棼，也祇有遁入佛門了。清代學者梁廷柟曾說：「末折絕好，收束排場處，復盡情極態，全曲當以此爲冠冕也。」❶就是在講這一齣淳于棼夫婦的纏綿之情。

湯氏的劇本《紫釵記》、《牡丹記》都是體現他的「至情論」的。《南柯記》則是由「至情論」，逐漸過渡到社會批判的作品。淳于棼和公主的纏綿哀感之情，有湯氏「至情論」的

---

❶ 見《曲話》，卷三，頁二七六。

痕跡，淳于棼的勤政愛民又賦有湯氏對理想社會的期待在內。從淳于棼的一生際遇，可以看出湯氏思想的縮影。

二、論段功

李公佐的《南柯太守傳》中僅有右相，並沒有姓名，且在《南柯太守傳》中右相出現的次數不多，地位也不是那麼重要。在湯氏的《南柯記》中，右相的名字叫段功，他是個老謀深算的權臣，是淳于棼的政敵。最後淳于棼終於被他打倒。段功這一角色，一如《紫釵記》中的盧太尉、《邯鄲記》中的宇文融，是湯氏所塑造一系列權臣中的一位。

湯氏安排段功在第三齣〈樹國〉出場。是大槐安國王要請他一起出遊。他出場時，沒有像《邯鄲記》中的宇文融自我嘲弄一番，也不凸顯他的威風。當淳于棼被選爲南柯太守後，他覺得：「那淳于貴壻性豪杯酒，怎生任得邊州之守？」（第十七齣〈議守〉）所以，心中很憂愁。他所以認爲淳于棼不適合任南柯太守，是「怕此君權盛之後，於國反爲不便」，「性豪杯酒」，祇不過是段功的藉口而已。但段功也知道「君侯疏不間親」、「宮廷事又難執奏」，所以，祇好隱忍下來。

後來，因檀蘿進攻瀴江，瑤芳公主被困，淳于棼親自帶兵救援。另方面，守將周弁卻爲檀蘿所敗。淳于棼奏請朝廷治周弁之罪。這給段功一次對付淳于棼的好機會，段功說：

吾爲右相，每念南柯重地，駙馬王親，在郡二十餘年，威權太盛。常愁他根深不翦，尾大難搖。偶值公主困圍，塹江失事，得他威名少損，此亦不幸中之幸也。星夜駙馬奏來，請正將軍周弁之罪。俺將表文帶進，相機而行。（第三十二齣〈朝議〉）

段功馬上奏請淳于棼回朝，南柯太守的位子由田子華取代。沒料到，淳于棼回朝後竟官拜左丞相，位在段功之上，這使得他更耿耿於懷。

淳于棼之妻瑤芳病卒之後，爲了要安葬何處，段功與淳于棼發生嚴重的爭執：

〔生〕請問公主葬地，擇于何方？

〔右〕龜山一穴甚佳。

〔生〕龜山乃國家後門，何謂之吉？俺曾看見國東十里外蟠龍岡，氣脈甚好，何不請葬此地？

〔右〕蟠龍岡是國家來脈，還是龜山。

〔生〕右相不知，點龜者恐傷其殼。

〔右〕駙馬，便龍岡好，則枕龍鼻者也恐傷於脣。

〔生〕便是龜山，也要靈龜顧子，子在何方？

〔右〕便是龍岡，也要蟠龍戲珠，珠在那裏？

〔生〕俺只要子孫旺相。

〔右〕駙馬子女俱有門蔭，何在龍山？

〔生〕右相怎說此話？生男定要爲將相，生女兼須配王侯，少不的與國家咸休。此乃子孫萬年之計。

〔右背笑介〕好一個萬年之計。〔回介〕這也罷了，只是龍岡星峰太高，怕有風蟻之患。

〔生〕右相于此道欠精了。虎踞龍蟠，不拘遠近大小；蜂屯蟻聚，但取圓淨低回。何怕風蟻？

〔右笑介〕駙馬不怕蟻傷，再向丹墀回奏。（第三十六齣〈還朝〉）

這是兩人面對面正式的衝突。兩人也分別向國王報告龜山和蟠龍岡的好處。國王終於採納淳于棼的意見，順利安葬公主於蟠龍岡。對段功來說，好像打了一次敗仗。這時，因淳于棼有拜相之喜，國公、王親都來相賀，段功憤憤不平的說：「看駙馬相待各位老國公王親，氣勢盛矣。」「且自由他。冷眼觀螃蟹，橫行到幾時。」（第三十六齣〈還朝〉）

段功這時恰好得知淳于棼與瓊英郡主、靈芝夫人、上眞仙姑淫亂，並假借天象，「客星犯於牛女虛危之次」，以爲有社稷之憂。段功的一段自白，很可以看出他的嫉妒之心，段氏說：

淳于棼爲駙馬，久任南柯，威名頗盛，下官每有樹大根搖之慮。且喜公主亡化，欽取回朝，卻又尊居左相，位在吾上。國母以愛婿之故，時時召入宮闈，但有請求，無不如意，……。兼以南柯豐富，二十年間，但是王親貴戚，無不賂遺。……昨日回朝之後，勢要勳戚，都與交歡。其勢如炎，其門如市。……男女混淆晝夜無度。（第三十九齣〈象譴〉）

從這段話，除可看出段功對淳于棼的得勢大爲不滿，因爲這壓縮了他的活動空間；另外，也可看出王親貴戚的趨炎附勢。王親國戚，趨赴淳于棼這邊，段功自然要受冷落，這是段功身居右相以來，所未曾有過的經驗。他的忍受可能已達最大的極限。在忍無可忍之下，祇好藉有人向皇帝上書的機會，伺機打擊淳于棼。

當段功晉見國王時，兩人有一段頗爲精彩的對話：

〔王〕卿可知國中有人上書否？

〔右〕不知。

〔王〕書上說的凶，他說：玄象謫見，國有大恐。都邑遷徙，宗廟崩壞。他說玄象，是何星象也。

〔右〕正要奏知：有太史奏，客星犯于牛女虛危之次。

〔王〕那書中後面，又說：釁起他族，事在蕭牆。好令俺疑惑。

〔右〕是。這國中別無他族了。便是他族，亦不近於蕭牆。大王試思之。

〔王〕別無人了，則淳于駙馬，非我族類。

〔右〕臣不敢言。
〔王〕將有國家大變，右相豈得無言？
〔右〕啓奏俺王：（唱詞）虛危主都邑宗廟之事，牛女值公主駙馬之星，近來駙馬貴盛無比。（唱詞）
〔王惱介〕淳于棼自罷郡還朝，出入無度，賓從交遊，威福日盛。寡人意已疑憚之。今如右相所言，亂法如此，可惡！可惡！（唱詞）非俺族類，其心必異。
〔右〕臣謹奏：語云，當斷不斷，反受其亂。駙馬事已至此，千歲作何處分？（第三十九齣〈象譴〉）

段功眞是老謀深算，他用兩種方法逼迫國王處分淳于棼，一是藉古來迷信的天象，以爲「客星犯於牛女虛危之次」，國家必有災變。用災變造成國王的恐懼感。二是藉有人上書說到「釁起他族，事在蕭牆」，用「他族」、「蕭牆」來影射淳于棼。國王本身對淳于棼已有疑慮，經段功這一說，似乎恍然大悟，馬上決定處分淳于棼：「且奪了淳于棼侍衛，禁隨朝只許他居私第。」（第三十九齣〈象譴〉）這就是今人所說的軟禁。後來，淳于棼被送回故里，段功可就徹底得到勝利。

我們都知道，湯氏所作劇本有三位權臣，《紫釵記》的盧太尉，三番兩次陷害李益，最後李益與霍小玉團圓，盧太尉被削職。《邯鄲記》中的宇文融，也是三番兩次陷害盧生，最後，皇帝知道宇文氏的詭計，也被治以「欺君賣友」之罪。《南柯記》中的段功，雖沒有像盧太尉、宇文融，三番兩次陷害淳于棼，但淳于棼所以垮台，是因爲段功進讒，湯顯祖爲何沒有讓段功得到報應？也許是段功沒有盧太尉、宇文融那麼窮凶極惡，湯氏覺得不必將其置之死地？

第四節　語言描述技巧

王驥德的《曲律》，以爲湯氏的《紫簫》、《紫釵》，「第脩藻艷，語多瑣屑，不成篇章」，《牡丹亭》則「妙處種種，奇麗動人，然無奈腐木敗草，時時纏繞筆端。」（《曲律》，卷四，頁一六五）。至於《南柯》、《邯鄲》二記，則有相當正面的評價。王氏說：

> 《南柯》、《邯鄲》二記，則漸削蕪纇，俛就矩度，布格既新，遣詞復俊，其掇拾本色，參錯麗語，境往神來，巧湊妙合，又視元人別一谿徑，技出天縱，匪由人造。使其約束和鸞，稍閑聲律，汰其賸字累語，規之全瑜，可令前無作者，後鮮來喆，二百年來，一人而已。（《曲律》，卷四，頁一六五）。

王驥德這一段話對湯氏《南柯》、《邯鄲》二記的戲劇語言有非常高的評價。可惜，後人研究《南柯》、《邯鄲》二記，很少從語言的使用來窺見湯氏的作劇技巧。

要了解《南柯記》的語言使用技巧，可沿用分析《紫釵記》、《牡丹亭》的方式，仍舊從唱詞和賓白入手。《南柯記》的唱詞，綺語麗句已逐漸減少，大抵做到儘量符合唱者的身分，如第六齣〈謾遣〉，有溜二、沙三，是揚州城中有名的幫閒份子，他們出場時唱著：

〔字字雙〕〔溜二上〕小生家住在揚州，鋪後。祖宗七輩兒喜風流，自幼。衣衫破落帽兒颩，狐臭。能吹木屑槓扶頭，即溜。

〔前腔〕〔沙三上〕賤子姓沙行十三，名濫。就似水底月兒到十三，圓泛。六兒七兒巧十三，胡蘸。官司弔起打十三，扯淡。

這兩段話，完全是諢話，也唯有他們這種身分的人，才適合講這種諢話。湯氏也藉這種諢人講諢話來加強戲劇的效果。這類的諢話，在其他人物出現時，多多少少都有一些，如第二十一齣〈錄攝〉，南柯郡的府幕官和小吏出場時說：

〔字字雙〕〔丑扮府幕官上〕爲官只是賭身強，板障。文書批點不成行，混帳。權官掌印坐黃堂，旺相。勾他紙贖與錢糧，一搶。

〔前腔〕〔吏上〕山妻叫俺外郎郎，猾浪。吏巾兒糊得翅幫幫，官樣。飛天過海幾樁樁，蠻放。下鄉油得嘴光光。〔揖介〕銷曠。

從這兩支唱詞，可以看出這些地方下層官吏大多在鬼混日子，甚至魚肉良民。第二首用很多的俗語疊字，如「外郎郎」、「翅幫幫」、「幾椿椿」、「嘴光光」。在湯氏《南柯記》整個劇本中，這種俗語疊字的使用，所佔的比重相當多，這是湯氏由綺語轉向本色的明顯例證。

在第三十一齣〈繫帥〉中，淳于棼要處置周弁，周弁不服，所作的唱詞，充分反映了周弁草莽的個性，從這唱詞也可以看出湯氏對本色言語的使用，已到了化境。周弁唱著說：

〔北水仙子〕〔周〕呀，呀，呀，放你的呸！〔生惱介〕拿也！〔周取劍舞介〕拿，拿，拿的俺怒氣沖天舞劍暉。〔生〕焦了，你道俺拿不的你麼？掛起令旨旗牌來。〔掛起旗牌介〕〔田〕司憲公，酒放醒些，擡眼哩。〔周看作怕背介〕他，他，他叫俺掙著迷奚。〔抹眼介〕我，我，我，打些兒抹昧。〔回斜看介〕可，可，可，可怎生掛起了老君王令旨旗？你，你，你，你敢有甚麼密切欽依。〔衆〕周司憲，掛了令旨，不跪，是何道理？〔周反手介〕火，火，火，火的俺闖外將軍向闖內歸。少，少，少不的拖番硬腿隨朝跪。〔跪介〕〔生〕周司憲，可伏綁了？〔周〕周弁不是伏別人，這，這，這，這是俺爲臣子識高低。

這首曲子，反映一位武將本來不可一世的氣勢，最後在令旨旗下不得不低頭。曲子中應用不少疊字短語，很能反映周弁的個性。

當然，湯氏在塑造《南柯記》的語言時，也不僅善於塑造這些低層人物的語言而已。對於淳于棼和瑤芳公主間纏綿的愛情，所用的篇幅並不多，但仍有不少至情至性的唱詞，令人感動。如第四十四齣〈情盡〉，瑤芳公主在雲端裡，淳于棼從地面上苦苦哀求他下來。並希望重做夫妻。

〔南江兒水〕我日夜情如醉，相思再不衰。公主，我怕你生天可去重尋配？你昇天可帶我重爲贅？你歸天可到這重相會？三件事你端詳傳示。〔哭介〕你便不然呵，有甚麼天上希奇，也弔下咱人間爲記。

〔南僥僥令〕我入地裏還尋覓，你昇天肯放伊？我扯著你留仙裙帶兒拖到裏，少不得蟻上天時我則央及蟻。

這兩支曲子，表現淳于棼對瑤芳公主眞摯的情愛，情之令人動容。梁廷枏的《曲話》說：「末折（按：指〈情盡〉），收束排場處，復盡情極態，全曲當以此爲冠冕也。」（卷三，頁二七六）

再就賓白來說，《南柯記》中的賓白，也極力做到說一人肖一人，充分反映出人物的個性。如第二齣〈俠概〉，淳于棼的自白：

小生東平人氏，復姓淳于，名棼。始祖淳于髡，善飲，一斗亦醉，一石亦醉，頗有滑稽之名；次祖淳于意，善醫，一男不生，一女不死，官拜倉公之號。傳至先

> 君，曾爲邊將。投荒久遠，未知存亡。至于小生，精通武藝。不拘一節，累散千金。養江湖豪浪之徒，爲吳楚遊俠之士。曾補淮南軍裨將，要取河北路功名。偶然使酒，失主帥之心；因而棄官，成落魄之像。

這段話講了許多荒誕語，淳于髡是戰國時人，淳于意是漢文帝時人，二人在湯氏筆下竟成父子。淳于意既然是「一男不生」，何以會有後代？這些矛盾荒唐的話，無非要增加戲劇動人的效果，以吸引觀衆。第六齣〈謾遣〉，溜二的自白也頗有這種效果。溜二說：

> 自家揚州城中有名的一個溜二便是。一生浪蕩，半世風流。但是晦氣的人家，便請我撮科打閧；不管有趣的子弟，都與他鑽懶幫閒。手策無多，口才絕妙。有那等弔眼子，敲他幾下，叫做打草驚蛇；無過是脫稍鬼，鬆他一籌，則是將蝦弔鯉。著甚麼南莊田，北莊地，有溜二便是衣食父母；難起動東鄰邀，西鄰請，則沙三是個酒肉弟兄。知音的說是個妙人、好人、老成人；少趣的叫我敗子、倈子、光棍子。且自由他笑罵，只圖自己風光。

這溜三的自白，就是一副幫閒份子的說詞，讀了不禁令人發笑。除了這些低層人物的自白有相當的趣味性外，湯氏也善於利用低層人物的賓白來製造戲劇效果。第二十一齣〈錄攝〉，府幕官和小吏的對話，也充滿趣味性。

〔丑惱介〕咄！幾時不上公堂望，搖搖擺擺來銷曠。莫非欺負俺老權官，教你乞拷在眉毛上。

〔吏跪介〕恩官輿頭忒莽撞，百事該房識方向。

〔作送雞介〕下鄉袖得小雞公，送與恩官五更唱。

〔丑〕好個雞兒，雞兒。

〔吏〕聽得老爺好睡覺，出堂忒遲，因此告狀的候久都散了。小的想起來，老爺寸金日子不可錯過。小的下鄉，撈的兩隻小雞，母的宰了，公的送爺報曉。一日之計，全在于寅。

〔丑〕有意思，有意思，我的都公請起。

這段話在本章第二節主題思想，也約略提到，主要是要諷刺官僚的腐敗。這裡是要從他們的對話中來看出語言使用的簡鍊扼要。從這種精鍊的語言來觀察湯氏在寫作劇本時的用心所在。在第三十齣〈帥北〉，描寫周弁和戰士沈溺於酒，其中的對話也相當精彩。

〔內鼓介〕報，報，檀蘿賊到城下了。

〔周〕由他，且飲酒。

〔內急鼓介〕報，報，報，檀蘿賊先鋒挑戰。

〔周作惱介〕這賊好無禮，酒剛喫到一半，則管衝席。眾軍，乘酒興殺出城去。

〔衆應介〕臉從醉後如關將，酒尚溫時斬華雄。

〔賊唱介前上〕把都們，搶進塹江去！

〔周領衆上〕來者莫非檀蘿賊乎？

〔戰介〕〔周衆作醉不敵〕〔賊趕下介〕〔周急上〕眾軍，再取一大觥燒酒來，戰的渴也。

這段簡短的對話把嗜酒的周弁，在戰況危急時仍嗜酒如命的神態描寫得栩栩如生，從這裏也可看出湯氏運用語言的技巧，是如何高明了。

第八章 《邯鄲記》的戲曲藝術

第一節 本事探源

有關《邯鄲記》的故事來源，前人有數種說法：

1.本於馬致遠《黃粱夢》雜劇。焦循《劇說》：「元人馬致遠《黃粱夢》雜劇，爲鍾離度呂洞賓事，……湯若士本之作《邯鄲夢》。」（卷五）

2.本於臧晉叔彈詞。明徐復祚《三家村老曲談》云：「玉茗堂四傳，臨川湯若士顯祖先生作也，其《南柯》、《邯鄲》二傳，本臧晉叔懋循先生所作元人彈詞來，晉叔既以詞造其端，復爲改正四傳，以訂其訛。」

3.本於《枕中記》。梁紹壬《兩般秋盦曲談》：「湯玉茗邯鄲夢，全組織唐李泌《枕中記》而成。」青木正兒《中國近世戲曲史》第九章：「《邯鄲記》據唐李泌之小說《枕中記》。」

以上三種說法有分別加以討論的必要。第一種說法，青木正兒的《中國近世戲曲史》並加以辨證說：「先於此記者（指《邯鄲記》）元馬致遠有《邯鄲道省悟黃粱夢雜劇》，此劇作鍾離權於邯鄲途中度脫呂洞賓之事，與盧生事無關，而此記（指《邯鄲記》）專以唐人小說爲根據，非模倣馬致遠之作。」（第九章，頁二四五）青木正兒的說法非常正確。湯顯祖《邯鄲記》不本於馬致遠之雜劇，已成定論。

第二種說法，李景雲《湯顯祖邯鄲記研究》曾加以辨證說：「徐復祚謂《邯鄲夢》本於臧晉叔彈詞而作，然臧懋循之彈詞今不復見，故徐氏之說是否可靠，無法斷言。倘《邯鄲記》眞由臧氏彈詞潤飾而來，則就故事內容及角色上著眼，無論如何吾人可由《枕中記》與《邯鄲記》關係之密切而推知臧氏之作，或亦本《枕中記》而成。」（頁五三）按：臧晉叔、湯顯祖都是明萬曆間人，根據當時寫作劇本的慣例，很少以同時人的作品爲底本來加以敷演。湯氏的《邯鄲記》，並非根據臧晉叔的作品而成，似也可成定論。

第三種說法，以《枕中記》爲李泌所作，並不正確，該書的作者應是沈既濟。❶今人盧惠淑對《邯鄲記》和《枕中記》間之關係，已作深入之比較研究❷，《邯鄲記》是根據《枕中記》敷演而成，殆無疑義。

但是，整個《枕中記》之故事內容，也非沈既濟個人之獨創，而是承六朝時代的志怪小

❶ 有關《枕中記》作者的研究，可參考：①王夢鷗：〈枕中記及其作者〉，《幼獅學誌》第五卷二期（一九六六年十二月）。②王夢鷗：《沈既濟生平及其作品補敘》，《國立政治大學學報》第二六期（一九七二年十二月）。③李仕漢：〈枕中記及其作者之考證〉，《中國文選》第八九期（一九七四年九月）。

❷ 見盧惠淑：《枕中記、南柯太守傳與邯鄲記、南柯記之比較研究》（臺北：臺灣師範大學國研所博士論文，一九八八年六月）。

說而來。就今所知，六朝時，至少有兩本書收有類似的故事。一是干寶《搜神記》中有焦湖廟祝以玉枕使楊林入夢的事。魯迅的《中國小說史略》、鄭振鐸的《插圖本中國文學史》、孟瑤的《中國小說史》皆以《枕中記》即本於此篇。❸今本《搜神記》並無焦湖廟祝一條，宋人樂史的《太平寰宇記》第一二六卷，卻引有此文。根據《四庫全書總目》的說法，《太平寰宇記》引《搜神記》舊本之文甚多，可見舊本《搜神記》中應有此文。

另一是劉義慶的《幽明錄》。劉氏書今已亡佚，該故事今收入《太平廣記》卷二八三，下題《幽明錄》。這則故事的全文如下：

> 宋世焦湖廟有一柏枕，或云玉枕，枕有小坼。時單父縣人楊林爲賈客，至廟祈求。廟巫謂曰：「君欲好婚否？」林曰：「幸甚。」巫即遣林近枕邊，因入坼中。遂見朱樓瓊室，有趙太尉在其中。即嫁女與林，生六子，皆爲秘書郎。歷數十年，並無思歸之志，忽如夢覺，猶在枕旁。林愴然久之。

沈既濟大概根據這故事的芻型敷演成《枕中記》。《枕中記》流傳開來後，陳翰曾略作修改❹，收入《異聞集》中。到了宋初，《文苑英華》卷八三三〈寓言類〉，收有《枕中記》的

---

❸見魯迅：《中國小說史略》（坊印本），頁七九；鄭振鐸：《插圖本中國文學史》（北京：文學古籍刊行社，一九五九年），頁三八二；孟瑤：《中國小說史》（臺北：傳記文學出版社，一九六九年）。

❹如將邸舍主人「蒸黍」，改作「蒸黃粱」。

故事；稍後的《太平廣記》卷八二〈異人類〉，也收有這故事，但改名為《呂翁》。《文苑英華》和《太平廣記》所收的，內容略有不同，或以為《文苑英華》的本子，出自當時單篇流傳的《枕中記》。《太平廣記》的本子，出自陳翰的《異聞集》❺。

如果將〈楊林〉故事和《枕中記》的故事加以比較，可以看出故事由簡入繁的演化過程。

㈠就人物姓氏、籍貫來說：〈楊林〉故事中引人入夢者是廟巫，並沒有名姓。《枕中記》這個人物叫呂翁，有姓無名。〈楊林〉故事中的男主角叫楊林，有名有姓，且明說是單父縣人。《枕中記》的男主角叫盧生，有姓無名，且未有籍貫。〈楊林〉故事中有趙太尉，其女嫁給楊林，即女主角。《枕中記》中並沒有趙太尉，嫁給盧生的是崔氏女，也沒有說崔氏女的父親是誰。〈楊林〉故事中，楊林與妻生六子，各個兒子都沒有名字。《枕中記》中盧生與妻生五子，都有名字。

㈡就情節的發展來說：〈楊林〉故事，對楊林數十年間的行事都沒有交待，僅說「歷數十年，並無思歸之志」。《枕中記》中的盧生，自登進士第之後，至少歷經人生的四個階段，前兩個階段是立功時期，後兩個階段，則是待罪的時期。茲敘述如下：⑴「陝西鑿河八十里，以濟不通，邦人利之，刻石紀德。」；⑵大破吐蕃，「斬首七千級，開地九百里，築三大城以遮要害，邊人立石於居延山以頌之。」；⑶「為時宰所忌，以飛語中之」，貶為端州刺史。三年後回朝，後與蕭嵩、裴光庭同執大政十餘年，號為賢相；⑷「同列害之，復誣與邊

❺　參見姜妗妹：《湯顯祖邯鄲夢記研究》（臺北：臺灣師範大學國研所碩士論文，一九八九年五月），頁六六。

將交結，所圖不軌」，因而下獄。引刃自刎時，其妻救之，貶驩州，數年後，赦還，復追爲中書令。對盧生來說，這四個階段可說是酸甜苦辣，對小說的效果來說，更是高潮迭起。後來，湯顯祖的《邯鄲記》情節的發展，所以能充分發揮戲劇衝突的效果，實因《枕中記》爲他奠定了良好的基礎。

㈢就作品的結局來說：〈楊林〉故事的結局很簡單，僅說：「忽如夢覺，猶在枕旁。林愴然久之。」並無道德教訓，也未交待男主角對人生有何領悟。《枕中記》的結尾，則極具深刻的人生啓示意義。當盧生夢醒時，呂翁對他說：「人生之適，亦如是矣。」盧生若有所失，然後答謝說：「夫寵辱之道，窮達之運，得喪之理，死生之情，盡知之矣。此先生所以窒吾欲也。敢不受教。」這段話也點出了這篇小說的主題思想。

湯顯祖的《邯鄲記》大體根據《枕中記》的內容，鋪陳爲長達三十齣的傳奇。如就其內容細加分析，仍有不少異同。爲使讀者了解湯顯祖這一劇本和《枕中記》間的繼承和發展關係，茲將兩者的異同比較如下：

㈠就人物來說：《枕中記》中引人入夢的僅叫呂翁，《邯鄲記》中則是有名有姓的呂洞賓❻。

---

❻ 湯顯祖將《枕中記》的「呂翁」，實其名爲「呂洞賓」，實沿宋人之誤，吳曾《能改齋漫錄》曾加以辨證說：「唐《異聞集》載沈既濟《枕中記》，云開元中道者呂翁經邯鄲道上邸舍中，以囊枕借盧生睡事，此之呂翁，非洞賓也。蓋洞賓嘗自序以爲呂渭之孫，渭仕德宗朝，今云開元中，則呂翁非洞賓無可疑者。而或者以爲開元，想是開成字，亦非也。開成雖文宗時，然洞賓度此時未可稱翁。案本朝國史，稱關中逸人呂洞賓年百餘歲，而狀貌如嬰兒，世傳有劍術，至陳摶室。若以國史證之，止云百歲，則非開元人明矣。《雅言系述》有呂洞賓傳，云：『關右人，咸通初舉進士不第，值巢賊爲梗，攜家隱居終南，學『老子法』云。以此知洞賓乃唐末人。』」（卷一八）

《枕中記》的盧生，僅說：「舉進士，登第」，到底是靠實力，或其他手段取得進士，並沒有說明。但《邯鄲記》中的盧生是中了狀元，所以能中狀元，是因其妻崔氏賄賂了當朝的大小官員，所以「取狀元如反掌」。在《枕中記》中，盧生所以去鑿河、征吐蕃，似乎都是皇帝的意思。《邯鄲記》中則塑造了反面角色的宇文融。自從盧生中狀元，宇文融看不順眼，加上盧生有意冷落宇文融。因此，宇文融三番兩次使出各種詭計來陷害盧生，鑿河、征蕃，都是詭計的一部分。另外《枕中記》中所說的「爲時宰所忌」、「同列害之」，《邯鄲記》也都把它算在宇文融的帳上。可以說，宇文融是《邯鄲記》情節發展最關鍵性的人物。該劇中的一切衝突、高潮，也皆因宇文融而起。湯顯祖所以要塑造宇文融這一人物，就如同在《紫釵記》中塑造盧太尉一樣，他們都是封建官僚邪惡的象徵。

㈡就劇情的發展來說：《枕中記》的情節發展，因盧生各個時期人生的際遇不同，也有各種高潮出現，但不像《邯鄲記》中有個邪惡的宇文融，所以較缺乏衝突所產生之高潮。《枕中記》中盧生被貶有兩次，一次是征吐蕃回來後，「爲時宰所忌」，貶爲端州刺史，三年後回朝，執朝廷大政。另一次是因「同列害之，誣與邊將交結」，貶謫至驩州，後皇帝知其冤情，復追爲中書令。《邯鄲記》則將這兩次事件，合爲一件，湯顯祖所以要這樣改寫，似乎要以一次最關鍵性的衝突，將劇情的發展拉到最高潮。湯顯祖的這點用心，是我們分析《邯鄲記》劇情安排時，應該細心去體會的。

㈢就文字的承襲來說：除了人物、情節間的異同關係，我們也可以發現，《邯鄲記》中也有不少文字是承襲自《枕中記》的，如：

1.盧生歎息曰：「大丈夫生世不諧，困如是也！」（《枕中記》）

盧生：「大丈夫生世不諧，而窮困如是乎？」（《邯鄲記》第四齣〈入夢〉）

2.生曰：「吾此苟生耳。何適之謂？」翁曰：「此不謂適，而何謂適？」（《枕中記》）

生曰：「吾此苟生耳，何得意之有？」呂：「此而不得意，何等爲得意乎？」（《邯鄲記》第四齣〈入夢〉）

3.（生）答曰：「士之生世，當建功樹名，出將入相，列鼎而食，選聲而聽，使族益昌而家益肥，然後可以言適乎。」（《枕中記》）

生：「大丈夫當建功樹名，出將入相，列鼎而食，選聲而聽，使宗族茂盛而家用肥饒，然後可以言得意也。」（《邯鄲記》第四齣〈入夢〉）

4.生謂妻子曰：「吾家山東，有良田五頃，足以禦寒餒，何苦求祿？而今及此。思衣短褐，乘青駒，行邯鄲道中，不可得也。」（《枕中記》）

（生哭介）：「夫人，夫人，吾家本山東，有良田數頃，足以禦寒餒，何苦求祿，而今及此？思復衣短裘，乘青駒，行邯鄲道中，不可得矣。」（《邯鄲記》第二十齣〈死竄〉）

5.（生）上疏曰：「臣本山東諸生，以田圃爲娛。偶逢聖運，得列官敘。過蒙殊獎，特秩鴻私，出擁節旌，入昇台輔。周旋中外，綿歷歲時。有忝天恩，無裨聖化。負乘貽寇，履薄增憂，日懼一日，不知老至。今年逾八十，位極三事，鐘漏並歇，筋骸俱耄，彌留沈頓，待時益盡。顧無成效，上答休明，空負深思，永辭聖代。無任感戀之至！謹奉表陳謝。（《枕中記》）

（長念介）：臣本山東書生，以田圃爲娛。偶逢聖運，得列官序。過蒙榮獎，特受鴻私。出擁旌鉞，入升鼎輔。周旋中外，綿歷歲年。有忝恩造，無裨聖化。負乘致寇，履薄臨兢。日極一日，不知老之將至。今年八十餘，位歷三公。鐘漏並歇，筋骸俱敝。彌留沈困，殆將溘盡。顧無誠效，上答休明。空負深恩，永辭聖代。臣無任感戀之至！謹奉表稱謝以聞。（《邯鄲記》第廿九齣〈生寤〉）

6. 詔曰：「卿以俊德，作朕元輔。出擁藩翰，入贊雍熙。昇平二紀，實卿所賴。比嬰疾疹，日謂痊平。豈斯沈痼，良用憫惻。今令驃騎大將軍高力士就第候省。其勉加鍼石，爲予自愛。猶冀無妄，期於有瘳。」（《枕中記》）

詔曰：「卿以俊德，作朕元輔。出雄藩垣，入贊緝熙。昇平二紀，實卿是賴。比因疾累，日謂痊除。豈遽沈頓，良深憫默。今遣驃騎大將軍高力士就第省候，卿其勉加針灸，爲朕自愛。深冀無妄，期於有喜。（《邯鄲記》第廿九齣〈生寤〉）

從上文的排比核對，可以窺知湯氏《邯鄲記》承襲了《枕中記》中的部分文字，承襲時僅稍稍更換部分字句而已。因而湯氏之《邯鄲記》是以《枕中記》爲藍本，在此也得一更有力的佐證。

當然，《枕中記》也祇不過提供故事情節的骨架，就如同畫畫時祇畫了樹幹，其他的枝葉還是得由湯顯祖來加上去。這種加枝添葉的工作，以湯氏的博學多才，可說添加的既豐富又徹底，這從《邯鄲記》第十一齣〈鑿郟〉、十四齣〈東巡〉，第十六齣〈大捷〉、十七齣〈勒功〉等，就可以看得很清楚，這裏不再贅述。有時湯氏在馳騁其豐富的想像力時，偶而也不免將時空錯亂。一個很明顯的例子是第四齣〈入夢〉，盧生和呂洞賓在趙州橋一家飯店相會時的一段對話：

〔呂〕貧道姓回，從岳陽樓過此。足下高姓？

〔生〕小子盧生是也。久聞的個岳陽樓，景致何如？

〔呂〕有〈岳陽樓記〉一篇，略表白幾句你聽：「夫巴陵勝狀，在洞庭一湖。啣遠山，吞長江；浩浩蕩蕩，橫無際涯；朝暉夕陰，氣象萬千。此則岳陽樓之大觀也。北近巫峽，南極瀟湘，仙客騷人，多會於此。覽物之情，得無異乎？若夫霪雨霏霏，連月不開；陰風怒號，濁浪排空；日星隱曜，山岳潛形；商旅不行，檣傾檝摧；薄暮冥冥，虎嘯猿啼。登斯樓也，則有去國懷鄉，憂讒畏譏，滿目蕭然，感極而悲者矣。至若春和景明，波瀾不驚；上下天光，一碧萬頃；沙鷗翔集，錦鱗游泳；岸芷汀蘭，郁郁青青。而或長煙一空，皓月千里；浮光躍金，靜影沈璧；漁歌互答，此樂何極。登斯樓也，則有心曠神怡，寵辱皆忘，把酒臨風，其樂洋洋者矣。

湯氏藉呂洞賓之口，把〈岳陽樓記〉吟詠了一遍，他似乎忘記〈岳陽樓記〉是宋初范仲淹之作品，唐末的呂洞賓怎知吟詠宋初的作品？這可以說是湯氏喜賣弄文才，偶而失察所造成的錯誤。

另一個例子是八仙的故事。第三十齣〈合仙〉中提到的八個仙人是漢鍾離、曹國舅、李孔目、何仙姑、藍采和、韓仙子、張果老、呂純陽等八人，是七男一女。其實，八仙故事是從唐至宋逐漸形成的。唐朝時，八仙的名稱非常空泛，隨時可以將八個人合稱爲八仙。宋朝時，這些仙人的畫像大多獨立出現，元人始有合畫八仙圖像的慶壽圖。而當時的八仙，八位都是男性，除前述七位外，另一位是徐神翁。但到明嘉靖、萬曆間所見之八仙，徐神翁已爲何仙姑取代。可見何仙姑加入八仙的時間相當晚❼。湯氏時代的八仙有何仙姑，在撰寫以唐代爲背景的劇本時，也不知不覺把明代的事實加了上去。

第二節 主題思想

《邯鄲記》自從完成以後，有不少學者給予相當高的評價，直到民初也是如此。但近數十年來卻有相當不同的看法，如龍傳仕所作〈試論湯顯祖的戲劇創作〉一文曾說：「四夢，尤其是《南柯記》、《邯鄲記》，反映了湯顯祖嚴重的精神與藝術危機」，「兩部劇作基本的藝術特點是以宗教作爲劇本的主題，都是以夢幻的形式來宣揚宗教，表現了脫離現實生活

❼ 參見浦江清：〈八仙考〉，《清華學報》第一一卷一期（一九三六年一月），頁八九—一三六。

的出世思想，要求人們從宗教裏去尋找救世良方，成佛成仙就是一條解脫苦難的人生道路與終極目的。」❶龍氏以為二夢的主題是「以宗教作為劇本的主題」，二夢是要來宣揚宗教的。近年，大陸學者對此一看法提出反駁，並重新檢討二夢的主題的甚多❷。筆者以為唯有先確《邯鄲記》的主題是什麼，才比較容易對它作出正確的評價，有正確的評價，才能彰顯此一劇作的時代意義。

要討論《邯鄲記》的主題，必須先略為回顧此劇的作成時代。根據本書第三章的敘述，此劇作於明萬曆廿九年（一六〇一），湯氏五十二歲。這年，正是湯氏被吏部以「浮躁」正式罷職閒居的一年，他在給朋友的信中寫道：「問黃粱其未熟，寫盧生于正眠。蓋唯貧病交連，故亦嘯歌難續。」❸可見湯氏在寫作《邯鄲記》時，日子過得非常艱苦困頓。如從該劇的內容來說，是作者數十年宦海生涯的總結，也是他滿腔孤憤的發洩。

有這樣的認識以後，再來看看《邯鄲記》的內容，要了解它的主題就比較容易掌握。在全劇三十齣中，寫夢的就佔了廿六齣，在這二十六齣中，湯氏藉盧生之入夢和夢醒，這數

---

❶ 見《光明日報·文學遺產》，第五〇三期，一九六五年三月二一日。

❷ 如：(1)郁華、萍生：〈邯鄲夢新探〉，收入《湯顯祖研究論文集》（北京：中國戲劇出版社；一九八四年五月），頁三二八—三四五。(2)曾獻平：〈論邯鄲夢〉，同上，頁三四六—三七二。

❸ 見《湯顯祖集》，卷四七〈玉茗堂尺牘〉之四，頁一三五三，〈答張夢澤〉。

十年的生命歷程來呈現盧生悲歡離合的生活。從這敘述過程中來批判當時整個政府體制，甚至整個社會的腐化頹唐，說它是一部明末的官場現形記，也不為過。曾獻平的〈論邯鄲夢〉曾說：「我們不難發現《邯鄲夢》的創作意圖，並不是簡單地給人們申述一個虛無飄渺的仙佛故事，而是在神仙道化的傘蓋之下，蘊藏著一個更加嚴肅更加現實的內容，這就是對社會的批判。」❹是的，《邯鄲記》就是對明末官場社會的批判。

它的批判並非針對某一人某一事而作，而是對明末整個官場人物的揶揄和嘲諷，上至皇帝，下至點丁兒的小官，幾乎都無法倖免，下面將分別舉例加以說明，以便證成前文所說的《邯鄲記》的主題。

一、對皇帝的嘲諷

當時的皇帝是明神宗萬曆皇帝。萬曆在位時，不理朝政，綱紀敗壞，本書第二章已有論述。湯氏《邯鄲記》藉唐玄宗開元皇帝的種種荒謬行為，來針砭當時的萬曆皇帝，用意是很明顯的。現在，根據劇本情節的發展，來看看湯氏如何來諷刺當時的皇帝。

首先，盧生被貶到陝州鑿河，完成後，迫不及待地奏請皇帝來「東遊觀覽勝景」，皇帝果然接受邀請。善於享樂的開元皇帝，「不安本分閑行，又不用男丁擺櫓，要一千個裙釵唱

---

❹《湯顯祖研究論文集》，頁三四六—三七二。

著采菱」（第十三齣〈望幸〉）盧生當然下令照辦。新河驛丞親選了九百九十八個，少了兩個，祇好以兩名囚婦來充數。驛丞要這兩個囚婦練習打歌，以便向皇帝獻唱，打歌的方法是：「將月兒起興，歌出船上事體，每句要『彎彎』二字，中兩句要打入『帝王』二字，要個尾聲兒有趣。」其中一囚婦就唱出：「月兒彎彎貼子天，新河兒彎彎住子眠。手兒彎彎抱子帝王頸，腳頭彎彎搭子帝王肩。帝王肩，笑子言，這樣的金蓮大似船。」（同上）驛丞大爲高興，連呼：「歌的好，歌的好，中了君王之意。」並再教第二個囚婦：「你要四個『尖尖』，中間兩句也要『帝王』二字，也要個俏尾聲兒。」該囚婦馬上唱出：「月兒尖尖照見子屋⿰釒予，鐵釘兒尖尖篡子篙。嘴兒尖尖貫子帝王耳，手兒尖尖摸帝王腰。帝王腰，著甚麼喬？天上船兒也要俺地下搖。」驛丞也連聲稱「妙、妙、妙」。要他們多加練習，以免「觸誤了聖體」。這可說是絕大的諷刺，本來用囚婦來爲皇帝獻歌，已是對皇帝的莫大褻瀆，還反諷說，不要「觸誤了聖體」。另外，這兩個囚婦所唱採菱歌裏，說要「抱帝王頸」、「搭帝王肩」、「貫帝王耳」、「摸帝王腰」，也是對皇帝的大不敬，每一句都在觸聖體，卻要反諷說不要誤觸聖體。湯氏寫作技巧的高妙，在此也可看出一二。而當時皇帝之奢侈、荒淫，不顧人民死活的罪行，也充分暴露了出來。

其次，第十四齣〈東巡〉，昏庸的皇帝正在欣賞「水天一色」時，忽聞邊報，說吐蕃入侵，立即六神無主：「急忙間扈駕的難差調。酸溜溜的文官班裏，誰誦過兵書去戰討？」這種征戰的事，本應由武將來出征，他卻要從文官裏來找人。由於和大臣間的關係相當疏遠，根本不知道那一個「誦過兵書」。一位國君昏庸到這種地步，也祇能受人擺佈。這就是宇文融多次詭計得逞的原因所在。這時皇帝祇好依照宇文融的意思，派盧生去征戰吐蕃。自明中葉起，北方的俺答常舉兵侵犯山西、河北一帶，湯氏出生那年，俺答的騎兵直犯北京城下，當時君臣束手無策。萬曆十八年（一五九〇）火落赤部又進兵青海和甘肅南部，明朝副總兵敗死，首相申時行一味求和；湯氏友人萬國欽因主戰受懲處。湯氏對此事十分憤慨，先後作〈河州〉、〈吊西寧帥〉、〈朔塞歌〉等詩，表達對朝廷政策的不滿。本劇所以用征戰吐蕃來諷刺皇帝的無能，是湯氏這種心理的反映。

其三，皇帝由於和大臣的關係相當疏遠，對每一大臣了解都很不足。不然以盧生鑿河三百里、征戰吐蕃闢地一千里的大勞，應該不是隨便一份奏章就可以把他置於死地的，但這事卻發生了。宇文融向皇帝上奏盧生通敵賣國，圖謀不軌，皇帝連派人調查，或找盧生來訊問都沒有，馬上押赴刑場處斬，正當千鈞一髮之際，忽傳：「聖旨到，留人，留人，留人！」而所謂聖旨是：「盧生罪當萬死，朕體上天好生之德，量免一刀，謫去廣南鬼門關安置，不許頃刻停留。」（第二十齣〈死竄〉）這樣一位大功臣，被皇帝封爲定西侯，加太子太保，兼兵部尚書，還朝同平章軍國事，集文武大權于一身的赫赫大員，一夜之間，不由分辯，即可身首分離，暴尸刑場。這種腐朽昏庸的皇帝，怎能取得臣民的信賴。這與湯氏當年上疏被謫，丟官家居，有相當類似的地方。湯氏一面想藉盧生的遭遇來譏刺皇帝的無能，一面也爲他當年的境遇，一吐心中之苦悶。

其四，當盧生從廣南鬼門關被赦回朝後，不但進爲宰相，兼掌兵權，還得到皇帝很多的賞賜。有「高閣樓台金玉裝」的大功臣坊，加上敕書閣、寶翰樓、醉錦堂、翠華台，以及湖山海子廿八所，還有良田三萬頃，園林二十一所，名馬三十匹。這已是豪奢到了極點。更荒唐的是，皇帝還撥了「吹彈歌舞都停當」的仙音院樂妓廿四名，以按二十四氣，讓盧生盡情的享用，盧生也因過度淫樂而喪失了生命。萬曆皇帝的荒淫無道是相當有名的，湯氏想用開元皇帝的荒淫來針砭當朝皇帝，用意十分明顯。

二、對當時官僚的譏刺

明萬曆朝的官僚腐敗，本書第二章已有論述。湯顯祖在各個劇本中對這種貪贓枉法、自私自利的官僚醜態，也時有反映。在《邯鄲記》中所描述的官僚人物，上至權臣，下至地方上的芝麻小官，都有一套「爲官之道」。宇文融這一權臣的爲非作歹，和盧生的好大喜功，將在第三節加以申論。現在先看看這兩個官僚之外的其他官僚在亂世中苟活偷生的嘴臉。第二十齣〈死竄〉，描寫盧生受陷害要論斬時，盧生之妻帶領兒子向高力士求情時，高力士感嘆的說：「滿朝文武，要他妻兒叫冤，可憐人也。」不但高力士有這種感嘆；盧生對這種人情的冷暖更是刻骨銘心。在貶謫投荒的路上，潭州太守送給他一小廝叫呆打孩。不久，老虎出現，盧生張傘打虎，老虎卻拖走了呆打孩。這時盧生邊走邊說：「我閒想起來，朝中黃羅涼傘，不能勾遮護我身，這一把破雨傘，到遮了我身；滿朝受恩之人，不能替我的命，到是呆打孩替了我命。」（第二十二齣〈備苦〉）朝中的黃羅涼傘比不上破雨傘；滿朝受恩之人，比不上一個呆打孩，這是盧生內心多大的感慨啊！同樣的盧生之妻在織坊受苦時，也痛苦的說：

「在此三年，滿朝仕宦，沒個替相公表白冤情。」（第二十三齣〈織恨〉）湯氏除了諷刺盧生的同僚，毫無正義感，見死不救外，他更在第廿四齣〈功白〉，安排吐蕃大將熱龍莽之子來朝，爲盧生洗刷罪名。這更是天大的諷刺。吐番在唐朝是不識《詩》、《書》，不達禮義的化外之民，他們竟然能回報當年盧生不殺其父之恩，不遠千里來爲盧生表白冤情，而自認知書達禮的朝中文武官員，卻噤若寒蟬，令人不禁要問，誰才是開化的文明大國？如果當時文武大臣能窺知湯氏的反諷之意，不愧煞才怪。

此外，湯氏對那些勢力眼的小官，也極盡諷刺之能事。如盧生的妻子崔氏，當初被封爲一品夫人的時候，何等風光，何等體面，一旦被沒爲官婢，打入織機坊，便受到外織坊大使和織造穿宮內使的百般凌辱。最可笑的應是，那遠在廣南的崖州司戶，不過是個小小的官，卻心狠手辣，以宇文融馬首是瞻。他開始以爲盧生與朝廷相知，或許未完全失勢，因而不敢輕舉妄動。後來，宇文融下密旨給他，要他結束盧生的性命，給他「欽取還朝」的好處，他便對盧生施加酷刑。當赦免盧生的聖旨來到時，這司戶以爲是欽取他回朝的聖旨，驚喜說：「我的宇文老爺，小官還不曾替你幹的事，就蒙你欽取我拜相回朝，領戴，領戴。」（第廿五齣〈召還〉）一個司戶怎可能回朝拜相，這不需要一點普通常識都可理解的，祇有司戶這種想做官想得發狂的人，才會做這種白日夢。當司戶知道聖旨是要召盧生回朝拜相時，馬上又換一副嘴臉，自縛階前，跪在盧生腳下請萬死之罪。湯氏把這種小官吏在官僚體系中如何逢迎上官，苟且偷生的醜態，作了赤裸裸的刻畫。

又官員中的爾詐我虞、虛僞矯情、自私自利，湯氏也略有暴露。如蕭嵩、裴光庭與盧生都是同年友。當宇文融要蕭嵩一起簽署上奏盧生通敵賣國時，蕭嵩本來簽名都用「一忠」，這次爲了逃脫罪名，勉強簽作「不忠」。表面看來，蕭嵩似還有同僚之情，其實也不過在臨危時，爲自己脫罪的權宜之計而已。最令人印象深刻的是第廿八齣〈友嘆〉，蕭嵩、裴光庭一起去探望生病的盧生，看盧生大概已沒有希望了，蕭嵩竟向裴氏說：「盧老先既有此失，勢必蹺蹊，且喜年兄大拜在即了。」這就是幸災樂禍。連同年友都用這種態度相待，人間還有何眞情可言？

在湯氏筆下的大小官員，儘管身分不同，性格各異，但個個自私、虛僞、貪婪、惡毒，且迎合朝貴、貪贓枉法、欺侮善良、見錢眼開。這樣的一個官僚世界，可說是一座活地獄❺。就這方面來說，說《邯鄲記》是一部官場現形記，也不爲過。

三、對科舉弊端的批評

《邯鄲記》中對科舉弊端的描述，也是相當露骨的。盧生娶了清河崔氏女後，崔女要他參加科舉考試。可惜，盧生並沒有興趣。她卻告訴盧生「奴家再著一家兄相幫引進，取狀元

❺ 見郭紀金：〈從夢幻意識看湯顯祖的二夢〉，收入《湯顯祖研究論文集》（北京：中國戲劇出版社，一九八四年五月），頁三八三—四一四。

如反掌耳！」（第六齣〈贈試〉）盧生當眞以爲其妻在京城有一兄長。以下一段對話，可說極盡諷刺之能事：

〔生〕這等，小生到不曾拜得令兄。
〔旦〕你道家兄是誰？家兄者，錢也。奴家所有金錢，儘你前途賄賂。
〔生笑介〕原來如此，感謝娘子厚意。聽的黃榜招賢，盡把所贈金資，引動朝貴，則小生之文字字珠玉矣。（第七齣〈奪元〉）

盧妻到底賄賂了那些人，湯氏並沒有指出來。但是我們從高力士跟宇文融的對話也可窺知一二。高力士說：「老先不知，也非萬歲爺一人主裁，他與滿朝勳貴相知，都保他文才第一。便是本監，也看見他字字端楷哩。」（同上）可見接受賄賂的不僅滿朝文武官員，連皇帝和太監高力士也都有份。所以，皇帝才將盧生從落卷中撿了回來，翻作第一，中了狀元。

不僅盧生中狀元是用賄賂而來，和盧生一同中進士的，蕭嵩是梁武帝蕭衍之後，裴光庭是前宰相裴行儉之子，他們靠的是打通宰相宇文融的關節，才從次品堆裏提上來做二、三名。科舉制度敗壞到這等地步，能不令人擲筆三嘆。事實上，湯氏所以要極力暴露科舉的弊端，誠如本書第二章所述，是和他本身的遭遇有十分密切的關係。萬曆年間首相張居正之子嗣修、懋修，榜眼、狀元及第，皆由太監馮保傳旨特擢，這與盧生之由高力士特擢有什麼兩樣。也因爲湯氏不願巴結張居正，這兩次考試他都落第。當時的知識分子如不依附權臣，又不行賄賂，要取得功名，就有相當的困難。《邯鄲記》表面上說的是唐開元間的事，其實句句都指實著明萬曆間的腐敗。

從以上的論述，《邯鄲記》是怎樣的劇本，它的主題如何，已相當清楚。剩下來要討論的是，《邯鄲記》既是一部「官場現形記」的諷刺性劇本，爲何夾帶有不少的佛道思想。以致某些學者以爲該劇本帶有相當成分的消極避世思想？

要討論這一問題，我們得從《邯鄲記》第廿九齣盧生夢醒後，八仙度盧生到海外的仙山，做一清潔工。這與盧生平常所享受的榮華富貴可說有天淵之別。如果說，湯氏想用佛道思想來勸人出世，這清道夫的位子未免引誘力太小了。一般人以爲湯氏讓八仙度盧生爲提倡佛道思想，這點可能把湯氏的想法看得太淺。我們在《邯鄲記》中雖可看出曲文和說白中，時有道教的用語出現，但未向人們灌輸眞正的道教思想，即道教的服餌、導引、胎息、內丹、外丹、符籙、房中、辟穀等術，還有齋醮、祈禱、誦經、禮懺等儀式，也都不曾出現。劇本中請八仙來幫盧生跳出樊籠而已❻。湯氏的用意既是如此，何以要披這件外衣，讓讀者引起誤解呢？

根據洪武年間所制訂的《御制大明律》：「凡樂人搬做雜劇戲文，不許妝扮歷代帝王后妃、忠臣烈士、先聖先賢神像，違者杖一百；官民之家，容令妝扮者與同罪。其神仙道扮及義夫節婦，孝子順孫，勸人爲善者，不在禁限。」也因爲這樣，當時就給神仙道化劇開了方

❻ 見郭紀金：〈從夢幻意識看湯顯祖的二夢〉，收入《湯顯祖研究論文集》，頁三八三—四一四。

便之門❼。湯氏的《邯鄲記》就是用這種神仙道化來當做擋箭牌，在這一盾牌之下來進行他的政治、社會批判。學者如能從這個角度來理解《邯鄲記》，才能較深入了解湯氏作此劇的眞正用意。

第三節　人物形象分析

一、論盧生

盧生是《邯鄲記》中的男主角，他本是山東人氏。在岳陽樓遇見呂洞賓，因慨嘆人生不得意，呂洞賓乃送他一枕。盧生由枕入夢，經歷數十年的酸甜苦辣，夢醒時，所住客棧主人的黃粱尚未煮熟。由於盧生嚐盡了人生的悲歡離合，遂由八仙引度到海外仙山中當個清道夫。湯氏筆下的盧生，他和一般小說、戲曲中的男主角，有相當多的不同，即他的性格相當複雜，他有一般士大夫所共有的陋習，也有一般士大夫所望塵莫及的清新之氣。這種複雜多樣性，正是湯氏劇本中男主角共通的特色。本文分析盧生，也特別著重在這一點的論述。

盧生娶了崔氏女之後，其妻鼓勵他求取功名，但他並沒有興趣，所以要其妻「功名二字，

❼ 參曾獻平：〈論邯鄲夢〉，《湯顯祖研究論文集》，頁三七〇—七一。

再也休提」（第六齣〈贈試〉）崔氏認爲她家「七輩無白衣女婿」，於是就用金錢賄賂滿朝勳貴，結果中了狀元。但也因沒有疏通當時宰相宇文融，而得罪了他。盧生和其妻在賄賂朝廷勳貴時，爲何沒有把宇文融算進去，劇中並沒有說明。當時宇文融是宰相又兼主考官，應該是第一個要賄賂的對象，再怎麼算也不可能遺漏。但事實證明，盧生夫婦竟把宇文融遺漏了。這和《紫釵記》中李益中了狀元，故意不去拜見盧太尉的情況有很相似的地方。爲何湯氏所編的劇本都有這種情況呢？除了要推動情節發展，製造衝突點，以達到高潮的戲劇效果外，最重要的還是湯顯祖吃過張居正、申時行等權臣的虧。他把他的生活經驗，和對權臣的嫌惡，在劇本中作了充分的反映。

按照慣例，新科進士都要參加曲江宴，宇文融既是宰相，又是主考官，當然要陪宴。當盧生與宇文融見面時，恰好有官妓遞上手絹要求盧生題詩，盧生就題了：「香飄醉墨粉紅催，天子門上帶笑來。自是玉皇親判與，嫦娥不用老官媒。」這四句詩帶有輕視宇文融的意味。宇文氏大爲不高興。這是盧生和宇文融正式衝突的開始。後來，宇文氏所以三番兩次要陷害盧生，就是嚥不下這口氣。所以這次衝突也成了推動後來戲劇情節發展的根源。

盧生在翰林院掌管制誥，因此偷寫了誥命一通，混在他人誥命之內，矇混進呈皇上，並蒙恩准。因送這份誥命，盧生才能回家與妻團聚。此事爲宇文氏所知，馬上向皇帝上奏章，貶謫華陰山外，東京路上的陝州城擔任知州，負責鑿石開河。盧生的狀元是用賄賂得來，入朝爲官又偷寫制誥。湯氏筆下的男主角，並不像一般戲曲、小說中的男主角那樣的完美無缺，而是和凡人一般，帶有七情六欲。湯氏這種人物性格的塑造，無寧說是反映了傳統士大夫的性格。

負責到陝州開河的盧生，對開河可能一竅不通，但憑著一股堅強的毅力，發明所謂「鹽蒸醋煮」法，竟把河打通。不但有舟楫商賈之利，且該地也成了觀光勝地。盧生馬上奏知皇上，前來觀覽勝景。這次開元皇上的東遊，盧生作了相當妥當的安排。當陝州新河驛丞問盧生，皇帝來時，要住那裏，盧生說：「原有先年造下繡嶺宮，三宮六院見成齊備；扈從文武，俱有公館；帳房人役錢糧，也有東京七十四州縣津分帖濟。」（第十三齣〈望幸〉）住的和用的都沒有問題了；育樂方面，盧生也爲皇上安排一千個女子來搖櫓唱〈採菱歌〉。從這裏可以看出，盧生並非一般傳統小說、戲曲中的男主角，除讀書之外，缺乏應世的能力。他是個經世之才，也有籌畫討好皇上的能力。因爲準備非常周全，皇上龍心大喜，賜名新河爲「永濟河」，並請裴光庭作〈鐵牛頌〉，以彰盧生之功。

宇文氏本來想陷害盧生，沒料到卻造就了盧生的大功勞。心中有所不甘，此時因吐蕃叛變，宇文氏馬上奏請盧生以御史中丞，兼領河西隴右四道節度史，掛印征西大將軍，星夜起程。這是盧生第二次被宇文氏所陷害。盧生征吐蕃時，利用反間計，讓其國王先殺了丞相悉那邏，再戰勝大將熱龍莽。熱龍莽爲了能安全逃脫，以雁足繫書，向盧生請求說：「此地是天山，天分漢與番。莫教飛鳥盡，留取報恩環。」（第十七齣〈勒功〉）盧生覺得熱龍莽也是一條好漢，沒有再追殺他。這爲後來盧生被陷害，冤情能否大白留下了伏筆。

盧生戰勝吐蕃後，以他好大喜功的個性，自然要表功一番，馬上要求在天山磨石題名。當他題下：「大唐天子命將征西，出塞千里，斬虜百萬，至於天山，勒石而還。作鎮萬古，永永無極。開元某年某月某日，征西大元帥邯鄲盧生題。」當他得意的放下筆來，笑著說：「衆將軍，千秋萬歲後，以盧生爲何如？」（第十七齣〈勒功〉）宇文氏的打壓、陷害，反而又造就了盧生的另一次大功勞。盧生所以要磨石題名，一方面是因爲個性所致，另一方面也是在被陷害的過程中，對仇人的反擊。

盧生征吐蕃立了大功，宇文氏對他的迫害更不會放鬆，暗中派人訪察，向皇帝上奏盧生「通蕃賣國」。盧生回國與妻相會不到片刻，聖旨隨著來到：「前節度使盧生，交通蕃將，圖謀不軌。即刻拿赴雲陽市，明正典刑，不許違誤。」（第二十齣〈死竄〉）幸虧盧妻向太監高力士申冤，才免除一死。這時，高力士感嘆的說：「滿朝文武，要他妻兒叫冤，可憐人也。」（同上）一位屢建奇功的國之重臣，倏然間成爲階下囚，且滿朝文武官員，沒有人敢爲他申冤，所以高力士要說「可憐人也」。高力士的話也是湯顯祖的話，更是當時爲官於朝的士人的心聲。

由於高力士的搭救，盧生遠竄廣南崖州鬼門關。在那裏三年，宇文氏爲徹底解決盧生，竟下密旨給盧生貶官所在的崖州司戶，要求結束盧生的性命，司戶仗著宇文融的權勢，也對盧生施加酷刑，一面打一面唱著說：

打你個老頭皮，不向我門下參，打你個硬骸兒不向我庭下跕。打你個蠢流民儘著嘍，打你個暗通番該萬斬。打你個罵當朝一古子的談。打你個仗當今一塊子的膽。打的你皮開肉綻還氣岩岩也。打了呵，還待火烙你頭皮鐵寸嵌。（第二十五齣〈召還〉）

這司戶眞是狐假虎威，把盧生打得皮開肉綻。這時候的盧生又能怎樣，祇能說：「罷了，罷了，既在矮簷下，怎敢不低頭。」（同上）這時忽然有聖旨到：「咨爾前征西節度使兵部尙書盧生，以朕一時不明，陷汝三年邊障。宇文融今已伏誅，賜汝定西侯爵邑如故。欽取還朝。」（同上）這突如其來的變化，司戶祇好自縛向盧生請罪說：「司戶小人，有眼不識泰山，綁縛階前，合當萬死。」盧生笑著說：「起來，此亦世情之常耳！」（同上）從盧生的這句話就可以看出他是多麼的「溫柔敦厚」。反過來說，如果宇文氏受到這樣的羞辱，會把它看成「世情之常」嗎？在這裏，湯氏把宇文氏和盧生作對比，以看出宇文氏是多麼的氣量狹小。

盧生回朝後，得到皇帝數以萬計的賞賜。妙的是皇帝也賞給他仙音院女樂廿四名。盧生內心可能很高興，卻向其妻大談教坊之女不可近，說了一番大道理：

> 尋常女子，有色無聲，名爲啞色。其次有聲而未必有色，能舞而未必能歌。只有教坊之女，攬箏琶，舞〈霓裳〉，喬合生，大迓鼓，醉羅歌，調笑令，但是標情奪趣，他所事皆知。所以君子可視也，不可陷也；可棄也，不可往也。且其幼色取自鮮妍，假母教其精細。容止則光風霽月，應對則流水行雲。加之粉則太白，加之朱則太赤。高一分則太長，低一分則太短。……老子曰：五色令人目盲，五音令人耳聾。所以小人戒色，須戒其足。君子戒色，須戒其眼。相似這等女樂，咱人再也不可近他。（第二十七齣〈極欲〉）

盧妻聽了這番大道理，祇好請盧生寫一奏本，請把女樂送還朝廷。這時，盧生又以「卻之不恭，受之惶愧」，把女樂收了下來。然後，將女樂分爲二十四房，盡情享用，美其名爲「採戰」。當其夫人責備他說：「八十歲老人家，怎生採戰那？」盧生竟生氣的說：「採戰，採戰，我也則是圖些籌算，看護子孫，難道是瞞著你取樂？」（第二十九齣〈生寤〉）這分明是以子孫的幸福作藉口，遂行荒淫的目的。

盧生由於縱欲過度，竟一病不起。他生病期間，全京師大小各衙門官員計三千七百人「連名手本問安」。當初盧生征吐蕃回國，被宇文氏陷以「通敵賣國」之罪，要被論斬時，滿朝文武，沒有一人爲其申冤。而這個時候，盧生因迷信「房中術」與二十四名女樂周旋，積勞成疾，竟勞動三千七百名大小官員前來慰問。這不但暴露當時大小官員的勢利，也是天大的諷刺，有功瀕死，沒人敢替其申冤，縱欲將亡，卻有三千七百人來慰問。這種趨炎附勢，套用盧生的話：「此亦人情之常」，即是最佳的形容。

盧生的熱中功名，即使已病入膏肓，也未嘗放鬆。他怕他的功勳，同年友蕭嵩、裴光庭會有所遺漏，所以向高力士請求說：「要緊一事，俺六十年勤勞功績，老公公所知。怕身後蕭、裴二公總裁國史，編載不全。」（第廿九齣〈生寤〉）他又擔心死後加官贈謚的情況，也要問高力士一番。另外，讓他放心不下的是他和婢女所生的「孽生之子」盧倚尚未封官，也要高力士幫忙。高力士當場答應讓盧倚當尚寶中書，這時盧生一點也不肯放鬆，又要求說「本爵止敘邊功，還有河功未敘，意欲和這小的兒再討個小小蔭襲，望公公主持。」（同上）然後，雖已全身疼痛，瀕臨死亡，還要親自寫遺表來答謝皇上，說他的字是「鍾繇法帖，皇上最所愛重，俺寫下一通，也留與大唐作鎮世之寶。」（同上）這一切都是湯氏對當時士大夫熱中於功名的諷刺。

當盧生夢醒後，還眨著惺忪的睡眼，四處呼喊他的嬌妻愛子，留戀他的金屋名園，尋找他的朝衣寶馬。這時盧生和呂洞賓有段很精彩的對話：

〔再看枕歎介〕……別的罷了，則可惜俺那幾個官生兒子呵！

〔呂笑介〕你那兒子，難道是你養的？

〔生〕誰養的？

〔呂〕是那店中雞兒狗兒變的。

〔生〕咳，明明的有妻，清河崔氏，坐堂招夫。

〔呂〕便是崔氏也是你那胯下青驢變的，盧配馬爲驢。

〔生想介〕這等，一輩子君子臣宰，從何而來？

〔呂〕都是妄想遊魂，參成世界。（第廿九齣〈生寤〉）

這一段對話，終於讓盧生醒悟地說：「人生眷屬，亦猶在是耳。豈有眞實相乎？其間寵辱之數，生死之情，盡知之矣。」（同上）這裏，有兩點應提出討論。一是湯氏爲何把盧生的妻兒寫成是驢、雞、狗變的？爲何要把這些「非我族類」的小動物引入夢中，成爲主人公的親人呢？湯氏的〈貴生書院說〉曾說過：「天地之性人爲貴，人反自賤者，何也？」是因爲爲惡的緣故。盧生雖非大惡不赦的人物，但他的利欲薰心，高貴的人性被泯滅了。至貴至尊的盧生，居然以青驢爲妻，以雞犬爲兒子，這不是自賤是什麼？湯氏就是在反諷官場人物作賤自己，淪爲與畜牲爲伍的「人類動物」。二是盧生的省悟有何啓示作用呢？盧生醒悟後，看破了人間的一切，願意去做仙界的清道夫。有人以爲這是湯氏消極主義的表現。筆者則認爲湯氏祇不過在勸戒所有汲汲於功名利祿的知識份子，一切都是空的，唯有看透這一點，才能消除人間的你爭我奪，爾虞我詐，給社會一片乾淨土。湯氏寫作《邯鄲記》的萬曆二十九年（一六〇一），也就是他被罷職的一年，《邯鄲記》對功名利祿的看法，一方面在點醒世人，另方面也是作者心境的一種顯示。

二、論宇文融

在戲曲中，淨這個角色，正是襯托生旦的，描寫淨之醜、奸、惡，其實相對地加強了生旦之美、貞、善。淨的特點之一，就是自己諷刺自己。《邯鄲記》中淨的角色的代表人物，就是宇文融。

宇文融這個人物，〈枕中記〉中並沒有，是湯顯祖所刻意添加的人物。這一如湯氏《紫釵記》中的盧太尉，在〈霍小玉傳〉中也沒有，是湯氏所添加的一樣，宇文融在第七齣〈奪元〉出場時，就唱著：「宇文後魏留支派，猶餘霸氣遭逢聖代。號令三臺，權衡十宰，又領著文場氣概。」氣魄不凡，頗有權傾天下之勢。接著宇文融又自嘲他是「性善奸讒，材能進奉」、「專以迎合朝廷，取媚權貴」。這樣的官僚，來負責整個國家大政，會是什麼樣子，讀者應該可以想像得知。

劇情的衝突是起因於宇文融想錄取裴行儉之子裴光庭為頭名（狀元），蕭嵩為第二，並且已把結果呈給皇上。這種事情，宇文融本以為是十拿九穩的，沒料到卻出了意外，這可從他和高力士的對話看得出來：

〔淨〕正要修一密啓，稟問老公公：未知御意進呈第一可點了誰？
〔老〕有點了。
〔淨〕是裴光庭麼？
〔老〕還早。
〔淨〕是蕭嵩？
〔老〕再報來。
〔淨〕後面姓名，下官都不記懷了。
〔老〕可知道。（第七齣〈奪元〉）

這一短短的對話，充滿了懸岩的氣氛。明明高力士已知道排名的順序，但他卻不直接說出來，慢慢的吊宇文融的胃口。從宇文融說「後面姓名，下官都不記懷了」，可知向他請托的人很多，但他最關心的仍是裴光庭、蕭嵩兩人。當高力士在唱詞中唱出：「都經御覽裁，看上了山東盧秀才。」（第七齣〈奪元〉）宇文融以極不相信的口吻問：「老公公，看見當眞點了他？」當高力士唱著回答說：「親看御筆題紅在」，宇文融不但連呼「奇哉！奇哉」，雖裴光庭、蕭嵩兩人分別是第二、第三。但宇文融對於裴、蕭兩人僅排名二、三，當然不滿意，這不但有違裴、蕭與宇文融間的默契，也是對宇文融權威的莫大打擊。所以，他疑惑的問高力士：「卷首定蕭、裴，怎到的寒盧那狗才？」用「寒盧那狗才」，表示對盧生得狀元的不屑。宇文融所以對盧生不屑，一方面是盧生中狀元破壞了他既定的計畫，二是盧生從來沒登門請托過他。盧生走的是另一條管道。對於這種出乎意料的結果，高力士祇能這樣回答：

> 老先不知，也非萬歲爺一人主裁，他與滿朝勳貴相知，都保他文才第一。便是本監，也看見他字字端楷哩。（第七齣〈奪元〉）

這段話可能更惹惱了宇文融，因爲盧生「與滿朝勳貴相知」，卻單單遺漏了他。以宇文融位居左僕射兼主考官，盧生不容不知，今盧生不跟他「相知」，可見有意忽略他，甚至瞧不起他。也難怪宇文融在下場時唱道：「如此朝綱把握難，不容怒髮不衝冠」。

偏偏每次的新科狀元，皇帝都要賜宴曲江池。宇文融是主考官一定要陪宴。他對盧生本是落榜的人，卻有通天本事躍升爲狀元，感到很無奈，也很沒面子。但也不得不出席瞧瞧盧生的眞面目。

當盧生與宇文融見面時，恰好有官妓遞上手絹要求盧生題詩，盧生就題了四句：「香飄醉墨粉紅催，天子門生帶笑來。自是玉皇親判與，嫦娥不用老官媒。」這四句詩反映了盧生的春風得意，但宇文融解讀起來，卻頗不是滋味。宇文氏不滿的說：

好笑，好笑，世間乃有盧生。中了狀元，爲因不出我門下，談容高傲。我好趨奉他，嫦娥有意，老夫可以爲媒，乞其珠玉。他題詩第二句「天子門生帶笑來」，明說不是我家門生，這也罷了；第四句「嫦娥不用老官媒」，呵呵，有這般一個老官媒不用麼？（第八齣〈驕宴〉）

足見宇文融對盧生之不滿。也因爲如此，宇文融開始有陷害盧生之意，從宇文氏的話：「待我想一計打發他。他如今新除，中了聖意，權待他知制誥有些破綻之時，尋個題目處置他。」（第八齣〈驕宴〉）這不但是對盧生的下馬威，也是挽回他自己權威所必然要作的措施。宇文氏下場時所唱：「書生白面好輕人，只道文章穩立身。直待期中難站立，始知世上有權臣。」正預示以後劇情將有高潮起伏。

盧生因偷寫誥命，被貶陝州，負責開河。宇文氏想藉機陷害盧生，但並未得逞。盧生用鹽蒸醋煮的方法來鑿石開河，竟把河道打通，不但有舟楫商賈之利，且該地也成了觀光勝地，皇上也受盧生之邀，前來觀覽。本來，宇文氏想藉這次機會陷害盧生，結果反而成就了盧生的功業。此事更加深宇文氏的不滿，當然更要找機會處置盧生。當皇上遊幸陝州時，恰好驚聞吐蕃叛變，皇上在匆忙間六神無主，宇文氏心想機會又來了，暗忖道：「開河到被盧生做了一功，恰好又這等一個題目處置他。」（第十四齣〈東巡〉）遂向皇上回奏說：「臣與文班商量，除是盧生之才，可以前去征戰。」盧生被拜爲御史中丞，兼領河西隴右四道節度使，掛印征西大將軍，星夜起程，這是盧生任官以來第二次被宇文氏所陷害，也是兩人第二次的衝突。

盧生利用反間計，殺了吐蕃丞相，再戰勝吐蕃大將。宇文融想陷害盧生的詭計並沒有得逞，反而造就了盧生的功業。以宇文氏的睚眥必報，當然會繼續出詭計。他說：

> 潛遣腹心之人，訪緝他陰事，說他賄賂番將，佯輸賣陣，虛作軍功。到得天山地方，雁足之上，開了番將私書，自言自語，即刻收兵，不行追趕。（第十九齣〈飛語〉）

宇文氏竟把這件事解釋爲「通番賣國」，認爲：「把這一題目下落他，再動不得手了。」（同上）要陷害人就應即知即行，宇文氏馬上寫好奏章，並強迫蕭嵩連署。這奏章的內容是：

> 有前征西節度使今封定西侯兼兵部尚書同平章軍國事盧生，與吐蕃將熱龍莽交通獻賄，龍莽佯敗而歸，盧生假張功伐。到於天山地方，擅接龍莽私書，不行追勦。通番賣國，其罪當誅。臣融臣嵩頓首頓首謹奏。（第十九齣〈飛語〉）

當蕭嵩不願連署，竟然要以「通同賣國」一同查辦。蕭嵩平常簽署都用「一忠」，這次祇好簽作「不忠」，瞞過宇文融。

當宇文融呈上奏章，皇上立刻下聖旨：「前節度使盧生，交通番將，圖謀不軌。即刻拿赴雲陽市，明正典刑，不許違誤。」（第二十齣〈死竄〉）在這生死關頭，恰有高力士協助，才能免於一死，貶謫廣南崖州鬼門關。這時，宇文融仍舊不肯罷休，又向皇上密奏：

崔氏乃叛臣之妻，當沒爲官婢；其子叛臣之種，俱應竄去遠方。（第二十齣〈讒快〉）

昏庸的皇上也批准奏章，宇文融「星夜將崔氏囚之機坊，將他兒子撚出京城。」一個顯赫一時的家庭，從此陷入愁雲慘霧之中。

經過三年，吐蕃大將熱龍莽聞知盧生因他含冤受罪，乃派其子帶領各番侍子來朝，告知當年盧生並非通敵。當時宇文融和蕭嵩也在場，他們兩人爲了當年是否有簽名的事，當廷爭辯起來，宇文融把袖中的奏章原本拿出來給皇上看，蕭嵩辯解說：

臣嵩表字一忠，平日奏事，花押草作「一忠」二字，及構陷盧生事情，宇文融預先造下連名奏本，協同臣進。臣出無奈，押此一花，暗于「一」字之下「忠」字之上，加了兩點，是個「不忠」二字。見得宇文此奏，大爲不忠，非臣本意。（第二十四齣〈功白〉）

皇上聽過蕭嵩的話，勃然大怒，馬上要高力士「與我拿下」，將宇文融綑綁起來，宇文氏這時才知道大難臨頭，說：「這難題目輪到我做了。到頭終有報，來早與來遲。」（同上）可見宇文氏也知道他的行爲終會得到報應，祇是沒想到來這麼快而已。

在此事發生之前，宇文氏爲徹底解決盧生，竟下密旨給盧生貶官所在的崖州司戶，務必結束盧生的性命，將來有重賞。當然，此事也因宇文融伏誅，未能得逞。

宇文融祇因盧生沒有向他行賄，且對他不夠恭敬，即懷恨在心，千方百計要陷害他，不達目的絕不罷休。最後，宇文氏自己也得了報應。湯顯祖要在《邯鄲記》中加入宇文融這種官僚人物，就如同在《紫釵記》中加入盧太尉一樣，他的用意是很明顯的。《紫釵記》中的男主角李益，遭盧太尉一次次的陷害，受盡各種折磨；《邯鄲記》中的盧生也受盡各種苦痛。但他們的求生意志　都戰勝了邪惡。湯顯祖所在的萬曆朝，這種睚眥必報的官僚也不少，湯氏一如李益、盧生也吃了不少虧。他用古典戲曲、小說中很常見的題材，恰好讓他吐露胸中多年累積的鬱悶。

第四節　語言描述技巧

在第七章第四節討論《南柯記》的語言技巧時，曾提到王驥德《曲律》，對《邯鄲記》有相當高的評價。可惜，一如《南柯記》，前人對《邯鄲記》的語言使用，也沒有較深入的討論。《南柯記》作於萬曆二十八年（一六〇〇），《邯鄲記》作爲萬曆二十九年（一六〇一），創作的時間非常接近。所表現的語言風格也大體相似。本文仍舊從曲詞和賓白兩方面來探討《邯鄲記》的語言技巧。

《邯鄲記》的主題並不像《牡丹亭》以情爲主，而是著意在描述盧生對功名的追求。因此，各齣的曲詞並不容易找出像《牡丹亭》中那樣情摯動人的唱詞。倒是寫景的曲子，頗爲清麗。如第二齣〈行田〉，盧生在邯鄲道上，描述秋景的唱詞：

〔柳搖金〕青驢緊跨，霜風漸加。克膝的短裘，揸不住沙塵刮。空田噪晚鴉，牛背上夕陽西下。秋風古道，紅樹槎牙，槎牙，唱道是秋容如畫。

曲子裏所呈現的是風沙、夕陽、老牛、紅樹，收割後田地裏昏鴉亂叫，確是一幅蕭颯的秋景。由這幅秋景來反襯盧生在人生道上的孤獨。又如第三齣〈度世〉，寫呂洞賓來到洞庭湖，描述洞庭湖景致的唱詞也非常吸引人。

〔紅繡鞋〕趁江鄉落霞孤鶩，弄瀟湘雲影蒼梧。殘暮雨，響菰蒲。晴嵐山市語，煙水捕魚圖。把世人心閒看取。

這支曲子把洞庭湖一帶的景色，很生動地描繪出來。能給讀者一種自然美的感受。這種曲子即使放在元明人的散曲中也不會遜色。

除了寫景的曲子，清新可喜之外，第二十齣〈死竄〉，描寫盧生被宇文融所陷害，將發配崖州。盧生辭別夫人時，全家人哭成一團：

〔北水仙子〕呀，呀，呀，哭壞了他。扯，扯，扯，扯起他且休把望夫山立著化。〔衆兒哭介〕〔生〕苦，苦，苦，苦的這男女煎喳。痛，痛，痛，痛的俺肝腸激利。我，我，我，瘴江邊死沒了渣。你，你，你，做夫人權守著生寡。〔旦〕你再瞧瞧兒子麼。〔生〕罷，罷，罷，兒女場中替不的咱。好，好，好，這三言半語告了君王假。我去，請了。〔旦哭介〕相公那裏去？〔生〕去，去，去，去那無雁處海天涯。

這首曲子，同《南柯記》第三十一齣〈繫帥〉中的〔北水仙子〕一樣，都使用不少疊字短語。湯氏所以在這裡也使用〔北水仙子〕這首曲子，是要描述盧生那激動的情感。可見，湯氏在曲牌的應用方面，已很能掌握曲牌的特性和人物心理的互動關係。

在賓白方面，也有不少生動的描述，如第八齣〈驕宴〉，皇帝在曲江池賜宴新科狀元，光祿寺廚役自白說：

〔丑廚役頭巾插花上〕小子光祿寺廚役，三百名中第一。刀砧使得精細，作料下得穩實。饅頭摩的光泛，線麵打得條直。千層起的潑鬆，八珍配得整飭。何止五肉七菜，無非喫一看十。喫了的眠思夢想，但看的垂涎咽液。休道三閣下堂餐，便是六宮中也是我小子尚食。這開元皇帝最喜我葱花灌腸，太眞娘最喜我椒風扁食。止因御湯裏抓下個虱子，被堂上官打下小子革役。虧的過房外甥營救，叫小子依舊更名上直。

〔内問介〕外甥是誰？

〔丑〕是當今第一名小唱，在高公公名下秉筆，秉筆。你問我今日爲何頭上插花？來做新進士瓊林宴席。前路是半實半空案果，後面是帶生品食。那裏有壽祭牛肉？那裏討宣州大栗？一碟菜五六根黃薺，半瓶酒三兩盞醋滴。官廚飯一兩匙兒，邊傍放著些半夏法製。

〔内問介〕爲甚來？

〔丑〕你不知秀才們一個個飽病難醫，待與他燥些脾胃。

這段對話，首先廚役自誇手藝高明，是三百名中的第一。由於手藝好，即使六宮中也是由他主廚，所以玄宗皇帝喜歡他作的「葱花灌腸」，太眞娘娘喜歡他的「椒風扁食」。雖然手藝不錯，衛生卻不太好，在湯裏被發現有虱子，幸虧外甥搭救，否則就被革職。這種自我調侃、自我出醜，也是一齣戲開始，吸引住觀衆的方法之一。接著又因秀才們個個「飽病難醫」，所以要給他們一些特殊的佐料。這些都很能把握住當時的時空情境，以渲染戲劇的效果。

又如第二十三齣〈織恨〉，盧生夫人和婢女梅香都被沒爲官婢，囚入外機坊做織造女工。那些太監故意要凌辱盧生夫人和梅香，其間有一段對話：

〔貼〕機户叫做梅香。

〔丑問末介〕怎麼叫做梅香？

〔末〕梅香者，丫頭之總名也。春間討的是春梅，冬天討的是冬梅，頭上害喇驢的叫做喇梅。不知是盧尚書那一時討的？總名梅香。

〔丑笑介〕梅香，梅香，有甚香處？

〔末〕梅香者，暗香也。都在衣服裏下半截。

〔低介〕弔起，那一陣陣香，滿屋竄來。

〔丑低〕你纔說珠寶一事，這丫頭可知？

〔末〕他是盧尚書的通房，怎生不知？

〔丑歎介〕則他便是盧尚書通房，其實欠通。

很明顯地，這些太監有拿梅香開玩笑的意思在內。這種諢話雖然有些色彩，但對戲劇的演出來說，似乎也有增強輕鬆氣氛的作用在內。

此外，如第十三齣〈望幸〉，囚婦打采菱歌，囚婦與新河驛丞的對話，皆頗爲生動。囚婦的機智也凸顯無餘。這在本章第二節主題思想部分，已有所說明，這裏不再贅述。

第九章 結 論

從上文數章的論述，可得如下數點結論：

其一，明代的中晚期，就政治環境來說，是皇帝荒淫無道，宦官橫暴凶殘，官僚貪贓枉法的時代。湯顯祖身處其間，尤爲感受深刻。在他的劇本中，充分反映了那動盪時代的眞面目。湯氏劇本中出現了唐玄宗、宋高宗、大槐安國王三個皇帝。湯氏對這三個皇帝都刻意加以諷刺，如《牡丹亭》中爲宋高宗蒐寶有功的苗舜賓，大字認不得幾個，宋高宗卻把他提升爲主考官。《南柯記》中的大槐安國王，竟送給八十餘歲的左相淳于棼二十四名女樂，淳于氏日夜淫樂，致一病不起。《邯鄲記》中的唐玄宗，到陝州觀賞勝景，竟要求一千名女子來唱采菱曲，人數不足，祇好以囚婦來充數。這些事件，故事背景雖不是在明代，但其實都在影射明代皇帝的荒淫無道。在官僚方面，政治綱紀之敗壞，是有目共睹的事。萬曆十九年（一五九一）湯顯祖曾上〈論輔臣科臣疏〉，對當時首輔申時行，歷數其罪狀，並揭發官僚楊文舉的貪贓枉法。神宗皇帝看了這奏疏，勃然大怒，將湯氏貶爲廣州徐聞典吏。湯氏的劇本中，《紫釵記》中的盧太尉三番兩次陷害李益。《南柯記》中的右相段功，因嫉妒淳于棼，就設計加以陷害。《邯鄲記》中的宇文融屢次迫害盧生夫妻，這些正反映了湯氏對當時權臣的痛惡。至於科舉方面，湯氏因不願意接受張居正的籠絡，萬曆五年（一五七七）和八年（一五八〇）兩次考試都落第。湯氏對科舉的弊端，也在《邯鄲記》中作了充分的暴露。

其二，如就當時的思想界來說，湯顯祖受羅汝芳、李贄、達觀和尚三人的影響最大。羅汝芳是湯氏的老師，他在擔任寧國府知府時曾希望把自己的社會理想付諸實施。這可從羅氏的〈寧國府鄉約訓語〉中看出這一理念的實際內容。湯氏在《牡丹亭》第八齣〈勸農〉和《南柯記》第二十四齣〈風謠〉，所描述的安和樂利的社會，實是羅汝芳理想的顯現。李贄的思想是反儒家傳統的，他反對傳統禮教對女子的壓迫，贊成自主婚姻。湯顯祖的劇本中，《紫釵記》中的李益和霍小玉，《牡丹亭》中的柳夢梅和杜麗娘，都在追求愛情的自由和婚姻的自主。湯氏可說用戲曲作品來實踐了李贄的理想。達觀和尚曾提出「情有理無」及「理有情無」的觀點，對湯氏有很深的影響。在〈牡丹亭題詞〉中，湯氏肯定「情有」，以對抗儒家的「理」，因受達觀的影響，不再肯定「情有」，而開始質疑「情多」，甚至希望「情盡」。《南柯記》和《邯鄲記》中對情的看法，實受達觀和尚的影響。在文藝思想方面，李贄的「童心說」，對湯氏也有所啓發，湯氏反對傳統禮教的束縛，追求個性解放。但這種思想，並不能見容於當時的社會。爲求實現這種理想，只好用夢幻來表現，在夢幻中，將被壓抑、禁錮的，得到應有的宣洩。這就是湯氏所說的「因情成夢，因夢成戲」。

其三，湯顯祖總共留下五個劇本，分別是《紫簫記》、《紫釵記》、《牡丹亭》、《南柯記》、《邯鄲記》。《紫簫記》是未完成之作，後四個劇本則稱爲《臨川四夢》。這五個劇本寫作的先後，學者並無疑議，但各劇本完成的時間，學者的意見則頗有出入。筆者參考前輩學者的說法，各劇本寫作時間的先後，應是：《紫簫記》約萬曆五年（一五七七）秋至七年（一五七九）秋之間，寫作的地點是江西臨川。至於《紫釵記》的寫作時間，夏寫時先生以爲，萬曆十五年（一五八七）起開始根據《紫簫記》加以改作，至萬曆二十三年（一五九五）完成。《牡丹亭》則是萬曆二十四年（一五九六）開始創作，萬曆二十六年（一五九八）秋的八、九月間完成。《邯鄲記》作於萬曆二十八年（一六〇〇），《邯鄲記》完成於萬曆二十九年（一六〇一）。從上述的說明，可知湯氏創作這五個劇本的時間，綿亙了二十多年之久。

其四，如就這五個劇本的本事來源來說，都取材於歷史故事和傳說。《紫簫記》取材於唐蔣防的《霍小玉傳》，但故事情節卻大不相同，文字沿襲的地方也很少。《紫釵記》雖說是由《紫簫記》改編而成，但情節反比較接近《霍小玉傳》，文字沿襲《霍小玉傳》的也相當多。《牡丹亭》的取材，經近數十年來學者不斷的探索，考知取材於〈杜麗娘慕色還魂話本〉。文字沿襲該話本的地方相當多。但該話本的故事內容僅到杜麗娘回生即結束。回生以後的情節，湯氏大概從睢陽王收拷談生的故事得到啓發。這點和其他劇本直接以一篇唐人小說爲藍本的情形，略有不同。《南柯記》取材於李公佐的《南柯太守傳》，《邯鄲記》取材於沈既濟的《枕中記》。湯氏爲了劇情的需要，對原作的人物、情節，都作了或多或少的修改。

其五，關於五個劇本的主題思想，《紫簫記》因是未完成之作，主題思想並不明顯，當時曾認爲該劇有所譏託，因受流言所困，該劇也未能完成。《紫釵記》的主題如何，前人未曾深入討論過。筆者以爲《紫釵記》除了肯定至情至性之愛外，對當時的官僚也有相當深刻的批判。《牡丹亭》的主題，學者討論得很多，也有較一致的意見。即主要的主題是對傳統禮教的抗議，追求個人婚姻的自由。其他，如諷刺人才遭埋沒、批評科舉考試不公、諷刺當時官僚等，都可以說是次要的主題。《南柯記》的主題，應該是對當時官僚腐敗的嘲諷、對宮廷淫亂的譏刺、對安和樂利社會的期盼。《邯鄲記》的主題，應是對皇帝的嘲諷、對當時官僚的譏刺、對科舉弊端的批評。綜合各劇本的主題，可知湯氏的劇本充滿了對當時政治、科舉的批判。說《臨川四夢》是政治批判百科全書也不爲過。

其六，在人物形象的分析方面，《紫釵記》討論了霍小玉、李益、盧太尉、黃衫客四人。《牡丹亭》討論了杜麗娘、柳夢梅、陳最良、杜寶四人。《南柯記》討論了淳于棼、段功兩人。《邯鄲記》討論了盧生、宇文融兩人。從這些人物的分析，可以得知湯氏已儘量避免讓人物的性格簡單化和類型化，而刻意去凸顯人物複雜的個性。如《牡丹亭》中的柳夢梅，是個熱中功名，且有點不擇手段的人，但他也是執著情愛的男子。陳最良看似迂腐，但他教給杜麗娘的，又是突破傳統的思想。《邯鄲記》中的盧生，其妻以賄賂朝中高官，取得狀元，但他也不失爲一名好官。可見湯氏不願意將人物貼上「正面人物」和「反面人物」的標籤，而是把他們安排於情節的衝突中，來凸顯人物性格的複雜性。

其七，關於劇本中語言的使用，《紫簫記》的曲文堆砌太多的辭藻，賓白也用駢四儷六之文，是案頭之書而非演出之劇，《紫釵記》將《紫簫記》中的缺點儘量加以改正，雖仍有穠麗雕琢之處，但已較接近本色。賓白也較接近口語。《牡丹亭》的語言使用，比《紫釵記》更進一步，不再一味追求曲文辭藻之華麗，而能顧及劇中人物的身分來塑造語言。但劇中也有不少生硬的詞彙，和猥褻的道白，這是《牡丹亭》的白璧之瑕。《南柯記》和《邯鄲記》的語言使用，更接近本色，且能圓熟的使用疊字短語。湯氏五個劇本語言的使用，正反映了由穠麗回歸本色的過程。

有關湯氏戲曲，可研究的方向還有很多，如探討劇本中的情節衝突，比較人物個性的差別，和其他劇作家劇本作比較等等，本書都未能論及。這有待關心湯氏戲曲藝術的同好，一起來努力。

附錄

一、蔣防《霍小玉傳》

大歷中，隴西李生名益，年二十，以進士擢第。其明年，拔萃，俟試於天官。夏六月，至長安，舍於新昌里。

生門族清華，少有才思，麗詞嘉句，時謂無雙；先達丈人，翕然推伏。每自矜風調，思得佳偶，博求名妓，久而未諧。長安有媒鮑十一娘者，故薛駙馬家青衣也；折券從良，十餘年矣。性便辟，巧言語，豪家戚里，無不經過，追風挾策，推爲渠帥。當受生誠託厚賂，意頗德之。

經數月，李方閒居舍之南亭。申未間，忽聞扣門甚急，云是鮑十一娘至。攝衣從之，迎問曰：「鮑卿今日何故忽然而來？」鮑笑曰：「蘇姑子作好夢也未？有一仙人，謫在下界，不邀財貨，但慕風流。如此色目，共十郎相當矣。」生聞之驚躍，神飛體輕，引鮑手且拜且謝曰：「一生作奴，死亦不憚。」因問其名居。鮑具說曰：「故霍王小女，字小玉，王甚愛之。母曰淨持。淨持，即王之寵婢也。王之初薨，諸弟兄以其出自賤庶，不甚收錄。因分與資財，遣居於外，易姓爲鄭氏，人亦不知其王女。姿質穠豔，一生未見，高情逸態，事事過人，音樂詩書，無不通解。昨遣某求一好兒郎格調相稱者。某具說十郎。他亦知有李十郎名字，非常歡愜。住在勝業坊古寺曲，甫上車門宅是也。已與他作期約。明日午時，但至曲頭覓桂子，即得矣。」

鮑既去，生便備行計。遂令家僮秋鴻，於從兄京兆參軍尙公處假青驪駒，黃金勒。其夕，生澣衣沐浴，修飾容儀，喜躍交幷，通夕不寐。遲明，巾幘，引鏡自照，惟懼不諧也。徘徊之間，至於亭午。遂命駕疾驅，直抵勝業。至約之所，果見青衣立候，迎問曰：「莫是李十郎否？」即下馬，令牽入屋底，急急鎖門。見鮑果從內出來，遙笑曰：「何等兒郎，造次入此？」生調誚未畢，引入中門。庭間有四櫻桃樹；西北懸一鸚鵡籠，見生入來，即語曰：「有人入來，急下簾者！」生本性雅淡，心猶疑懼，忽見鳥語，愕然不敢進。

逡巡，鮑引淨持下階相迎，延入對坐。年可四十餘，綽約多姿，談笑甚媚。因謂生曰：「素聞十郎才調風流，今又見儀容雅秀，名下固無虛士。某有一女子，雖拙教訓，顏色不至醜陋，得配君子，頗爲相宜。頻見鮑十一娘說意旨，今亦便令承奉箕箒。」生謝曰：「鄙拙庸愚，不意顧盼，倘垂採錄，生死爲榮。」遂命酒饌，即令小玉自堂東閤子中而出。生即拜迎。但覺一室之中，若瓊林玉樹，互相照曜，轉盼精彩射人。

既而遂坐母側。母謂曰：「汝嘗愛念『開簾風動竹，疑是故人來。』即此十郎詩也。爾終日吟想，何如一見。」玉乃低鬟微笑，細語曰：「見面不如聞名。才子豈能無貌？」生遂連起拜曰：「小娘子愛才，鄙夫重色。兩好相映，才貌相兼。」母女相顧而笑，遂舉酒數巡。

生起，請玉唱歌。初不肯，母固強之。發聲清亮，曲度精奇。酒闌，及暝，鮑引生就西院憩息。閉庭邃宇，簾幕甚華。鮑令侍兒桂子浣沙與生脫靴解帶。須臾，玉至，言敘溫和，辭氣宛媚。解羅衣之際，態有餘妍，低幃暱枕，極其歡愛。生自以爲巫山洛浦不過也。

中宵之夜，玉忽流涕觀生曰：「妾本倡家，自知非匹。今以色愛，托其仁賢。但慮一旦色衰，恩移情替，使女蘿無托，秋扇見捐。極歡之際，不覺悲至。」生聞之，不勝感歎。乃引臂替枕，徐謂玉曰：「平生志願，今日獲從，粉骨碎身，誓不相捨。夫人何發此言！請以素縑，著之盟約。」玉因收淚，命侍兒櫻桃褰幄執燭，授生筆研。玉管絃之暇，雅好詩書，筐箱筆研，皆王家之舊物。遂取繡囊，出越姬烏絲欄素縑三尺以授生。生素多才思，援筆成章，引諭山河，指誠日月，句句懇切，聞之動人。染畢，命藏於寶篋之內。自爾婉孌相得，若翡翠之在雲路也。如此二歲，日夜相從。

其後年春，生以書判拔萃登科，授鄭縣主簿。至四月，將之官，便拜慶於東洛。長安親戚，多就筵餞。時春物尚餘，夏景初麗，酒闌賓散，離思縈懷。玉謂生曰：「以君才地名聲，人多景慕，願結婚媾，固亦衆矣。況堂有嚴親，室無冢婦，君之此去，必就佳姻。盟約之言，徒虛語耳。然妾有短願，欲輒指陳。永委君心，復能聽否？」生驚怪曰：「有何罪過，忽發此辭？試說所言，必當敬奉。」玉曰：「妾年始十八，君纔二十有二，迨君壯室之秋，猶有八歲。一生歡愛，願畢此期。然後妙選高門，以諧秦晉，亦未爲晚。妾便捨棄人事，剪髮披緇，夙昔之願，於此足矣。」生且愧且感，不覺涕流。因謂玉曰：「皎日之誓，死生以之，與卿偕老，猶恐未愜素志，豈敢輒有二三。固請不疑，但端居相待。至八月，必當卻到華州，尋使奉迎，相見非遠。」更數日，生遂訣別東去。

到任旬日，求假往東都覲親。未至家日，太夫人已與商量表妹盧氏，言約已定。太夫人素嚴毅，生逡巡不敢辭讓，遂就禮謝，便有近期。盧亦甲族也，嫁女於他門，聘財必以百萬爲約，不滿此數，義在不行。生家素貧，事須求貸，便托假故，遠投親知，涉歷江淮，自秋及夏。

生自以孤負盟約，大愆回期。寂不知聞，欲斷其望。遙託親故，不遺漏言。玉自生逾期，數訪音信。虛詞詭說，日日不同。博求師巫，遍詢卜筮，懷憂抱恨，周歲有餘，羸臥空閨，遂成沈疾。雖生之書題竟絕，而玉之想望不移，賂遺親知，使通消息。尋求既切，資用屢空，往往私令侍婢潛賣篋中服玩之物，多託於西市寄附鋪侯景先家貨賣。

曾令侍婢浣沙將紫玉釵一隻，詣景先家貨之。路逢內作老玉工，見浣沙所執，前來認之曰：「此釵，吾所作也。昔歲霍王小女將欲上鬟，令我作此，酬我萬錢。我嘗不忘。汝是何人，從何而得？」浣沙曰：「我小娘子，即霍王女也。家事破散，失身於人。夫壻昨向東都，更無消息。悒怏成疾，今欲二年。令我賣此，賂遺於人，使求音信。」玉工悽然下泣曰：「貴人男女，失機落節，一至於此。我殘年向盡，見此盛衰，不勝傷感。」遂引至延先公主宅，具言前事。公主亦爲之悲歎良久，給錢十二萬焉。

時生所定盧氏女在長安，生既畢於聘財，還歸鄭縣。其年臘月，又請假入城就親。潛卜靜居，不令人知。有明經崔允明者，生之中表弟也。性甚長厚，昔歲常與生同歡於鄭氏之室，盃盤笑語，曾不相間。每得生信，必誠告於玉。玉常以薪芻衣服，資給於崔。崔頗感之。生既至，崔具以誠告玉。玉恨歎曰：「天下豈有是事乎！」遍請親朋，多方召致。生自以愆期負約，又知玉疾候沈綿，慚恥忍割，終不肯往。晨出暮歸，欲以迴避。玉日夜涕泣，都忘寢食，期一相見，竟無因由。冤憤益深，委頓牀枕。自是長安中稍有知者。風流之士，共感玉之多情；豪俠之倫，皆怒生之薄行。

時已三月，人多春遊。生與同輩五六人詣崇敬寺翫牡丹花，步於西廊，遞吟詩句。有京兆韋夏卿者，生之密友，時亦同行。謂生曰：「風光甚麗，草木榮華。傷哉鄭卿，銜冤空室！足下終能棄置，實是忍人。丈夫之心，不宜如此。足下宜爲思之！」歎讓之際，忽有一豪士，衣輕黃紵衫，挾弓彈，丰神雋美，衣服輕華，唯有一剪頭胡雛從後，潛行而聽之。俄而前揖生曰：「公非李十郎者乎？某族本山東，姻連外戚。雖乏文藻，心嘗樂賢。仰公聲華，常思覯止。今日幸會，得覿清揚。某之敝居，去此不遠，亦有聲樂，足以娛情。妖姬八九人，駿馬十數匹，唯公所欲。但願一過。」生之儕輩，共聆斯語，更相歎美。因與豪士策馬同行，疾轉數坊，遂至勝業。生以近鄭之所止，意不欲過，便託事故，欲回馬首。豪士曰：「敝居咫尺，忍相棄乎？」乃輓挾其馬，牽引而行。遷延之間，已及鄭曲。生神情恍惚，鞭馬欲回。豪士遽命奴僕數人，抱持而進。疾走推入車門，便令鎖卻，報云：「李十郎至也！」一家驚喜，聲聞於外。

先此一夕，玉夢黃衫丈夫抱生來，至席，使玉脫鞋。驚寤而告母。因自解曰：「鞋者，諧也。夫婦再合。脫者，解也。既合而解，亦當永訣。由此徵之，必遂相見，相見之後，當死矣。」凌晨，請母梳粧。母以其久病，心意惑亂，不甚信之。僶勉之間，強爲粧梳。粧梳纔畢，而生果至。

玉沈綿日久，轉側須人。忽聞生來，欻然自起，更衣而出，恍若有神。遂與生相見，含怒凝視，不復有言。羸質嬌姿，如不勝致，時復掩袂，返顧李生。感物傷人，坐皆欷歔。頃之，有酒餚數十盤，自外而來。一座驚視，遽問其故，悉是豪士之所致也。因遂陳設，相就而坐。玉乃側身轉面，斜視生良久，遂舉杯酒，酬地曰：「我為女子，薄命如斯。君是丈夫，負心若此。韶顏稚齒，飲恨而終。慈母在堂，不能供養。綺羅絃管，從此永休。徵痛黃泉，皆君所致。李君李君，今當永訣！我死之後，必為厲鬼，使君妻妾，終日不安！」乃引左手握生臂，擲盃於地，長慟號哭數聲而絕。母乃舉尸，寘於生懷，令喚之，遂不復蘇矣。

生為之縞素，旦夕哭泣甚哀。將葬之夕，生忽見玉繐帷之中，容貌妍麗，宛若平生。著石榴裙，紫褃襠，紅綠帔子。斜身倚帷，手引繡帶，顧謂生曰：「媿君相送，尚有餘情。幽冥之中，能不感歎。」言畢，遂不復見。明日，葬於長安御宿原。生至墓所，盡哀而返。

後月餘，就禮於盧氏。傷情感物，鬱鬱不樂。夏五月，與盧氏偕行，歸於鄭縣。至縣旬日，生方與盧氏寢，忽帳外叱叱作聲。生驚視之，則見一男子，年可二十餘，姿狀溫美，藏身暎幔，連招盧氏。生惶遽走起，遶幔數匝，倏然不見。生自此心懷疑惡，猜忌萬端，夫妻之間，無聊生矣。或有親情，曲相勸喻。生意稍解。

後旬日，生復自外歸，盧氏方鼓琴於床，忽見自門拋一斑犀鈿花合子，方圓一寸餘，中有輕絹，作同心結，墜於盧氏懷中。生開而視之，見相思子二，叩頭蟲一，發殺觜一，驢駒媚少許。生當時憤怒叫吼，聲如豺虎，引琴撞擊其妻，詰令實告。盧氏亦終不自明。爾後往往暴加捶楚，備諸毒虐，竟訟於公庭而遣之。

盧氏既出，生或侍婢媵妾之屬，暫同枕席，便加妬忌。或有因而殺之者。生嘗遊廣陵，得名姬曰營十一娘者，容態潤媚，生甚悅之。每相對坐，嘗謂營曰：「我嘗於某處得某姬，犯某事，我以某法殺之。」日日陳說，欲令懼己，以肅清閨門。出則以浴斛覆營於牀，週迴封署，歸必詳視，然後乃開。又畜一短劍，甚利，顧謂侍婢曰：「此信州葛溪鐵，唯斷作罪過頭！」大凡生所見婦人，輒加猜忌；至於三娶，率皆如初焉。

二、佚名〈杜麗娘慕色還魂〉

閑向書齋覽古今，罕聞杜女再還魂。
聊將昔日風流事，編作新文厲後人。

話說南宋光宗朝間，有箇官陞授廣東南雄府尹。姓杜，名寶，字光輝，進士出身。祖貫山西太原府人。年五十歲。夫人甄氏，年四十二歲。生一男一女。其女年一十六歲，小字麗娘。男年一十二歲，名喚興文。姊弟二人，俱生得美貌清秀。杜府尹到任半載，請箇教讀於府中，書院內教姊弟二人，讀書學禮。不過半年，這小姐聰明伶俐，無書不覽，無史不通。琴棋書畫，嘲風詠月，女工針指，摩（靡）不精曉。府中人皆稱爲女秀才。

忽一日，正值季春三月中，景色融和，乍雨乍晴天氣，不寒不冷時光。這小姐帶一侍婢，名喚春香，年十歲，同往本府後花園中游賞。信步行至花園內，但見

假山眞水，翠竹奇花，普環碧沼，傍裁（栽）楊柳綠依依；森聳青峰，側畔桃花紅灼灼。雙雙粉蝶穿花，對對蜻蜓點水。梁間紫燕呢喃，柳上黃鶯睍睆。縱目臺亭池館，幾多瑞草奇葩。端的有四時不謝之花，果然是八節長春之景。

這小姐觀之不足，觸景傷情，心中不樂，急回香閣中。獨坐無聊，感春暮景，俛首沉吟而歎曰：「春色惱人信有之乎？常觀詩詞樂府，古之女子因春感情，遇秋成恨，誠不謬矣。吾今年已二八，未逢折桂之夫。感慕景情，怎得蟾宮之客？昔日郭華偶逢月英，張生得遇崔氏，曾有《鍾情麗集》、《嬌紅記》二書。此佳人才子，前以密約偷期，似皆一成秦晉。嗟呼（乎），吾生於宦族，長在名門，年已及笄，不得蚤成佳配，誠爲虛度青春。光陰如過隙耳。」歎息久之，曰：「可惜妾身顏色如花，豈料命如一葉耶！」遂憑几晝眠。

纔方合眼，忽見一書生，年方弱冠，丰姿俊秀，於園內折楊柳一枝，笑謂小姐曰：「姐姐既能通書史，可作詩以賞之乎？」小姐欲答，又驚又喜，不敢輕言。心中自忖，素昧平生，不知姓名，何敢輒入於此？正如此思間，只見那書生向前將小姐摟抱去牡丹亭畔，芍藥欄邊，共成雲雨之歡娛，兩情和合。忽值母親至房中喚醒，一身冷汗，乃是南柯一夢。

忙起身參母禮畢，夫人問曰：「我兒何不做些鍼指，或觀翫書史消遣亦可。因何晝寢於

此？」小姐答曰：「兒適花園中閑玩，忽值春暄惱人，故此回房。無可消遣，不覺困倦少息。有失迎接，望母親恕兒之罪。」夫人曰：「孩兒，這後花園中冷靜，少去閑行。」小姐曰：「領母親嚴命。」道罷，夫人與小姐同回至中堂。飯罷，這小姐口中雖如此答應，心內思想夢中之事，〔未〕嘗放懷。行坐不寧，自覺如有所失。飲食少思，淚眼汪汪，至晚不食而睡。

次早飯罷，獨坐後花園中，閑看夢中所遇書生之處，冷靜寂寥，杳無人跡。忽見一株大梅樹，梅子磊磊可愛。其樹矮如傘蓋。小姐走至樹下，甚喜而言曰：「我若死後得葬於此幸矣。」道罷回房，與小婢春香曰：「我死當葬於梅樹下。記之，記之。」

次早小姐臨鏡梳粧，自覺容顏清減，命春香取文房四寶，至鏡臺邊自盡（畫）一小影。紅裙綠襖，環珮玎璫，翠翹金鳳，宛然如活。以鏡對容，相像無一（二），心甚喜之。命弟將出衙去表背店中，表成一幅小小行樂圖。將來掛在香房內，日夕觀之。一日偶成詩一絕，自題於圖上。

近覩分明似儼然，遠觀自在若飛僊。
他年得傍蟾宮客，不在梅邊作（在）柳邊。

詩罷，思慕夢中相遇書生，曾折柳一枝，莫非所適之夫姓柳乎？故有此警報耳。自此麗娘慕色之甚。靜坐香房，轉添悽慘。心頭發熱，不疼不痛，春情難過。朝暮思之，執迷一性，懨懨成病。時二十一歲矣。

父母見女患病，求醫罔効，問佛無靈，自春害至秋。所嫌者金風送暑，玉露生涼，秋雨瀟瀟，生寒徹骨，轉加沉重。小姐自料不久，令春香請母至床前，含淚痛泣曰：「不孝逆女不能奉父母養育之恩，今忽夭亡，爲天之數也。如我死後，望母親埋葬於後園梅樹之下，平生願足矣。」囑罷哽咽而卒。時八月十五也。

母大痛，命具棺槨衣衾收殮畢。乃與杜府尹曰：「女孩兒命終時，吩咐要葬於後園梅樹之下，不可逆其所願。」這杜府尹依夫人言，遂令葬之。其母哀痛，朝夕思之。光陰迅速，不覺三年任滿，使官（館）新府尹已到。杜府尹收拾行裝，與夫人并衙內杜興文一同下船回京，聽其別選。不在話下。

且說新府尹，姓柳，名思恩，乃四川成都府人，年四十，夫人何氏，年三十六歲。夫妻恩愛，止生一子，年一十八歲，喚做柳夢梅。因母夢見食梅而有孕，故此爲名。其子學問淵源，琴棋書畫，下筆成文，隨父來南雄府。上任之後，詞清訟簡。

這柳衙內因收拾後房，於草茅雜紙之中，獲得一幅小畫。展開看時，卻是一幅美人圖，畫得十分容貌，宛如姮娥。柳衙內大喜，將去掛在書院之中，早晚看之不已。忽（一）日偶讀上面四句詩，詳其備細，此是人家女子行樂圖也。何言「不在梅邊在柳邊」？此乃奇哉怪事也。拈起筆來，亦題一絕以和其韻，詩曰：

貌若嫦娥出自然，不是天仙是地仙。
若得降臨同一宿，海誓山盟在枕邊。

詩罷，嘆賞久之，卻好天晚。這柳衙內因想畫上女子，心中不樂。正是不見此情情不動，自思何時得此女會合？恰似望梅止渴，畫餅充饑。懶觀經史，明燭和衣而臥。番來覆去，永睡不著，細聽譙樓已打三更，自覺房中寒風習習，香氣襲人。衙內披衣而起，忽聞門外有人扣門。衙內問之而不答。少頃又扣。如此者三次。衙內開了書院門，燈下看時，見一女子，生得雲鬢輕梳蟬翼，柳眉顰蹙春山。其女趨入書院，衙內急掩其門。這女子檢（斂）衽向前，深深道箇萬福。衙內驚喜相半，答禮曰：「粧前誰氏？原來貪夜至此。」那女子起（啓）一點珠（朱）唇，露兩行碎玉，答曰：「妾乃府西鄰家女也。因慕衙內之丰來（采），故奔至此，願與衙內成秦晉之歡，未知肯容納否？」這衙內笑而言曰：「美人見愛，小生喜出妄（望）外，何敢卻耶？」遂與女子解衣滅燭歸於帳內，效夫婦之禮，盡魚水之歡。

少頃雲收雨散，女子笑謂柳生曰：「妾有一言相懇，望郎勿責。」柳生笑而答曰：「賢卿有話，但說無訪（妨）。」女子含咲（笑）曰：「妾千金之軀，一旦付與郎矣，勿負奴心，每夜（得）共枕蓆，平生之願足矣。」柳生笑而答曰：「賢卿有心戀於小生，小生豈敢忘於賢卿乎！但不知姐姐姓甚何名？」女答曰：「妾乃府西鄰家女也。」言未絕，雞鳴五更，曙色將分。女子整衣趨出院門。柳生急起送之，不知所往。至次夜又至。柳生再三詢問姓名。女子以前意答應，如此十餘夜。

一夜，柳生與女子共枕而問曰：「賢卿不以實告於我，我不與汝和諧，白於父母，取責汝家。汝可實言姓氏，待小生稟於父母，使媒約（妁）聘汝爲妻，已（以）成百年夫婦，豈不美哉。」女子笑而不言。被柳生再三促迫不過，只得含淚而言曰：「衙內勿驚。妾乃前任杜知府之女杜麗娘也。年十八歲，未曾適人。因慕情色，懷恨而逝。妾在日常所愛者，後園梅樹。臨終遺囑於母，令葬妾於樹下。今已一年，一靈不散，死（尸）首不壞。因與郎有宿世姻緣未絕，郎得妾之小影，故不避嫌疑以遂枕蓆之歡。蒙君見憐，君若不棄幻體，可將妾之衷情告稟二位椿萱，來日可到後園梅樹下發棺視之。妾必還魂，與郎共爲百年夫婦矣。」這衙內聽罷，毛髮悚然。失驚而問曰：「果是如此，來日發棺視之。」道罷已是五更。女子整衣而起，再三叮嚀：「可急視之，請勿自誤。如若不然，妾事已露，不復再至矣。望郎留心，勿使可惜矣。妾不得復生，必痛恨於九泉之下也。」言訖化清風而不見。

柳生至次日飯後，入中堂稟於母。母不信有此事，乃請柳府尹說知。府尹曰：「要知明白，但問府中舊吏門子人等，必知詳細。」當時柳府尹交（叫）喚舊吏人等問之。果有杜知府之女杜麗娘葬於後園梅樹之下，今已一年矣。柳知府聽罷驚異，急喚人夫，同去後園梅樹下掘開，果見棺木，揭開蓋棺板，衆人視之，面顏儼然如活一般。柳知府教人燒湯，移尸於密室之中。即令養娘侍婢脫去衣服，用香湯沐浴洗之。霎時之間身體微動，鳳眼微開，漸漸甦醒。這柳夫人交（叫）取新衣服穿了。

這女子三魂再至，七魄重生，立身起來。柳相公與夫人并衙內看時，但見身材柔軟，有如芍藥倚欄干，翠黛低垂，好似桃花含宿雨，（好）似浴罷的西施，（宛）如沉醉的楊妃。這衙內看罷不勝之喜，叫養娘扶女子坐下。良久，取安魂湯、定魄散吃下。少頃便能言語。起身對柳衙內曰：「請爹媽二位出來拜見。」柳相公、夫人皆曰：「小姐保養，未可勞動。」即（換）（喚）侍女扶小姐去臥房中睡。少時夫人吩咐安排酒席，於後堂慶喜。當晚筵席已完，教侍女請出小姐赴宴。當日杜小姐喜得再生人世，重整衣粧，出拜於堂下。柳相公與杜小姐曰：「不想我愚男與小姐有宿世緣分。今得還魂，眞乃是天賜也。明日可差人往山西太原府去，尋問杜府尹家，投下報喜。」夫人對相公曰：「今小姐天賜還魂，可擇日與孩兒成親。」相公允之。至次日，差人持書報喜。不在話下。

過了旬日，擇得十月十五日吉旦，正是：「屛開金孔雀，褥穩繡芙蓉。」大排筵宴，杜小姐與柳衙內合巹交盃，坐床撒帳，一切完備。至晚席散，杜小姐與衙內同歸羅帳，並枕同衾，受盡人間之樂。

話分兩頭。且說杜府尹，回至〔臨〕安府，尋公館安下。至次日，早朝見光宗皇帝，喜動天顏，御筆除授江西省參知政事。帶夫人並衙內上任已經兩載。忽一日，有一人持書至杜相公案下。相公問：「何處來的？」答曰：「小人是廣東南雄府柳府尹差來。」懷中取書呈上。杜相公展開書看。書上說小姐還魂與柳衙內成親一事，今特馳書報喜。這杜相公看罷大喜，賞了來人酒飯：「待我修書回覆柳親家。」這杜相公將書入後堂，與夫人說南雄府柳府尹送書來說麗娘小姐還魂，與柳知府男成親事。夫人聽之大喜曰：「且喜昨夜燈花結蕊，今霄（宵）靈鵲聲頻。」相公曰：「我今修書回覆，交（教）伊朝覲，在臨安府相會。」寫了回書，付與來人，賞銀五兩。來人叩謝去了。不在話下。

卻說柳衙內聞知春榜動，選場開，遂拜別父母妻子，將帶僕人盤纏，前往臨安府會試應舉。在路不則一日，已到臨安府，投店安下，徑入試院。三場已畢，喜中第一甲進士，除授臨安府推官。柳生馳書遣僕報知父母妻子。這杜小姐已知丈夫得中，任臨安府推官，心中大喜。至年終這柳府尹任滿，帶夫人并杜小姐回臨安府推官衙內投下。這柳推官拜見父母妻子，心中大喜，排筵慶賀，以待杜參政回朝相會。住不兩月，卻好杜參政帶夫人并子回至臨安府館驛安下。這柳推官迎接杜參政并夫人至府中，與妻子杜麗娘相見，喜不盡言，不在話下。這柳夢梅轉陞臨安府尹。這杜麗娘生二子，俱爲顯官。夫榮妻貴，享天年而終。

三、李公佐《南柯太守傳》

東平淳于棼，吳楚游俠之士。嗜酒使氣，不守細行。累巨產，養豪客。曾以武藝補淮南軍裨將，因使酒忤帥，斥逐落魄，縱誕飲酒爲事。家住廣陵郡東十里。所居宅南有大古槐一株，枝幹修密，清陰數畝。淳于生日與群豪，大飲其下。

貞元七年九月，因沈醉致疾。時二友人於坐扶生歸家。臥於堂東廡之下。二友謂生曰：「子其寢矣！余將秣馬濯足，俟子小愈而去。」生解巾就枕，昏然忽忽，髣髴若夢。見二紫衣使者，跪拜生曰：「槐安國王遣小臣致命奉邀。」生不覺下榻整衣，隨二使至門。見青油小車，駕以四牡，左右從者七八，扶生上車，出大戶，指古槐穴而去。使者即驅入穴中。生意頗甚異之，不敢致問。忽見山川風候草木道路，與人世甚殊。前行數十里，有郛郭城堞。車輿人物，不絕於路。生左右傳車者傳呼甚嚴，行者亦爭闢於左右。

又入大城，朱門重樓，樓上有金書，題曰「大槐安國」。執門者趨拜奔走。旋有一騎傳呼曰：「王以駙馬遠降，令且息東華館。」因前導而去。俄見一門洞開，生降車而入。彩檻雕楹；華木珍果，列植於庭下；几案茵褥，簾幃殽膳，陳設於庭上。生心甚自悅。復有呼曰：「右相且至。」生降階祗奉。有一人紫衣象簡前趨，賓主之儀敬盡焉。右相曰：「寡君不以弊國遠僻，奉迎君子，託以姻親。」生曰：「某以賤劣之軀，豈敢是望。」右相因請生同詣其所。行可百步，入朱門。矛戟斧鉞，布列左右，軍吏數百，辟易道側。生有平生酒徒周弁者，亦趨其中。生私心悅之，不敢前問。右相引生升廣殿，御衛嚴肅，若至尊之所。見一人長大端嚴，居王位，衣素練服，簪朱華冠。生戰慄，不敢仰視。左右侍者令生拜。王曰：「前奉賢尊命，不棄小國，許令次女瑤芳，奉事君子。」生但俯伏而已，不敢致詞。王曰：「且就賓宇，續造儀式。」有旨，右相亦與生偕還館舍。生思念之，意以爲父在邊將，因歿虜中，不知存亡。將謂父北蕃交遜，而致茲事。心甚迷惑，不知其由。

是夕，羔雁幣帛，威容儀度，妓樂絲竹，殽膳燈燭，車騎禮物之用，無不咸備。有群女，或稱華陽姑，或稱青溪姑，或稱上仙子，或稱下仙子，若是者數輩。皆侍從數千，冠翠鳳冠，衣金霞帔，綵碧金鈿，目不可視。遨遊戲樂，往來其門，爭以淳于郎爲戲弄。風態妖麗，言詞巧艷，生莫能對。復有一女謂生曰：「昨上巳日，吾從靈芝夫人過禪智寺，於天竺院觀右延舞婆羅門。吾與諸女坐北牖石榻上，時君少年，亦解騎來看。君獨強來親洽，言調笑謔。吾與窮英妹結絳巾，挂於竹枝上，君獨不憶念之乎？又七月十六日，吾於孝感寺悟上眞子，聽契玄法師講觀音經。吾於講下捨金鳳釵兩隻，上眞子捨水犀合子一枚。時君亦講筵中於師處請釵合視之。賞歎再三，嗟異良久。顧余輩曰：「人之與物，皆非世間所有。」或問吾民，或訪吾里。吾亦不答。情意戀戀，矚盼不捨。君豈不思念之乎？」生曰：「中心藏之，何日忘之。」群女曰：「不意今日與君爲眷屬。」

復有三人，冠帶甚偉，前拜生曰：「奉命爲駙馬相者。」中一人與生且故。生指曰：「子非馮翊田子華乎？」田曰：「然。」生前，執手敘舊久之。生謂曰：「子何以居此？」子華曰：「吾放遊，獲受知於右相武成侯段公，因以棲託。」生復問曰：「周弁在此，知之乎？」子華曰：「周生，貴人也。職爲司隸，權勢甚盛。吾數蒙庇護。」言笑甚歡。俄傳聲曰：「駙馬可進矣。」三子取劍佩冕服，更衣之。子華曰：「不意今日獲覩盛禮，無以相忘也。」有仙姬數十，奏諸異樂，婉轉清亮，曲調悽悲，非人間之所聞聽。有執燭引導者，亦數十。左右見金翠步障，彩碧玲瓏，不斷數里。生端坐車中，心意恍惚，甚不自安。田子華數言笑以解之。向者群女姑娣，各乘鳳翼輦，亦往來其間。至一門，號「修儀宮」。群仙姑姊亦紛然在側，令生降車輦拜，揖讓升降，一如人間。徹障去扇，見一女子，云號金枝公主。年可十四五，儼若神仙。交歡之禮，頗亦明顯。

生自爾情義日洽，榮曜日盛，出入車服，遊宴賓御，次於王者。王命生與群寮備武衛，大獵於國西靈龜山。山阜峻秀，川澤廣遠，林樹豐茂，飛禽走獸，無不蓄之。師徒大獲，竟夕而還。

生因他日，啓王曰：「臣頃結好之日，大王云奉臣父之命。臣父頃佐邊將，用兵失利，陷沒胡中；爾來絕書信十七八歲矣。王既知所在，臣請一往拜覲。」王遽謂曰：「親家翁職守北土，信問不絕。卿但具書狀知聞，未用便去。」遂命妻致饋賀之禮，一以遣之。數夕還答。生驗書本意，皆父平生之跡，書中憶念教誨，情意委曲，皆如昔年。復問生親戚存亡，閭里興廢。復言路道乖遠，風煙阻絕。詞意悲苦，言語哀傷。又不令生來覲，云「歲在丁丑，當與女相見。」生捧書悲咽，情不自堪。

他日，妻謂生曰：「子豈不思爲政乎？」生曰：「我放蕩不習政事。」妻曰：「卿但爲之，余當奉贊。」妻遂白於王。累日，謂生曰：「吾南柯政事不理，太守黜廢，欲藉卿才，可曲屈之。便與小女同行。」生敦授教命。王遂勅有司備太守行李。因出金玉，錦繡，箱奩，僕妾，車馬，列於廣衢，以餞公主之行。生少遊俠，曾不敢有望，至是甚悅。因上表曰：「臣將門餘子，素無藝術，猥當大任，必敗朝章。自悲負乘，坐致覆餗。今欲廣求賢哲，以贊不逮。伏見司隸潁川周弁，忠亮剛直，守法不回，有毗佐之器。處士馮翊田子華清愼通變，達政化之源。二人與臣有十年之舊，備知才用，可託政事。周請署南柯司憲，田請署司農。庶使臣政績有聞，憲章不紊也。」王並依表以遣之。

其夕，王與夫人餞於國南。王謂生曰：「南柯國之大郡，土地豐壤，人物豪盛，非惠政不能以治之。況有周田二贊。卿其勉之，以副國念。」夫人戒公主曰：「淳于郎性剛好酒，加之少年；爲婦之道，貴乎柔順。爾善事之，吾無憂矣。南柯雖封境不遙，晨昏有間，今日暌別，寧不沾巾。」生與妻拜首南去，登車擁騎，言笑甚歡。

累夕達郡。郡有官吏，僧道，耆老，音樂，車轝，武衛，鑾鈴，爭來迎奉。人物闐咽，鐘鼓喧譁，不絕十數里。見雉堞臺觀，佳氣鬱鬱。入大城門，門亦有大榜，題以金字，曰「南柯郡城」。見朱軒棨戶，森然深邃。生下車省風俗，療病苦，政事委以周田，郡中大理。

自守郡二十載，風化廣被，百姓歌謠，建功德碑，立生祠宇。王甚重之，賜食邑，錫爵位，居台輔。周田皆以政治著聞，遞遷大位。生有五男二女。男以門蔭授官，女亦娉於王族；榮耀顯赫，一時之盛，代莫比之。

是歲，有檀蘿國者，來伐是郡。王命生練將訓師以征之。乃表周弁將兵三萬，以拒賊之衆於瑤臺城。弁剛勇輕敵，師徒敗績，弁單騎裸身潛遁，夜歸城。賊亦收輜重鎧甲而還。生因囚弁以請罪。王並捨之。

是月，司憲周弁疽發背，卒。生妻公主遘疾，旬日又薨。生因請罷郡，護喪赴國。王許之。便以司農田子華行南柯太守事。生哀慟發引，威儀在途，男女叫號，人吏奠饌，攀轅遮道者不可勝數。遂達於國。王與夫人素衣哭於郊，候靈轝之至。諡公主曰：「順儀公主」。備儀仗羽葆鼓吹，葬於國東十里盤龍岡。是月，故司憲子榮信，亦護喪赴國。

生久鎮外藩，結好中國，貴門豪族，靡不是洽。自罷郡還國，出入無恆，交遊賓從，威福日盛。王意疑憚之。時有國人上表云：「玄象謫見，國有大恐。都邑遷徙，宗廟崩壞。釁起他族，事在蕭牆。」時議以生侈僭之應也。遂奪生侍衛，禁生遊從，處之私第。生自恃守郡多年，曾無敗政，流言怨悖，鬱鬱不樂。王亦知之，因命生曰：「姻親二十餘年，不幸小女夭枉，不得與君子偕老，良用痛傷。」夫人因留孫自鞠育之。又謂生曰：「卿離家多時，可暫歸本里，一見親族。諸孫留此，無以爲念。後三年，當令迎生。」生曰：「此乃家矣，何更歸焉？」王笑曰：「卿本人間，家非在此。」生忽若惛睡，瞢然久之，方乃發悟前事，遂流涕請還。王顧左右以送生。生再拜而去，復見前二紫衣使者從焉。至大戶外，見所乘車甚劣，左右親使御僕，遂無一人，心甚歎異。生上車，行可數里，復出大城。宛是昔年東來之途，山川原野，依然如舊。所送二使者，甚無威勢。生逾快快。生問使者曰：「廣陵郡何時可到？」二使謳歌自若，久乃答曰：「少頃即至。」

俄出一穴，見本里閭巷，不改往日，潸然自悲，不覺流涕。二使者引生下車，入其門，升自階，己身臥於堂東廡之下。生甚驚畏，不敢前近。二使因大呼生之姓名數聲，生遂發寤如初。見家之僮僕擁篲於庭，二客濯足於榻，斜日未隱於西垣，餘樽尚湛於東牖。夢中倏忽，若度一世矣。

生感念嗟歎，遂呼二客而語之。驚駭。因與生出外，尋槐下穴。生指曰：「此即夢中所驚入處。」二客將謂狐狸木媚之所爲祟。遂命僕夫荷斤斧，斷擁腫，折查枿，尋穴究源。旁可袤丈。有大穴，根洞然明朗，可容一榻。上有積土壤，以爲城郭臺殿之狀。有蟻數斛，隱聚其中。中有小臺，其色若丹。二大蟻處之，素翼朱首，長可三寸。左右大蟻數十輔之，諸蟻不敢近。此其王矣。即槐安國都也。又窮一穴：直上南枝可四丈，宛轉方中，亦有土城小樓，群蟻亦處其中，即生所領南柯郡也。又一穴：西去二丈，磅礴空圬，嵌窞異狀。中有一腐龜，殼大如斗。積雨浸潤，小草叢生，繁茂翳薈，掩映振殼，即生所獵靈龜山也。又窮一穴：東去丈餘，古根盤屈，若龍虺之狀。中有小土壤，高尺餘，即生所葬妻盤龍岡之墓也。追想前事，感歎於懷，披閱窮跡，皆符所夢。不欲二客壞之，遽令掩塞如舊。是夕，風雨暴發。旦視其穴，遂失群蟻，莫知所去。故先言「國有大恐，都邑遷徙。」此其驗矣。復念檀蘿征伐之事，又請二客訪跡於外。宅東一里有古涸澗，側有大檀樹一株，藤蘿擁織，上不見日。旁有小穴，亦有群蟻隱聚其間。檀蘿之國，豈非此耶？嗟乎！蟻之靈異，猶不可窮，況山藏木伏之大者所變化乎？

時生酒徒周弁田子華並居六合縣，不與生過從旬日矣。生遽遣家僮疾往候之。周生暴疾已逝，田子華亦寢疾於牀。生感南柯之浮虛，悟人世之倏忽，遂棲心道門，絕棄酒色。後三年，歲在丁丑，亦終於家。時年四十七，將符宿契之限矣。

公佐貞元十八年秋八月，自吳之洛，暫泊淮浦，偶覿淳于生棼，詢訪遺跡，翻覆再三，事皆摭實，輒編錄成傳，以資好事。雖稽神語怪，事涉非經，而竊位著生，冀將為戒。後之君子，幸以南柯為偶然，無以名位驕於天壤間云。

前華州參軍李肇贊曰：

貴極祿位，權傾國都，達人視此，蟻聚何殊。

四、沈既濟《枕中記》

開元七年，道士有呂翁者，得神仙術，行邯鄲道中，息邸舍，攝帽弛帶，隱囊而坐。俄見旅中少年，乃盧生也。衣短褐，乘青駒，將適于田，亦止於邸中，與翁共席而坐，言笑殊暢。久之，盧生顧其衣裝敝褻，乃長歎息曰：「大丈夫生世不諧，困如是也！」翁曰：「觀子形體，無苦無恙，談諧方適，而歎其困者，何也？」生曰：「吾此苟生耳。何適之謂？」翁曰：「此不謂適，而何謂適？」答曰：「士之生世，當建功樹名，出將入相，列鼎而食，選聲而聽，使族益昌而家益肥，然後可以言適乎。吾嘗志於學，富於游藝，自惟當年青紫可拾。今已適壯，猶勤畎畝，非困而何？」言訖，而目昏思寐。

時主人方蒸黍。翁乃探囊中枕以授之，曰：「子枕吾枕，當令子榮適如志。」其枕青甆，而竅其兩端。生俛首就之，見其竅漸大，明朗。乃舉身而入，遂至其家。數月，娶清河崔氏女。女容甚麗，生資愈厚。生大悅，由是衣裝服馭，日益鮮盛。明年，舉進士，登第；釋褐秘校；應制，轉渭南尉；俄遷監察御史；轉起居舍人，知制誥。三載，出典同州，遷陝牧。生性好土功，自陝西鑿河八十里，以濟不通。邦人利之，刻石紀德。移節汴州，領河南道採訪使，徵爲京兆尹。是歲，神武皇帝方事戎狄，恢宏土宇。會吐蕃悉抹邏及燭龍莽布支攻陷瓜沙，而節度使王君㚟新被殺，河湟震動。帝思將帥之才，遂除生御史中丞，河西道節度。大破戎虜，斬首七千級，開地九百里，築三大城以遮要害。邊人立石於居延山以頌之。歸朝冊勳，恩禮極盛。轉吏部侍郎，遷戶部尚書兼御史大夫。時望清重，群情翕習。大爲時宰所忌，以飛語中之，貶爲端州刺史。三年，徵爲常侍。未幾，同中書門下平章事。與蕭中令嵩，裴侍中光庭同執大政十餘年，嘉謨密令，一日三接，獻替啓沃，號爲賢相。同列害之，復誣與邊將交結，所圖不軌。制下獄。府吏引從至其門而急收之。生惶駭不測，謂妻子曰：「吾家山東，有良田五頃，足以禦寒餒，何苦求祿？而今及此。思衣短褐，乘青駒，行邯鄲道中，不可得也。」引刃自刎。其妻救之，獲免。其罹者皆死，獨生爲中官保之，減罪死，投驩州。數年，帝知冤，復追爲中書令，封燕國公，恩旨殊異。生五子：曰儉，曰傳，曰位，曰倜，曰倚，皆有才器。儉進士登第，爲考功員外；傳爲侍御史；位爲太常丞；倜爲萬年尉；倚最賢，年二十八，爲左襄。其姻媾皆天下望族。有孫十餘人。兩竄荒徼，再登台鉉，出入中外，徊翔臺閣，五十餘年，崇盛赫奕。性頗奢蕩，甚好佚樂，後庭聲色，皆第一綺麗。前後賜良田、甲第、佳人、名馬，不可勝數。後年漸衰邁，屢乞骸骨，不許。病，中人候問，相踵於道，名醫上藥，無不至焉。將歿，上疏曰：「臣本山東諸生，以田圃爲娛。偶逢聖運，得列官敘。過蒙殊獎，特秩鴻私，出擁節旌，入昇台輔。周旋中外，綿歷歲時。有忝天恩，無裨聖化。負乘貽寇，履薄增憂，日懼一日，不知老至。今年逾八十，位極三事，鐘漏並歇，筋骸俱耄，彌留沈頓，待時益盡。顧無成效，上答休明，空負深恩，永辭聖代。無任感戀之至。謹奉表陳謝。」詔曰：「卿以俊德，作朕元輔。出擁藩翰，入贊雍熙。昇平二紀，實卿所賴。比嬰疾疹，日謂痊平。豈斯沈痼，良用憫惻。今令驃騎大將軍高力士就第候省。其勉加鍼石，爲予自愛。猶冀無妄，期於有瘳。」是夕，薨。

盧生欠伸而悟，見其身方偃於邸舍，呂翁坐其傍，主人蒸黍未熟，觸類如故。生蹶然而興，曰：「豈其夢寐也？」翁謂生曰：「人生之適，亦如是矣。」生憮然良久，謝曰：「夫寵辱之道，窮達之運，得喪之理，死生之情，盡知之矣。此先生所以窒吾欲也。敢不受教。」稽首再拜而去。

參考書目

壹、專書

一、經學與哲學

詩集傳　朱熹著　臺北　臺灣中華書局　一九七一年一一月

詩經研究史概要　夏傳才著　鄭州　中州書畫社　一九八二年九月

宋明理學史　侯外廬主編　北京　人民出版社　一九八七年六月

明代思想史　容肇祖著　臺北　臺灣開明書店　一九六二年三月

明代思想與中國文化　宗志罡主編　合肥　安徽人民出版社　一九九四年一〇月

晚明思潮與社會變動　淡江大學中文系主編　臺北　弘化文化事業公司　一九八七年一二月

傳習錄　葉紹鈞點校　臺北　臺灣商務印書館　一九八二年

泰州學派　楊天石著　北京　中華書局　一九八〇年一〇月

湯顯祖與晚明文化　鄭培凱著　臺北　允晨文化公司　一九九五年一一月

清初的群經辨僞學　林慶彰著　臺北　文津出版社　一九九〇年三月

二、史學

明　史　張廷玉等撰　臺北　鼎文書局　一九七五年
明史紀事本末　谷應泰著　臺北　華世出版社　一九七六年二月
明朝典制　張德信著　長春　吉林文史出版社　一九九六年一月
明武宗外記　毛奇齡著　上海　上海書店　一九八二年
明代的宦官和宮廷　溫功義著　重慶　重慶出版社　一九八九年三月
明朝宦官　王春瑜、杜婉言著　北京　紫禁城出版社　一九八九年二月
藏　書　李贄著　臺北　臺灣學生書局　一九七四年八月
續藏書　李贄著　臺北　臺灣學生書局　一九七四年五月
列朝詩集小傳　錢謙益著　臺北　世界書局　一九六一年
明清戲曲家考略　鄧長風著　上海　上海古籍出版社　一九九四年二月
晚明曲家年譜　徐朔方著　杭州　浙江古籍出版社　一九九三年二月
李卓吾評傳　容肇祖著　臺北　臺灣商務印書館　一九七三年二月
李卓吾事蹟繫年　林其賢著　臺北　文津出版社　一九八八年三月
紫柏大師研究　釋果祥著　臺北　東初出版社　一九八七年
張居正大傳　朱東潤著　臺北　臺灣開明書店　一九六八年二月
張江陵新傳　唐　新著　臺北　臺灣中華書局　一九六八年四月

湯顯祖傳　黃文錫、吳鳳雛著　北京　中國戲劇出版社　一九八六年六月
湯顯祖傳　龔重謨、羅傳奇著　南昌　江西人民出版社　一九八六年一〇月
湯顯祖編年評傳　黃芝岡著　北京　中國戲劇出版社　一九九二年八月
湯顯祖評傳　徐朔方著　南京　南京大學出版社　一九九三年七月
湯顯祖年譜　徐朔方著　晚明曲家年譜　第三卷　杭州　浙江古籍出版社　一九九三年一二月
萬曆野獲編　沈德符著　筆記小說大觀　第一五編　臺北　新興書局　一九八八年一月
棗林雜俎　談遷著　筆記小說大觀　第二二編　臺北　新興書局　一九八四年
寄園寄所寄　趙吉士著　臺北　廣文書局　一九八一年
少室山房筆叢　胡應麟著　臺北　世界書局　一九六三年四月
見只編　姚士粦著　百部叢書集成影印鹽邑志林本　台北縣　藝文印書館　一九六五年
曲海總目提要　佚　名編　天津　天津古籍書店　一九九二年六月
湯顯祖研究文獻目錄　陳美雪編　臺北　臺灣學生書局　一九九六年一二月

三、文學

插圖本中國文學史　鄭振鐸著　北京　文學古籍刊行社　一九五九年
中國文學發展史　劉大杰著　北京　中華書局　一九六二—六三年

中國文學史　中國社會科學院文學研究所編　北京　人民文學出版社　一九六二年七月
中國文學史　游國恩、王起等編　北京　人民文學出版社　一九六三—六六年
唐人小說　汪辟疆校錄　臺北　河洛圖書出版社　一九七四年一〇月
唐宋傳奇集　魯迅校錄　魯迅全集　第一〇冊　北京　人民文學出版社　一九七三年
唐代小說研究　劉開榮著　臺北　臺灣商務印書館　一九九四年五月
杜少陵集詳註　仇兆鰲著　香港　中華書局　一九七四年
太平廣記　李昉等撰　北京　中華書局　一九六一年九月
晚明士風與文學　夏咸淳著　北京　中國社會科學出版社　一九九四年七月
晚明文學新探　馬美信著　臺北　聖環圖書公司　一九九四年六月
康齋集　吳與弼著　上海　上海古籍出版社　一九八五年
白沙子全集　陳獻章著　臺北　河洛圖書出版社　一九七四年九月
焚　書　李贄著　臺北　河洛圖書出版社　一九七四年五月
李贄之文論　陳錦釗著　臺北　嘉新文化基金會　一九七四年一一月
張居正集　張舜徽主編　武昌　荊楚書社　一九八七年九月
盱江羅近溪全集　羅汝芳著　明萬曆戊午劉一焜浙江刊本
紫柏老人集　達觀著　清刊本
湯顯祖集　湯顯祖著　上海　上海人民出版社　一九七三年七月
袁宏道集箋校　錢伯城箋校　上海　上海古籍出版社　一九八一年

鹿裘石室集　梅鼎祚著　明天啓間刊本

負苞堂集　臧懋循著　臺北　河洛圖書出版社　一九八〇年

戲劇鑑賞入門　魏　怡著　臺北　萬卷樓圖書公司　一九九四年九月

戲曲藝術論　張　庚著　臺北　丹青圖書公司　一九八七年六月

說戲曲　曾永義著　臺北　聯經出版事業公司　一九七六年九月

中國劇詩美學風格　蘇國榮著　臺北　丹青圖書公司　一九八七年六月

中國戲曲通史　張庚、郭漢城著　臺北　丹青圖書公司　不注出版年月

中國近世戲曲史　青木正兒著、王古魯譯　臺北　臺灣商務印書館　一九八八年三月

中國戲劇學史稿　葉長海著　臺北　駱駝出版社　一九八七年七月

中國古典戲劇論集　曾永義著　臺北　聯經出版事業公司　一九七五年一〇月

中國古典戲劇的認識與欣賞　曾永義著　臺北　正中書局　一九九一年一一月

明清傳奇概說　朱承樸、曾慶全著　香港　三聯書店香港分店　一九八五年四月

明清傳奇　王永建著　南京　江蘇教育出版社　一九八九年一一月

明代傳奇之劇場及其藝術　王安祈著　臺北　臺灣學生書局　一九八六年六月

明代戲曲五論　王安祈著　臺北　大安出版社　一九九〇年五月

晚明戲曲劇種及聲腔研究　林鶴宜著　臺北　學海出版社　一九九四年一〇月

曲　律　王驥德著　中國古典戲曲論著集成　第四集　北京　中國戲劇出版社　一九八二年一一月

曲論　徐復祚著　中國古典戲曲論著集成　第四集　北京　中國戲劇出版社　一九八二年一一月

曲律　魏良輔著　中國古典戲曲論著集成　第五集　北京　中國戲劇出版社　一九八二年一一月

曲品　呂天成著　中國古典戲曲論著集成　第六集　北京　中國戲劇出版社　一九八二年一一月

劇説　焦循著　中國古典戲曲論著集成　第八集　北京　中國戲劇出版社　一九八二年一一月

曲選　吳梅選注　上海　商務印書館　一九三二年九月

湯顯祖戲曲集　湯顯祖著、錢南揚點校　上海　上海古籍出版社　一九八二年六月

紫簫記　湯顯祖著、錢南揚點校　湯顯祖集第四冊　上海　上海人民出版社　一九七三年七月

紫釵記　湯顯祖著、錢南揚點校　湯顯祖集第三冊　上海　上海人民出版社　一九七三年七月

紫釵記　湯顯祖著、胡士瑩校注　北京　人民文學出版社　一九八二年一月

牡丹亭　湯顯祖著、徐朔方、楊笑梅校注　臺北　里仁書局　一九九五年二月

牡丹亭　湯顯祖著、錢南揚點校　湯顯祖集第三冊　上海　上海人民出版社　一九七三年七月

牡丹亭校注　湯顯祖著、俞爲民校注　臺北　華正書局　一九九六年一月

南柯夢記　湯顯祖著、錢南揚點校　上海　上海人民出版社　一九七三年七月

南柯夢記　湯顯祖著、錢南揚校注　北京　人民文學出版社　一九八一年七月

邯鄲夢記　湯顯祖著、錢南揚點校　湯顯祖集第四冊　上海　上海人民出版社　一九七三年七月

湯顯祖牡丹亭考述　潘群英著　臺北　嘉新水泥公司文化基金會　一九六九年八月

牡丹亭研究　楊振良著　臺北　臺灣學生書局　一九九二年三月

湯顯祖與牡丹亭　徐扶明著　上海　上海古籍出版社　一九九三年一一月（中國古典文學基本知識叢書）

湯顯祖南柯記考述　呂凱著　臺北　嘉新水泥公司文化基金會　一九七四年二月

湯顯祖邯鄲記研究　李景雲著　中國文化學院中國文學研究所碩士論文　一九七七年六月　李殿魁指導

湯顯祖邯鄲夢記研究　姜姈妹著　臺灣師範大學國文研究所碩士論文　一九八九年六月　王熙元指導

論湯顯祖劇作四種　侯外廬著　北京　中國戲劇出版社　一九六二年六月

湯顯祖紀念集　江西省文學藝術研究所編　南昌　江西省文學藝術研究所　一九八三年三月

論湯顯祖及其他　徐朔方著　上海　上海古籍出版社　一九八三年八月（湯顯祖部份）

湯顯祖研究論文集　江西省文學藝術研究所編　北京　中國戲劇出版社　一九八四年五月

湯顯祖論稿　周育德著　北京　文化藝術出版社　一九九一年六月

湯顯祖與明清傳奇研究　王永健著　臺北　志一出版社　一九九五年一二月

老舍論劇　老舍著　上海　上海文藝出版社　一九八〇年

貳、論　文

一、哲　學

湯顯祖哲學思想初探　樓宇烈著　中國古代、近代文學研究（複印報刊資料）一九八七年一一期　一九八七年一一月

湯顯祖宇宙觀、人性論及社會觀新探　周育德著　中國古代、近代文學研究（複印報刊資料）一九八七年六期　一九八七年六月

論湯顯祖文化意識的悲劇衝突　郭英德、李真瑜著　戲曲研究　第二四輯　北京　文化藝術出版社　一九八七年一二月

二、史　學

說明代宦官　張存武著　幼獅學誌　第三卷二期　一九六四年四月

湯顯祖與萬曆政界　周育德著　湯顯祖論稿　北京　文化藝術出版社　一九九一年六月

臨川四夢和明代社會　周育德著　湯顯祖研究論文集　北京　中國戲劇出版社　一九八四年五月

湯顯祖與晚明政治　鄭培凱著　湯顯祖與晚明文化　臺北　允晨文化公司　一九九五年一

一月
湯顯祖與晚明文化美學　鄭培凱著　湯顯祖與晚明文化　臺北　允晨文化公司　一九九五
年一一月
湯顯祖與利瑪竇　徐朔方著　徐朔方集　第一卷　杭州　浙江古籍出版社　一九九三年一
二月
湯顯祖與金瓶梅　徐朔方著　徐朔方集　第一卷　杭州　浙江古籍出版社　一九九三年一
二月
湯顯祖　夏寫時著　中國古代文論家評傳　鄭州　中州古籍出版社　一九八八年八月
改革派、創新家、開拓者——論湯顯祖　吳國欽著　中華戲曲　第一四輯　太原　山西人
民出版社　一九九三年八月

三、文學

霍小玉故事的演變　廖玉蕙著　幼獅月刊　第四五卷五期　一九七七年五月
枕中記及其作者　王夢鷗著　幼獅學誌　第五卷二期　一九六六年一二月
沈既濟生平及其作品補敘　王夢鷗著　國立政治大學學報　第二六期　一九七二年一二月
枕中記及其作者之考證　李仕漢著　中國文學　第八九期　一九七四年九月
枕中記、南柯太守傳與邯鄲記、南柯記之比較研究　盧惠淑著　臺灣師範大學國研所博士

論文　一九八八年六月
八仙考　浦江清著　清華學報　第一卷一期　一九三六年一月
湯顯祖與萬曆劇壇　周育德著　湯顯祖論稿　北京　文化藝術出版社　一九九一年六月
湯顯祖與晚明文藝思潮　徐朔方著　徐朔方集　第一卷　杭州　浙江古籍出版社　一九九三年一二月
湯顯祖對張居正之認識及其在劇作中的曲折反映　蔣星煜著　湯顯祖研究論文集　北京　中國戲劇出版社　一九八四年五月
玉茗四夢的作者與作品　吳錫澤著　東方雜誌　復刊第五卷一二期　一九七二年六月
湯顯祖和他的四夢　黃麗貞著　中華文化復興月刊　第九卷一一期　一九七六年一一月
湯顯祖和臨川四夢　郭漢城著　湯顯祖紀念集　南昌　江西省文學藝術研究所　一九八三年一〇月
浪漫主義戲曲大師湯顯祖和他的臨川四夢　王永健著　明清傳奇　南京　江蘇教育出版社　一九八九年一一月
湯顯祖愛情劇一解　孫玫著　戲曲研究（複印報刊資料）　一九八五年八期　一九八五年八月
湯顯祖筆下的時間與人生　夏志清著　愛情·社會·小說　臺北　純文學出版社　一九七〇年九月
關於湯顯祖的世界觀　徐朔方著　湯顯祖紀念集　南昌　江西省文學藝術研究所　一九八

三年一〇月

湯顯祖的「至情論」　成復旺著　明清實學簡史　北京　社會科學文獻出版社　一九九四年九月

論湯顯祖的情與夢　賴大仁著　中國古代、近代文學研究（複印報刊資料）　一九九〇年一一期

湯顯祖的主情論劇作學體系　陳竹著　明清言情劇作學史稿　武昌　華中師範大學出版社　一九九一年八月

世間只有情難訴——試論湯顯祖的情觀與他劇作的關係　華瑋著　大陸雜誌　第八六卷六期　一九九三年六月

明代曲論中的「情」論探索　潘麗珠著　國文學報　第二三期　一九九四年六月

論臨川戲劇的時空結構　程鵬、蔣志雄著　中國古代、近代文學研究（複印報刊資料）　一九八八年一〇期

論湯顯祖的創作歷程和理論追求　夏寫時著　論中國戲劇批評　濟南　齊魯書社　一九八八年一〇月

因情成夢，因夢成戲——試論臨川四夢的夢境和描寫　王永健著　湯顯祖與明清傳奇研究　臺北　志一出版社　一九九五年一二月

臨川四夢與湯顯祖夢境心理分析　徐保衛著　中國古代、近代文學研究（複印報刊資料）　一九八七年五期

湯顯祖創作思想管見　范國明著　國際關係學院學報　一九九二年四期
湯顯祖與本色說　許祥麟著　戲曲研究（複印報刊資料）一九八六年六期
主體精神的自由體現——湯顯祖的劇作觀　王長安著　戲曲研究（複印報刊資料）一九八六年一二期一九八六年一一月
湯顯祖戲曲的腔調和他的時代　徐朔方著　中國文哲研究通訊　第六卷一期　一九九六年三月
漫談湯顯祖的戲曲導演表演藝術觀　李紫貴著　湯顯祖紀念集　南昌　江西省文學藝術研究所　一九八三年一〇月
臨川四夢和明清舞臺　周育德著　湯顯祖論稿　北京　文化藝術出版社　一九九一年六月
讀湯顯祖戲劇隨筆　趙景深著　戲曲筆談　上海　上海古籍出版社　一九八〇年新一版
湯顯祖研究與「湯學」　王永健著　湯顯祖與明清傳奇研究　臺北　志一出版社　一九九五年一二月
紫簫記考證　徐朔方著　晚明曲家年譜　第三卷　湯顯祖年譜　附錄丙　杭州　浙江古籍出版社　一九九三年一二月
湯顯祖的紫簫記與紫釵記　羅秋昭著　臺北師專學報　第一四期　一九八七年六月
紫簫記傳奇　沈鴻鑫著　中國古典名劇鑑賞辭典　上海　上海古籍出版社　一九九〇年一二月
紫釵記與紫簫記之研究　張敬著　清徽學術論文集　臺北　華正書局　一九九三年八月

紫簫記未成與政治糾紛有關——與徐朔方同志商榷　鄧長風著　明清戲曲家考略　上海上海古籍出版社　一九九四年一二月

湯顯祖的紫釵記　趙景深著　中國戲曲初考　鄭州　中州書畫社　一九八三年八月

湯顯祖紫釵記成年考　夏寫時著　論中國戲劇批評　濟南　齊魯書社　一九八八年一〇月

從霍小玉傳到紫釵記的得失　萬斌生著　湯顯祖研究論文集　北京　中國戲劇出版社　一九八四年五月

紫釵記淺析：談湯顯祖對霍小玉傳的改造　陳宗琳著　貴州大學學報（社科版）　一九八七年四期

論湯顯祖紫釵記和南柯記的思想性　侯外廬著　湯顯祖研究資料彙編（下）　上海　上海古籍出版社　一九八六年九月

紫釵記思想初探　姚品文著　江西師院學報（哲社版）　一九八三年三期

「枉築」難分、「強合」乃成的悲劇群像——紫釵記人物論　明清戲曲家考略　上海上海古籍出版社　一九九四年一二月

湯顯祖與牡丹亭　李漢英著　湯顯祖研究資料彙編（下）　上海　上海古籍出版社　一九八六年九月

談牡丹亭　溫凌著　元明清戲曲研究論文集　北京　作家出版社　一九五七年七月

論牡丹亭　鄧魁英著　古代小說戲曲論叢　北京　中華書局　一九八五年五月

論牡丹亭　徐朔方著　論湯顯祖及其他　上海　上海古籍出版社　一九八三年八月

湯顯祖及其還魂記　歐擷芳著　大陸雜誌　第二三卷九、一〇、一一期　一九六一年五月一五日—一九六一年六月一五日

湯顯祖牡丹亭簡論　陳中凡著　陳中凡論文集　上海　上海古籍出版社　一九九三年八月

牡丹亭上三生路寫到羅裙哭當歌　馬少波著　戲曲藝術論集　北京　中國戲劇出版社　一九八二年四月

湯顯祖和牡丹亭　周先愼著　古典戲曲十講　北京　中華書局　一九八六年八月

湯顯祖及其牡丹亭　張敬著　中國文學講話（九）明代文學　臺北　巨流圖書公司　一九八七年五月

牡丹亭故事來源與文字因襲　鄭培凱著　湯顯祖與晚明文化　臺北　允晨文化公司　一九九五年一月

牡丹亭的因襲和創新　徐朔方著　論湯顯祖及其他　上海　上海古籍出版社　一九八三年八月

獨創與窠臼——牡丹亭藝術芻議　高建中著　文藝論叢　第一六輯　一九八二年一二月

論牡丹亭的繼承和發展　張燕瑾著　中國戲曲史論集　北京　北京燕山出版社　一九九五年三月

從牡丹亭看傳統劇目的主題思想　郭漢城著　戲曲劇目論集　上海　上海文藝出版社　一九八一年七月

「理之所必無，情之所必有」：牡丹亭一解　成柏泉著　讀書　一九八三年一期　一九八

三年一月
牡丹亭的主題是肯定人欲，反對理學　陳慶惠著　中國古代、近代文學研究（複印報刊資料）　一九八四年一八期
牡丹亭的雙重文化題旨　張海鷗著　中國古代、近代文學研究（複印報刊資料）　一九九三年四期　一九九三年四月
湯顯祖在牡丹亭裡表現的戀愛觀和生死觀　王季思著　玉輪軒曲論三編　北京　中國戲劇出版社　一九八八年
牡丹亭的浪漫主義色彩和現實主義精神　陳志憲著　湯顯祖研究資料彙編（下）　上海　上海古籍出版社　一九八六年九月
湯若士牡丹亭還魂記情節配套之分析　張敬著　清徽學術論文集　臺北　華正書局　一九九三年八月
牡丹亭言語瑣談　張燕瑾著　中國戲曲史論集　北京　北京燕山出版社　一九九五年三月
還魂之後有精華　張齊著　湯顯祖研究論文集　北京　中國戲劇出版社　一九八四年五月
牡丹亭曲意滄桑史　夏寫時著　論中國戲劇批評　濟南　齊魯書社　一九八八年一〇月
談牡丹亭的戲劇衝突　陳慶惠著　戲曲研究（複印報刊資料）　一九八五年一二期　一九八五年一二月
明傳奇的結構——琵琶記與牡丹亭析論　孫康宜著、王瓔玲譯　中國文哲研究通訊　第四卷一期　一九九四年三月

湯顯祖和他筆下的還魂夢　岩城秀夫著、翁敏華譯　中華戲曲　第一四輯　太原　山西人民出版社　一九九三年八月

論牡丹亭之遊園驚夢及冥判　胡耀恆著　幼獅月刊　第四八卷五期　一九七八年一一月

牡丹亭中的幾個人物形象　梅溪著　湯顯祖研究資料彙編（下）　上海　上海古籍出版社　一九八六年九月

談杜麗娘　梅蘭芳著　湯顯祖研究資料彙編（下）　上海　上海古籍出版社　一九八六年九月

杜麗娘形象的藝術光輝——牡丹亭學習札記　薛寶琨著　古典文學論叢　第二輯　西安　陝西人民出版社　一九八二年一二月

杜麗娘論　冰篁著　中國古代、近代文學研究（複印報刊資料）　一九八五年一八期

鬼可虛情，人須實禮——杜麗娘形象的心理分析　朱偉明著　中國古代、近代文學研究（複印報刊資料）　一九九三年二期　一九九三年二月

杜麗娘性格發展淺析　黃文錫著　國文天地　第九卷九期（總第一〇五期）　一九九四年二月

非夢不足表其情，非夢不足達其意——釋夢重論杜麗娘　郭海鷹著　中國古代、近代文學研究（複印報刊資料）　一九九六年一期　一九九六年一月

談柳夢梅　白雲生著　湯顯祖研究資料彙編（下）　上海　上海古籍出版社　一九八六年九月

論杜寶形象的複雜性和杜麗娘的悲劇命運　陸力著　中國古代、近代文學研究（複印報刊資料）　一九八七年三期　一九八七年三月

牡丹亭中的特殊人物——論陳最良　王仁銘著　江漢論壇　一九九〇年一〇期（總第一二二期）　一九九〇年一〇月
讀牡丹亭札記　陳多著　湯顯祖研究論文集　北京　中國戲劇出版社　一九八四年五月
關於牡丹亭的幾件小事　吳小如著　湯顯祖研究論文集　北京　中國戲劇出版社　一九八四年五月
牡丹亭與婦女　徐扶明著　元明清戲曲探索　杭州　浙江古籍出版社　一九八六年七月
論牡丹亭的時代精神與歷史定位　吳根友著　中國古代、近代文學研究（複印報刊資料）一九九一年九期　一九九一年九月
論湯顯祖紫釵記和南柯記的思想性　侯外廬著　湯顯祖研究資料彙編（下）　上海　上海古籍出版社　一九八六年九月
南柯夢的思想傾向　吳鳳雛著　湯顯祖研究論文集　北京　中國戲劇出版社　一九八四年五月
厭逢人世懶生天——湯顯祖晚年思想及二夢創作芻議　楊忠、張賢蓉著　湯顯祖研究論文集　北京　中國戲劇出版社　一九八四年五月
從夢幻意識看湯顯祖的二夢　郭紀金著　湯顯祖研究論文集　北京　中國戲劇出版社　一九八四年五月
南柯記的譏刺鋒芒　吳鳳雛著　江西戲劇　一九八二年四期
關於南柯記第二十四齣風謠及其他　徐朔方著　徐朔方集　第一卷　杭州　浙江古籍出版

社　一九九三年一二月

略論湯顯祖筆下的理想國　劉雲著　湯顯祖研究論文集　北京　中國戲劇出版社　一九八四年五月

應重新評價南柯夢與邯鄲夢　何蘇仲著　湯顯祖研究論文集　北京　中國戲劇出版社　一九八四年五月

略談湯顯祖和他的邯鄲記　湯顯祖研究資料彙編（下）　上海　上海古籍出版社　一九八六年九月

邯鄲夢新探　郁華、萍生著　湯顯祖研究論文集　北京　中國戲劇出版社　一九八四年五月

論邯鄲夢　曾獻平著　湯顯祖研究論文集　北京　中國戲劇出版社　一九八四年五月

湯顯祖邯鄲記的思想與風格　侯外廬著　湯顯祖研究資料彙編（下）　上海　上海古籍出版社　一九八六年九月

臺灣學生書局出版

中國文學研究叢刊

①詩經比較研究與欣賞	裴普賢著
②中國古典文學論叢	薛順雄著
③詩經名著評介	趙制陽著
④詩經評釋（二冊）	朱守亮著
⑤中國文學論著譯叢（二冊）	王秋桂編
⑥宋南渡詞人	黃文吉著
⑦范成大研究	張劍霞著
⑧文學批評論集	張健著
⑨詞曲選注	王熙元等編著
⑩敦煌兒童文學	雷僑雲著
⑪清代詩學初探	吳宏一著
⑫陶謝詩之比較	沈振奇著
⑬文氣論研究	朱榮智著
⑭詩史本色與妙悟	龔鵬程著
⑮明代傳奇之劇場及其藝術	王安祈著
⑯漢魏六朝賦家論略	何沛雄著
⑰古典文學散論	王熙元著
⑱晚清古典戲劇的歷史意義	陳芳著
⑲趙甌北研究（二冊）	王建生著
⑳中國兒童文學研究	雷僑雲著
㉑中國文學的本源	王更生著
㉒中國文學的世界	前野直彬著 龔霓馨譯
㉓唐末五代散文研究	呂武志著
㉔元白新樂府研究	廖美雲著
㉕五四文學與文化變遷	中國古典文學研究會主編

㉖南宋詩人論　胡　明　著
㉗唐詩的傳承——明代復古詩論研究　陳國球　著
㉘中外比較文學研究　第一冊（上、下）　李達三、劉介民　主編
㉙文學與社會　中國古典文學研究會　主編
㉚中國現代文學新貌　陳炳良　編
㉛中國古典文學研究在蘇聯　俄・李福清　著　田大長　譯
㉜李商隱詩箋釋方法論　顏崑陽　著
㉝中國古代文體學　褚斌杰　著
㉞韓柳文新探　胡楚生　著
㉟唐代社會與元白文學集團關係之研究　馬銘浩　著
㊱文輸（二冊）　饒宗頤　著
㊲二十世紀中國文學　中國古典文學研究會　主編
㊳牡丹亭研究　楊振良　著
㊴中國戲劇史　魏子雲　著
㊵中外比較文學研究　第二冊　李達三、劉介民　主編
㊶中國近代詩歌史　馬亞中　著
㊷近代曲學二家研究——吳梅・乇季烈　蔡孟珍　著
㊸金元詞史　黃兆漢　著
㊹中國歷代詩經學　林葉連　著
㊺徐霞客及其遊記研究　方麗娜　著
㊻杜牧散文研究　呂武志　著
㊼民間文學與元雜劇　譚達先　著
㊽文學與佛學關係　中國古典文學研究會　主編
㊾兩宋題畫詩論　李　栖　著
㊿王十朋及其詩　鄭定國　著

㊿①文學與傳播的關係	中國古典文學研究會主編
52中國民間文學	高國藩著
53清人雜劇論略	曾影靖著 黃兆漢校訂
54唐伎研究	廖美雲著
55孔子詩學研究	文幸福著
56昭明文選學術論考	游志誠著
57六朝情境美學綜論	鄭毓瑜著
58詩經論文	林葉連著
59傣族敘事詩研究	鹿憶鹿著
60蔣心餘研究	王建生著
61眞善美的世界—高中高職國文賞析	戴朝福著
62何景明叢考	白潤德著
63湯顯祖的戲曲藝術	陳美雪著

國家圖書館出版品預行編目資料

湯顯祖的戲曲藝術

／陳美雪著. --初版. --臺北市：
臺灣學生，民86；
面； 公分
參考書目：面
含索引
ISBN 957-15-0824-1 (精裝)
ISBN 957-15-0825-X (平裝)

1.（明）湯顯祖 - 作品集 - 評論

846.7

湯顯祖的戲曲藝術（全一冊）

著作者：陳美雪
出版者：臺灣學生書局
發行人：孫善治
發行所：臺灣學生書局
臺北市和平東路一段一九八號
郵政劃撥帳號〇〇〇二四六六八號
電話：三六三四一五六
傳眞：三六三六三三四
本書局登記證字號：行政院新聞局局版北市業字第玖捌壹號
印刷所：常新印刷有限公司
地址：板橋市翠華街八巷一三號
電話：九五二四二一九

定價 精裝新臺幣三七〇元
平裝新台幣三〇〇元

西元一九九七年五月初版

82411

ISBN 957-15-0824-1 (精裝)
ISBN 957-15-0825-X (平裝)